여성영웅소설

홍계월전

여성영웅소설

홍계월전

장시광 옮김

이담
Books

책머리에

<방한림전>에 이어 두 번째 내는 여성영웅소설 번역서이다. 이 소설을 옮기면서 <방한림전>을 옮길 때와는 또 다른 느낌을 받았다. 그 이유는 아마 두 작품의 서사가 상이한 데 기인한 것 같다. <방한림전>에는 방관주와 영혜빙이라는, 여자의 입지에 대한 생각과 그 대처 방식이 다른 두 여자가 혼인함으로써 남자를 배제한 채 자신들만의 세계를 구축하는 서사가 담겨 있다면, <홍계월전>에는 그와는 달리 남자에 대한 지배 성향이 강한 여자가 등장해 남자의 세계에 뛰어들어 좌충우돌하는 서사가 담겨 있기 때문이다.

개인적으로 <방한림전>에서 남자를 선망하는 방관주에게도 흥미가 있지만, 남자의 지배 체제를 아예 거부하는 영혜빙에게 더 관심이 있다. 방외인적 기질을 지닌 영혜빙은 통속소설에서는 보기 힘든 캐릭터로서 세계에 대한 진지한 비판의식의 소산이기 때문이다. <홍계월전>의 계월은 이 둘 가운데 방관주와 유사한 캐릭터다. 그런데 계월은 방관주에게서는 찾기 힘든 즐거움을 선사한다. 이는 방관주의 서사와 달리 홍계월 서사의 경우 남녀 사이의 극한 대립이 드러나 있어서일 것이다. 남녀 사이의 갈등이 치열한 가운데 여자에게 쩔쩔 매는 남자의 모습은, 현실에서 그리 되면 재앙이겠지만(!) 소설에서는 흥미를 부여하는 역할을 하기에 충분하다. 아마 당대의 독자 가운데

도 필자처럼 읽었던 분이 계셨으리라.

이 책은 <홍계월전>의 이본 가운데 한국학중앙연구원에 소장된 국한문혼용 45장본을 토대로 교감(校勘: 여러 책을 비교하여 오류를 바로잡음)을 하고, 주석을 달았으며 그것을 바탕으로 현대어역을 한 것이다. 이본 전체를 대상으로 하지 못한 아쉬움이 있으나, 서사가 자연스럽게 이어지도록 다른 본을 최대한 활용했다.

근래 들어 고전소설의 원전을 정밀하게 고구하고, 그것을 바탕으로 현대어역을 한 작업이 적지 않은데, 바람직한 일이라 생각한다. 원전에 대한 정확한 이해를 토대로 한 번역이라면, 비록 문체가 투박하고 야하다 해도 원전을 무시한 화려하고 세련된 번역보다 독자에게 끼치는 해악은 훨씬 덜할 것이다.

이 책도 그러한 생각에서 기획되었고, 그러한 기획의 두 번째 결과물이다. 기획 의도에 맞도록 하려 노력했으나 뜻대로 되었는지는 알 수 없다. 제현의 질정을 바란다.

2011년 겨울
장시광 삼가 씀

차 례

제2부 원문 주석 및 교감

제3부 〈홍계월전〉에 대하여

제1부 현대어역

◇ 일러두기 ◇

1. 번역의 저본은 제2부에서 행한 교감의 결과 산출된 텍스트이다.
2. 원문에는 소제목이 없으나 내용을 고려하여 적절한 소제목을 붙였다.
3. 주석은 인명 등 고유명사나 난해한 어구, 전고가 있는 어구에 달았다.

1. 계월이 선녀의 후신으로 출생하다

각설. 중국 명나라 성화(成化)[1] 시절에 형주 구계촌에 한 사람이 있었는데 성은 홍이고 이름은 무였다. 집안은 대대로 명문거족이었다. 그는 어려서 과거에 급제하여 벼슬이 이부시랑에 이르렀다. 충효를 다하고 강직했으므로 천자가 사랑하여 나라의 일을 함께 의논하셨는데 조정 관리들이 이를 시기하고 모함했다. 그래서 그는 죄도 없이 벼슬을 빼앗기고 고향에 돌아가게 되었다. 농업에 힘을 써서 집안 살림은 넉넉했으나 슬하에 한 명의 혈육도 없었으므로 날마다 서러워했다.

하루는 부인 양씨와 함께 있다가 슬픈 빛으로 탄식하고는 말했다.

"나이가 40에 이르도록 남녀 간에 자식이 없으니 우리가 죽은 후에 누구에게 후사를 전하며 지하에 돌아가 조상님을 어찌 뵈올꼬?"

부인이 죄스러워 자리에서 일어나 대답했다.

"불효 삼천 가지 중에 제일은 후사가 없는 것이라 하였사옵니다. 첩(妾)[2]이 존문(尊門)[3]에 의탁한 지 이십여 년에 한 명의 자식이 없으니 무슨 면목으로 상공(相公)[4]을 뵐 수 있겠사옵니까? 원컨대, 상공께서는 다른 가문의 어진 숙녀를 취하십시오. 그래서 후손을 보신다면 첩도 칠거지악(七去之惡)[5]을 면할 수 있을 것이옵니다."

시랑이 위로하며 말했다.

---

1) 성화(成化): 중국 명나라 헌종(憲宗: 1465~1487)의 연호.
2) 첩(妾): 아내가 남편에게 자신을 낮추어 부르는 말.
3) 존문(尊門): 상대 집안을 높여 부르는 말.
4) 상공(相公): 남편을 높여 부르는 말.
5) 칠거지악(七去之惡): 아내를 내쫓을 수 있는 이유가 되었던 일곱 가지 허물. 시부모에게 불순함, 자식이 없음, 행실이 음탕함, 투기함, 몹쓸 병을 지님, 말이 지나치게 많음, 도둑질을 함 따위.

"이는 다 내 팔자니 어찌 부인의 죄라 하겠소? 이후에는 그런 말씀을 마시오."

이때는 가을 9월 보름께였다. 부인이 시비를 데리고 망월루에 올라 달빛을 구경하더니 홀연 몸이 피곤해 난간에 의지했다. 비몽사몽간에 선녀가 내려와 부인에게 두 번 절하고 말했다.

"저는 상제(上帝)의 시녀이옵더니 상제께 죄를 짓고 인간에 내쳐져서 갈 바를 모르고 있었는데 상제께서 부인 댁으로 가라 하기에 왔나이다."

그러고서는 부인의 품 속에 들어왔다. 부인이 놀라서 깨니 평생에 꿀까말까 한 꿈이었다.

부인이 매우 기뻐하여 시랑을 청해 꿈속의 일을 이르고 귀한 자식 보기를 바랐다. 과연 그 달부터 태기가 있어 열 달이 찼다.

하루는 집안에 향기가 진동하는데 부인이 몸이 피곤하여 자리에 누웠다. 그러고서 아이를 낳으니 여자 아이였다. 선녀가 하늘에서 내려와 옥병을 기울여 아기를 씻겨 내어 주며 말했다.

"부인은 이 아기를 잘 길러 뒤에 복을 받으소서."

선녀가 나가면서 또 말했다.

"오래지 않아 뵈올 날이 있을 것입니다."

이처럼 말하고 문을 열고 나갔다.

부인이 시랑을 청하여 아이를 보여 주었다. 시랑이 보니 아이의 얼굴은 복숭아꽃 같고 향내가 진동하니 진실로 월궁(月宮)의 항아(姮娥)6)와 같았다. 시랑은 기쁨이 끝이 없었으나 아이가 남자가 아닌 것을 한으로 여겼다. 아이 이름을 계월이라 하고 손바닥 안의 보물처럼 아이를 사랑했다.

---

6) 항아(姮娥): 달 속에 있다는 전설 속의 선녀.

2. 계월이 부모와 이별하다

계월이 점점 자라니 얼굴은 복숭아꽃 같고 또한 영민했다. 시랑은 계월의 명이 짧을까 걱정해 강호 땅에 사는 곽 도사라는 이를 청해 계월의 관상을 보도록 했다. 도사가 계월을 오랫동안 보다가 말했다.

"이 아이의 관상을 보니 다섯 살에 부모와 이별했다가 열여덟 살에 부모를 다시 만나 높은 벼슬을 하며 많은 녹봉(祿俸)을 받을 것입니다. 아이의 명망이 천하에 가득할 것이니 가장 길(吉)한 상입니다."

시랑이 그 말을 듣고 놀라며 말했다.

"분명히 가르쳐 주소서."

도사가 말했다.

"그 밖에는 아는 일이 없고 천기를 누설할 수 없으므로 대강만 말씀드리나이다."

이렇게 말하고는 하직하고 가 버렸다.

시랑이 도사의 말을 들으니 도리어 듣지 않은 것만 못했다. 부인에게 이 말을 일러 주고는 염려가 끝이 없었다. 그래서 계월에게 남자 옷을 입혀 초당(草堂)에 두고 글을 가르치니 계월이 한 번 보는 것은 문득 다 기억했다. 이에 시랑이 탄식하고 말했다.

"네가 만일 남자였다면 우리 문호를 더욱 빛낼 수 있었을 텐데. 애달프구나."

세월이 흐르는 물과 같아 계월의 나이가 다섯 살이 되었다.

이때 시랑은 친구 정 사도를 보려고 찾아가기로 했다. 원래 정 사도는 황성에서 함께 벼슬할 때 시랑과 매우 친하게 지내던 벗이었다. 그러다가 소인배의 참소(讒訴)[7]를 만나 벼슬을 하직하고 고향 회계촌에 내려온 지 이십 년이 되었다.

시랑이 이날 길을 떠나 양주의 회계촌을 찾아가는데 회계촌은 삼백오십 리 떨어져 있었다. 여러 날 만에 회계촌에 이르니 정 사도가 시랑을 보고 마루에서 내려와 시랑의 손을 잡고 매우 기뻐했다. 자리를 정한 후, 여러 해 쌓인 회포를 풀며 말했다.

"이 몸이 벼슬을 하직하고 이곳에 와 초목을 의지하여 세월을 보내면서 다른 벗이 없어 적막했네. 그런데 천만뜻밖에도 자네가 천 리가 멀다 하지 않고 이렇게 버린 몸을 찾아와 위로해 주니 감격스럽네."

이렇게 말하며 서로 즐겼다.

시랑이 3일 후에 하직하고 길을 떠나니 섭섭한 정을 어찌 헤아리겠는가?

시랑이 이날 남북촌에 와서 자고 이튿날 새벽닭이 울 적에 떠나려 했다. 그런데 멀리서 징과 북소리가 들리더니 북 치는 소리가 진동하여 땅이 울렸다. 시랑이 놀라 일어나서 바라보니 수많은 백성이 쫓겨 오고 있었다. 연유를 물으니 그들이 대답했다.

"북방 절도사 장사랑이 양주 목사 주도와 힘을 합해 군사 십만을 거느리고 형주 구십여 성을 쳐서 항복을 받고 기주 자사 장기를 벴습니다. 지금은 황성(皇城)을 범해 난리를 심하게 쳐 백성을 무수히 죽이고 재물을 노략질하고 있습니다. 그래서 저희가 목숨을 구하려고 피난하고 있나이다."

---

7) 참소(讒訴): 남을 헐뜯어서 죄가 있는 것처럼 꾸며 윗사람에게 고하여 바침

시랑이 그 말을 듣자 천지가 아득했다. 산속으로 들어가며 부인과 계월을 생각하고 슬피 우니 그 모습이 가련했다.

이때 부인은 시랑이 돌아오기를 기다리고 있었다. 그런데 이날 밤에 문득 들리는 소리가 요란했으므로 잠결에 놀라서 깨니 시비(侍婢) 양윤이 급히 고했다.

"북방의 도적이 천병만마(千兵萬馬)[8]를 몰아 들어오며 백성을 수도 없이 죽이고 노략질하고 있습니다. 피난하느라고 요란하니 이 일을 어찌하오리까?"

부인이 크게 놀라 계월을 안고 통곡했다.

"이제는 시랑이 길 가운데서 도적의 모진 칼에 죽었도다."

이렇게 말하며 자결하려 하니 시비 양윤이 위로했다.

"아직 시랑의 존망(存亡)을 모르시고서 이렇듯 하시나이까?"

부인이 옳게 여겨 진정하고 울면서 계월을 양윤의 등에 업히고 남쪽을 향해 갔다. 십 리를 다 못 가서 큰 산이 있으므로 그 산에 들어가 의지하려고 하여 바삐 가며 돌아보니 도적이 벌써 가까이 따라왔다. 양윤이 아기를 업고 한 손으로 부인의 손을 끌고 힘을 다하여 겨우 십 리를 가니 큰 강으로 막혀 있었다. 부인이 망극하여 하늘을 우러러 통곡하며 말했다.

"이제 도적 때문에 급하게 되었으니 차라리 이 강물에 빠져 죽어야겠다."

이에 계월을 안고 물에 뛰어들려고 했다. 그런데 이때 문득 강의 북쪽에서 처량한 피리 소리가 들려 왔다. 바라보니 한 선녀가 조각 배를 타고

---

8) 천병만마(千兵萬馬): 천 명의 병사와 만 마리의 말. 매우 많은 병사와 말을 뜻함.

급히 오고 있었다. 선녀가 말하기를,

"부인은 잠깐만 참으소서."

하며 순식간에 배를 대고 배에 오르기를 청했다. 부인이 황송하고 감격스러워 양윤과 계월을 데리고 급히 배에 오르니 선녀가 배를 저으며 말했다.

"부인께서는 소녀를 알아보시겠나이까? 소녀는 부인이 해산하실 때 도와 드리던 선녀이옵니다."

부인이 정신을 수습하여 자세히 보고 그제서야 깨달아 말했다.

"우리는 인간 세상의 미천한 것이라 눈이 어두워 몰라보았습니다."

그러고서 감사하는 마음을 전하며 말했다.

"그때 누추한 곳에 오셨다가 바삐 이별한 후로 생각이 간절하여 잊을 날이 없더니 오늘 뜻밖에 만나오니 참으로 다행입니다. 또한 물속의 외로운 넋을 구해 주셨으니 감사를 표할 길이 없습니다. 은혜를 어찌 갚겠습니까?"

선녀가 말했다.

"소녀는 동빈 선생9)을 모시러 가는 길이었습니다. 만일 늦게 왔다면 구해 드리지 못할 뻔했습니다."

이렇게 말하고 '능파곡(凌波曲)10)'을 부르며 배를 저어 가니 그 빠르기가 화살과 같았다. 순식간에 배를 언덕에 대고 내리기를 재촉했다. 부인이 배에서 내려 수도 없이 치사(致謝)11)를 하니 선녀가 말했다.

"부인은 몸을 보중(保重)12)하옵소서."

---

9) 동빈 선생: 중국 신화에 나오는 도교의 8선(八仙) 가운데 한 명인 여암(呂嵒)을 이름. 동빈은 그의 재(字)임.
10) 능파곡(凌波曲): 중국 당나라의 악곡 이름.
11) 치사(致謝): 고맙다는 뜻을 나타냄.
12) 보중(保重): 몸 관리를 잘해서 건강을 유지함.

그러고서, 배를 저어 가니 그 가는 곳을 알지 못했다.

부인이 공중을 향해 무수히 사례하고 갈대밭 속으로 들어가며 살펴보니 초나라 물은 골짜기에 가득하고 오나라 산에는 봉우리가 많았다. 부인과 양윤이 계월을 강변에 앉히고 두루 다니며 칡뿌리도 캐 먹고 버들개지13)도 훑어 먹으며 겨우 정신을 차렸다.

숲으로 점점 들어가니 한 정자가 있었다. 나아가 보니 현판에 '엄자릉14)의 조대(釣臺)15)'라 쓰여 있었다. 정자에 올라가 잠깐 쉬며 양윤을 밥을 빌러 보냈다. 부인이 계월을 안고 홀로 앉아 있었는데, 문득 바라보니 강 위에서 큰 범선이 정자 쪽을 향해 오고 있었다. 부인이 놀라서 계월을 안고 대숲으로 들어가 숨었다.

그 배가 가까이 와 정자 앞에 배를 대고는 한 놈이 일렀다.

"아까 강에서 바라보니 여인 하나가 수풀로 갔으니 찾고 말 것이다."

모든 사람이 일시에 내달아 대밭 속으로 달려들어 부인을 잡아갔다. 그러자 부인이 천지가 아득하여 양윤을 부르며 통곡했으나 밥 빌러 간 양윤이 이를 어찌 알겠는가.

도적이 부인의 등을 밀며 잡아다가 뱃머리에 꿇리고 무수히 괴롭혔다. 원래 이 배는 수적(水賊)의 무리가 탄 배였다. 강으로 다니며 재물을 탈취하고 부인을 겁탈했는데 마침 이곳을 지나다가 부인을 만난 것이었다.

수적 장맹길이라 하는 놈이 부인의 아름다운 용모를 보고 흠모하여 말했다.

---

13) 버들개지: 버드나무의 꽃.
14) 엄자릉: 후한 광무제 때의 인물. 본명은 엄광이고 자릉은 그의 재(字)임.
15) 조대(釣臺): 낚시터.

"내 평생 천하의 일색(一色)을 얻고자 했더니 이는 하늘이 지시하심이 로다."

이처럼 기뻐하니 부인이 하늘을 우러러 탄식하고 말했다.

"이제 시랑의 존망(存亡)을 알지 못하고 목숨을 보존해 오다가 이곳에 와 이런 변을 만날 줄을 누가 알았겠는가?"

이렇게 말하고 통곡을 하니 초목과 금수도 다 슬퍼하는 듯했다. 맹길 이 부인이 서러워하는 모습을 보고 뭇사람들에게 분부했다.

"저 부인이 손발을 놀리지 못하게 비단으로 동여매고 그 아이는 자리 에 싸서 강물에 넣으라."

병졸들이 이 명령을 듣고 아이를 강물에 넣으려고 했다. 이에 부인이 손을 놀리지 못했으므로 몸을 기울여 입으로 계월의 옷을 물고 놓지 않 고 통곡했다. 그러자 맹길이 달려들어 계월의 옷깃을 칼로 베고 계월을 물에 던지니 그 망극함이야 어찌 다 헤아리겠는가?

계월이 물에 떠가며 울면서 말했다.

"어머님! 이것이 어찌 된 일이오? 어머님! 나는 죽네. 어서 살려 주시 오. 물에 떠 가는 자식을 만경창파(萬頃蒼波)의 고기밥이 되게 하시려오? 어머님, 얼굴이나 다시 봅시다. 죽어도 눈을 감고 못 죽겠네."

이렇게 말하며 울음소리가 점점 멀어져 갔다. 부인이 손바닥 안의 보 물같이 사랑하던 자식이 눈앞에서 물에 빠져 죽는 모습을 보고 어찌 정 신이 온전하겠는가.

"계월아! 계월아! 나와 함께 죽자."

하늘을 보며 통곡하고 기절하니 물에 있던 사람들이 비록 도적이지만 눈물을 흘리지 않는 이가 없었다. 슬프도다.

3. 계월의 어머니는 중이 되고 계월은 구조되다

양윤이 밥을 빌어 가지고 오다 바라보니 정자에 사람이 무수히 많은데 부인의 울음소리가 들려오는 것이었다. 바삐 가서 보니 수적이 부인을 동여매고는 분주하게 다니고 있었다. 양윤이 이 모습을 보고 얻었던 밥을 내던지고는 부인을 붙들고 대성통곡하며 말했다.

"이것이 어이 된 일입니까? 차라리 올 때 그 물에나 빠져 죽었던들 이런 환란을 당하지 않았을 것을…… 이 일을 어찌 할까? 아기는 어디에 있나이까?"

양윤이 아기를 물에 넣었다는 말을 듣고 가슴을 두드리며 물에 뛰어들려고 하니 맹길이 또한 도적들에게 호령했다.

"저 계집을 마저 동여매라."

적졸들이 달려들어 양윤을 마저 동여매니, 양윤이 죽지도 못하고 하늘을 우러러 통곡할 뿐이었다.

맹길이 적졸들을 재촉해 배를 급히 저어 집으로 돌아갔다. 부인과 양윤을 침방에 가두고 제 계집을 불러 말했다.

"내 이 부인을 데려왔으니 너는 좋은 말로 이 부인을 달래 부인이 순종하도록 만들어라."

이에 춘랑이 부인에게 들어가 물었다.

"부인은 무슨 일로 이곳에 왔나이까?"

부인이 대답했다.

"부인은 죽게 된 인생을 살려 주소서."

부인이 전후에 있었던 일을 이르니 춘랑이 말했다.

"부인의 가련한 모습을 보니 참혹합니다."

그러고서 말했다.

"주인 놈은 본디 수적(水賊)으로 사람을 많이 죽였습니다. 또 용맹이 있어서 하루에 천 리를 가니 도망하시기도 어렵고 죽으시려 해도 죽지 못할 것이니 아무리 생각해도 불쌍합니다. 저도 본디 도적의 계집이 아닙니다. 번양 땅에 사는 양강도의 여식입니다. 일찍이 남편을 여의고 홀로 있었는데 이놈에게 잡혀 와서 제 목숨을 살려 보고자 이놈의 계집이 된 것입니다. 모진 목숨이 죽지도 못하는데 고향을 생각하면 정신이 아득합니다. 그러나 잠깐 생각해 보면 한 묘책이 있으니 천행(天幸)으로 그 계교대로만 된다면 저도 부인과 함께 도망할 수 있을 것입니다."

이렇게 말하고 즉시 나가 도적들이 모인 곳에 가 보니 도적들이 촛불을 밝히고 좌우에 갈라 앉아 잔치를 열고 술과 고기로 즐기고 있었다. 각각 잔을 들어 맹길에게 치하하며 말했다.

"오늘 장군이 미인을 얻으셨으니 한 잔 술로 축하하나이다."

각각 한 잔씩 권하니 맹길이 크게 취하여 쓰러지고 다른 도적들도 다 잠이 들었다. 이에 춘랑이 급히 들어가 부인에게 말했다.

"지금 도적들이 잠이 깊이 들었으니 어서 서쪽 문을 열고 도망칩시다."

즉시 수건에 밥을 싸서 가지고 부인과 양윤을 데리고 이날 밤에 도망해 서쪽으로 향해 갔다. 정신이 아득해 한 걸음도 나아가기 어려웠다. 동방이 밝았는데 강 하늘의 외기러기 우는 소리는 슬픈 마음을 도왔다. 문득 바라보니 한편은 큰 산이요, 한편은 큰 강이었다. 바닷가의 갈밭 속으로 도망해 갔는데 부인이 기운이 다하여 춘랑을 돌아보며 말했다.

"날은 이미 밝고 기운은 쇠하여 갈 길이 없으니 어찌하면 좋을꼬?"

이렇게 말하고 하늘을 우러러 통곡하는데 문득 갈밭 속에서 한 여승이 나와 부인에게 두 번 절하고 말했다.

"어디 계신 부인이신데 이런 험한 곳에 왔나이까?"

부인이 말했다.

"존사(尊師)[16]는 어디 계시는 분인지 모르겠으나 죽어가는 목숨을 구하소서."

그러고서 전후수말을 이르고 간청하니 그 여승이 말했다.

"부인의 모습을 보니 불쌍합니다. 소승은 고소대 일봉암에 있사온데 한산사에 가 곡식을 싣고 오는 길에 처량한 곡성이 들리므로 연유를 묻잡고자 온 것입니다. 배를 강변에 매고 찾아왔사오니 소승을 따라가 급한 환을 면하소서."

이처럼 말하고 배에 오를 것을 재촉하니 부인이 감사하여 춘랑과 양윤을 데리고 그 배에 올랐다.

이때 맹길이 잠에서 깨 침방에 들어가니 부인과 춘랑, 양윤이 간 곳이 없으므로 분함을 이기지 못해 도적들을 거느리고 두루 찾아다녔다. 강을 바라보니 여승과 여인 세 명이 배에 앉아 있으므로 맹길이 소리를 크게 지르며 장졸을 재촉해 데려오라 했다. 여승이 배를 바삐 저어 가니 맹길이 바라보다가 할 수 없이 탄식만 하고 돌아갔다.

여승이 배를 성교문 밖에 대고 내리라고 하니 부인이 배에서 내려 여승을 좇아 고소대로 나가니 산은 맑고 물은 아름다우며 풀과 나무가 만발했는데 온갖 색깔의 짐승들이 슬피 우는 소리는 사람의 마음을 움직였다.

---

16) 존사(尊師): 중을 높여 부르는 말.

근근이 걸어가 승당(僧堂)에 올라 승려들에게 두 번 절하고 앉으니 승려 중에서 한 노승이 물었다.

"부인은 어디 계신 분이며 무슨 일로 이 산중에 들어오셨나이까?"

부인이 대답했다.

"저는 형주 땅에 사옵더니 병난에 피란하여 갈 바 없이 가옵다가 천행으로 존사를 만나 이곳에 왔사옵니다. 그러니 존사에게 의탁해 머리 깎고 승려가 되어 후세 길이나 닦고자 하나이다."

노승이 그 말을 듣고 말했다.

"소승에게 상좌(上佐)[17]가 없으니 부인의 소원이 그러하시면 원대로 하십시오."

이에 부인이 즉시 목욕재계하고 머리를 깎았다. 부인은 노승의 상좌 되고 춘랑과 양윤은 부인의 상좌가 되어 이날부터 부처 앞에서 축원하기를,

"시랑과 계월을 보게 해 주옵소서."

하며 세월을 보냈다.

각설. 이때 계월은 물에 떠 가면서 울며 말했다.

"나는 이미 죽거니와 어머님은 아무쪼록 목숨을 보존하여 아버님을 만나옵거든 계월이 죽은 줄이나 알게 하옵소서."

이처럼 계월은 슬피 울며 떠났다.

이때 무릉촌에 사는 여공이라 하는 사람이 배를 타고 서촉 땅으로 가다가 강을 바라보니 어떤 사람이 자리에 싸여 강물에 떠 가고 있었는데, 그가 우는 소리가 들려왔다. 그래서 그곳에 이르러 배를 대고 자

---

17) 상좌(上佐): 스승의 대를 이을 여러 제자 가운데 제일 높은 사람.

리를 건져 보니 어린아이였다. 그 아이의 모습을 보니 인물이 준수하고 아름다웠으나 정신을 차리지 못하고 있었으므로 약으로 구했다. 이윽고 아이가 깨어났는데 아이가 어미를 부르는 소리는 차마 듣지 못할 정도였다.

여공이 그 아이를 싣고 집으로 돌아와 물었다.

"너는 어떤 아이기에 만경창파 속에 이런 액을 당했느냐?"

계월이 울며 말했다.

"저는 어머님과 함께 가는 중이었는데 어떤 사람이 어머님을 동여매고 저는 자리에 싸 물에 던졌으므로 여기에 왔나이다."

여공이 그 말을 듣고 속으로,

'필연 수적을 만났도다.'

생각하고 다시 물었다.

"너는 나이가 몇이며 이름이 무엇이냐?"

계월이 대답했다.

"나이는 다섯 살이고 이름은 계월이옵니다."

또 물었다.

"너의 부친 이름은 무엇이며 살던 곳은 어디냐?"

계월이 대답했다.

"아버님 이름은 모르거니와 남이 부르기를 홍 시랑이라 하옵고 살던 곳은 모르나이다."

여공이 생각하기를,

'홍 시랑이라 하니 분명 양반의 자식이로다.'

하고,

'이 아이 나이가 내 아들과 동갑이요, 또한 얼굴이 비범하니 잘 길러서

미래에 영화를 보리라.'

하고 계월을 친자식같이 여겼다.

여공 아들의 이름은 보국이었다. 생긴 것도 또한 비범하고 기남자였다. 마침 계월을 보고 반가워하기를 친동생같이 했다.

세월이 흐르는 물과 같아 두 아이의 나이가 일곱 살이 되었다. 하는 일이 비범하니 누가 칭찬하지 않겠는가? 여공이 두 아이에게 글을 가르치고자 하여 강호 땅에 곽 도사가 있다는 말을 듣고 두 아이를 데리고 강호 땅으로 갔다. 도사가 초당(草堂)에 앉아 있으므로 들어가 인사를 마친 후에 여쭈었다.

"생은 무릉포에 사는 여공이라는 사람이온데 늙어서야 자식을 두었사옵니다. 자식이 영민하기로 도사 덕택으로 사람이 될까 하여 왔나이다."

도사가 말했다.

"아이를 부르라."

여공이 두 아이를 불러 뵈니 도사가 오랫동안 보다가 말했다.

"이 아이들의 관상을 보니 어머니가 같지 않네. 그러한 사실이 분명하니 속이지 말라."

여공이 그 말을 듣고 말했다.

"선생의 지인지감(知人之鑑)18)은 귀신같습니다."

도사가 말했다.

"이 아이들은 내가 잘 가르쳐 이름이 역사에 빛나게 할 것이네."

이에 여공이 하직하고 돌아갔다.

---

18) 지인지감(知人之鑑): 사람을 알아볼 줄 아는 감식안.

4. 홍 시랑이 유배 가서 부인과 만나다

각설. 이때 홍 시랑은 산속에 몸을 감추고 있었다. 그런데 도적이 그 산에 들어와 백성의 재물을 빼앗고 사람을 붙들어 군졸로 삼았는데, 마침 홍 시랑을 얻었다. 그 위인이 비범했으므로 장사랑이 시랑을 차마 죽이지 못하고 도적들과 의논했다.

"이 사람을 군대에 두는 것이 어떠한가?"

도적들이 좋다고 하니 장사랑이 즉시 홍 시랑을 불러 말했다.

"우리와 마음을 함께해 모의하여 황성을 치자."

이에 홍 시랑이 생각했다.

'만일 이들의 말을 듣지 않으면 죽임을 면치 못할 것이다.'

그러고서 마지못해 거짓으로 항복하고 황성으로 향했다.

이때 천자께서 유 승상을 대원수로 삼으니, 유 승상이 군사를 거느려 임치 땅에서 도적을 무찌르고 장사랑을 잡았다. 그를 앞세우고 황성으로 가니 홍 시랑도 군대 안에 있다가 잡혔다.

천자께서 장원각에 앉아 반란군을 다 수죄(數罪)[19]하시고 목을 베도록 했다. 홍 시랑도 또한 죽게 되었으므로 홍 시랑이 크게 소리 질렀다.

"소인은 피난하여 산속에 있다가 도적에게 잡혔습니다."

그러고서 전후에 있었던 일을 다 아뢰었다.

이때 양주 자사를 했던 역덕희가 이 말을 듣고 땅에 엎드려 아뢰었다.

"저 죄인은 시랑 벼슬을 했던 홍무입니다."

---

19) 수죄(數罪): 죄를 들추어 캠.

임금께서 그 말을 들으시고 홍 시랑을 자세히 보다가 말씀하셨다.

"너는 일찍이 벼슬을 했으니 차라리 죽을지언정 도적의 무리에 왜 들었는고? 죄를 의논하면 죽일 것이나 옛일을 생각하여 원찬(遠竄)20)하노라."

이렇게 하시고 율관을 명해 즉시 홍 시랑을 벽파도로 정배(定配)21)하셨다.

홍 시랑이 벽파도로 향하니 벽파도는 만 팔천 리 떨어져 있었다. 시랑이 고향에 돌아가 부인과 계월을 보지 못하고 만리타국으로 정배를 가니 이런 팔자가 어디 있는가. 시랑이 슬피 통곡하니 보는 사람 가운데 슬퍼하지 않는 이가 없었다.

시랑이 길을 떠난 지 여덟 달 만에 벽파도에 다다르니 그 땅은 오나라와 초나라의 지경이었다. 원래 벽파도는 인적이 없는 곳이었으니 시랑을 이곳에 보낸 것은 그를 굶주려 죽게 하기 위해서였다. 율관은 시랑을 그곳에 두고 돌아갔다.

시랑은 천지가 아득하여 밤낮으로 울고 지내며 굶주림과 목마름을 견디지 못해 물가에 다니며 죽은 고기와 바위 위에 붙은 굴을 주워 먹으며 세월을 보냈다. 의복은 남루해 모습이 괴이하고 온몸에 털이 났으니 짐승의 모습 같았다.

각설. 이때 양 부인은 춘랑과 양윤을 데리고 산중에 있으며 눈물로 세월을 보내고 있었다.

하루는 부인이 한 꿈을 꾸었는데, 한 중이 육환장(六環杖)22)을 짚고

---

20) 원찬(遠竄): 귀양 보냄.
21) 정배(定配): 귀양살이할 곳을 정해 죄인을 유배시킴.
22) 육환장(六環杖): 중이 짚는, 고리가 여섯 개 달린 지팡이.

앞에 와 절하고 말했다.

"부인은 무정한 산중의 풍경만 좋아하고 시랑과 계월을 찾아 반가이 보지 아니하십니까? 지금 시랑이 만 리 변방의 적소(謫所)에 와 부인과 계월을 생각하다가 병이 골수에 들었으니 어서 가옵소서. 가시다가 벽파도를 물어 그곳에 있는 사람을 찾아 고향 소식을 물으면 시랑을 그곳에서 만날 수 있을 것입니다."

이렇게 말하고는 간 데가 없었다.

부인이 꿈에서 깨어 크게 놀라 양윤과 춘랑을 불러 꿈속 일을 이르고 말했다.

"가다가 도중에 외로운 넋이 될지라도 가리라."

곧 행장(行裝)[23]을 차려 노승에게 하직했다.

"첩이 만리타국에 와 존사의 은혜를 입어 삼 년을 지냈으니 은혜가 백골난망(白骨難忘)입니다. 간밤에 꿈을 꾸었는데 이리이리 했사오니 이는 부처님이 인도하신 것입니다. 그래서 하직을 고하나이다."

이렇게 말하며 눈물을 떨어뜨리니 노승이 또 눈물을 흘리고 말했다.

"저도 부인을 만난 후로 온갖 일을 부인께 부탁했더니 지금 이별하니 슬픈 마음을 장차 어찌하리오?"

그러고서 은 봉지 하나를 주며 말했다.

"이것으로 정을 표하니 어려운 때 쓰소서."

부인이 감사히 받아 양윤을 주고는 하직하고 절을 떠나니 노승과 승려들이 나와 서로 눈물을 흘리며 떠나는 정을 못내 아쉬워했다.

부인이 춘랑과 양윤을 데리고 동녘을 향해 나갔다. 온갖 봉우리는 눈

---

23) 행장(行裝): 길을 떠나거나 여행할 때에 사용하는 물건과 차림.

앞에 벌여 있고 초목은 울창한데 무심한 두견 소리는 사람의 슬픈 마음을 도왔다. 눈물을 금치 못하고 어디로 갈 줄을 몰라 조금씩 앞으로 나갔다.

한 곳을 바라보니 북쪽 편에 작은 길이 있으므로 그 길로 가며 보니 앞에 큰 강이 있고 그 위에 누각이 있었다. 가서 보니 현판에 '악양루(岳陽樓)'라 쓰여 있었다. 사면을 살펴보니 동정호(洞庭湖) 칠백 리가 눈앞에 둘러 있고 무산(巫山) 12봉은 구름 속에 솟아 있었으니 온갖 좋은 풍경을 이루 헤아릴 수 없었다.

부인이 근심스러운 마음을 이기지 못해 한숨을 짓고 또 한 곳에 다다르니 큰 다리가 있었다. 그곳 사람에게 물으니 장판교라 했다. 또 물었다.

"이곳에서 황성이 얼마나 떨어져 있나이까?"

그 사람이 대답했다.

"일만 팔천 리외다. 저 다리를 건너 백 리만 가면 옥문관이 있으니 그곳에 가 물으면 자세히 알 것이오."

이에 또 물었다.

"벽파도라 하는 섬이 이 근처에 있나이까?"

"그건 자세히 모르겠소."

부인이 할 수 없이 옥문관을 찾아가 한 사람을 만나 물으니 그 사람이 벽파도를 가리켜 알려 주었다. 그 섬을 찾아가며 살펴보니 물길은 멀지 않으나 건너갈 길이 없어 망연자실했다. 물가에 앉아 바라보니 바위 위에 한 사람이 앉아서 고기를 낚고 있었다. 양윤이 나아가 절하고 물었다.

"저 섬은 무슨 섬이라 하나이까?"

어옹(漁翁)이 말했다.

"그 섬이 벽파도요."

또 물었다.

"그곳에 사람 사는 집이 있나이까?"

어옹이 말했다.

"예로부터 인적이 없더니 수삼 년 전에 형주 땅에서 정배 온 사람이 있는데, 초목으로 울타리를 짓고 금수(禽獸)로 벗을 삼아 있으니 그 모습이 참혹하더이다."

양윤이 돌아와 부인에게 고하니 부인이 말했다.

"정배 왔다는 사람이 형주 사람이라 하니 시랑의 존망을 알 것이다."

그러고서 그 섬을 바라보았다. 그런데 홀연 강에서 한 조각 작은 배가 오므로 양윤이 배를 향해 말했다.

"우리는 고소대 일봉암에 사는 중이온데 벽파도를 건너고자 하나 건너지 못하고 이곳에 앉아 있었습니다. 천행(天幸)으로 뱃사람을 만났사오니 바라건대 잠시의 수고를 생각지 말아 주소서."

이렇게 말하며 애걸하니 뱃사람이 배를 대고, 오르라고 하니 양윤과 춘랑이 부인을 모시고 배에 올랐다. 순식간에 도착해 뱃사람이 배를 대고 내리라 하니 부인 등이 무수히 절해 감사를 표하고 배에서 내렸다.

그들이 벽파도로 가며 살펴보니 나무가 하늘에까지 뻗어 있고 인적이 닿지 않은 곳이었다. 강가로 다니며 두루 살폈는데 문득 한 골짜기에 의복이 남루하고 온몸에 털이 돋아 보기 참혹한 사람이 강변에 다니며 고기를 주워 먹다가 한 골짜기로 들어가고 있었다. 양윤이 그 사람을 따라가 보니 그가 한 초막으로 들어가는 것이었다. 이에 양윤이 소리를 크게 하여 말했다.

"상공께서는 조금도 놀라지 마소서."

시랑이 그 말을 듣고 초막 밖으로 나오며 말했다.

"이 험한 곳에 나를 찾아올 사람이 없거늘 도사는 무슨 말을 묻고자 하여 찾아왔나이까?"

양윤이 말했다.

"소승은 고소대 일봉암에 있사온데 이곳에 온 것은 간절히 묻자올 일이 있어서입니다. 그래서 상공을 찾아왔나이다."

시랑이 말했다.

"무슨 말을 묻고자 합니까?"

양윤이 땅에 엎드려 대답했다.

"소승의 고향은 형주 구계촌이온데 장사랑의 난을 만나서 피난했사옵니다. 그런데 전날에 들사오니 상공께서 형주에서 이 섬으로 정배를 오셨다고 하므로 고향 소식을 묻고자 왔나이다."

시랑이 이 말을 듣고 눈물을 흘리며 말했다.

"형주 구계촌에 살았다고 했으니 누구 집에 있었는지요?"

양윤이 대답했다.

"소승은 홍 시랑 댁 시비 양윤이니 부인을 모시고 왔나이다."

시랑이 이 말을 듣고 미친 듯 취한 듯 바삐 달려들어 양윤의 손을 잡고 대성통곡하며 말했다.

"양윤아! 너는 나를 모르느냐? 내가 홍 시랑이로다."

양윤이 홍 시랑이란 말을 듣고 기절해 오랫동안 있다가 겨우 정신을 차려 울며 말했다.

"지금 강변에 부인이 앉아 계시나이다."

시랑이 그 말을 듣고 일희일비하여 하늘을 우러러 통곡하며 강변에 바삐 나갔다.

이때 부인이 울음소리를 듣고 눈을 들어서 보니 털이 무성하여 곰 같은 사람이 가슴을 두드리며 부인을 향하여 오는 것이었다. 부인이 보고 미친 사람인가 의심해 도망하니 시랑이 말했다.

"부인은 놀라지 마시오. 나는 홍 시랑이오."

부인은 시랑인 줄 모르고 겁을 내어 고깔을 벗어 들고 도망하니 양윤이 소리 질렀다.

"부인은 도망하지 마소서. 이 분은 홍 시랑입니다."

부인이 양윤의 소리를 듣고 어리둥절하여 앉으니 홍 시랑이 울며 달려와 말했다.

"부인은 그토록 의심하시오? 나는 계월의 아비 홍 시랑이오."

부인이 듣고 정신을 차리지 못해 서로 붙들고 통곡하다가 기절했다. 양윤이 또한 통곡하며 위로하니 그 모습은 차마 보지 못할 정도였다. 춘랑은 외로운 사람이었다. 혼자 앉아서 슬프게 우니 그 모습이 또한 참혹했다.

시랑이 부인을 붙들고 초막으로 돌아와 정신을 진정시키고서 물었다.

"저 부인은 어떠한 분이오?"

부인이 탄식하고 말했다.

"피난하여 가다가 수적 맹길을 만나 계월은 물에 빠져 죽고 첩은 도적에게 잡혀 갔더니 저 춘랑의 구함을 입었사옵니다."

이렇게 말하고 그날 밤에 고소대에 가 중이 된 사연이며 부처님이 현몽하여 벽파도로 가라 하던 말이며 전후수말을 다 고했다. 시랑은 계월이 죽었다는 말을 듣고 기절했다가 겨우 정신을 차려 말했다.

"나도 그때 정 사도 집을 떠나오다가 도적 장사랑에게 잡혀 진중에 있었소. 천자가 도적을 잡을 때 나도 도적과 같이 잡혔는데 내가 도적과 마음을 같이해 모의했다 하시고 나를 이곳으로 정배 보내신 것이오."

그러고서 춘랑 앞에 나가 절하고 감사를 표했다.

"부인이 구해 주신 은혜는 죽어도 갚을 길이 없나이다."

이처럼 치하를 무수히 했다.

부인은 노승이 준 은을 뱃사람에게 팔아 양식을 이으며 계월을 생각하며 울지 않는 날이 없었다.

5. 계월과 보국이 과거에 급제하다

각설. 이때 계월은 보국과 함께 글을 배우는데 한 자를 가르치면 열 자를 알고, 하는 행동이 비상했다. 도사가 칭찬하며 말했다.

"하늘이 너를 내신 것은 명나라 황제를 위한 것이니 황제가 어찌 천하를 근심하겠느냐?"

이에 군대를 쓰는 재주와 온갖 술법을 가르치니 계월의 검술과 지략을 당세에 이길 사람이 없었다. 계월이 이름을 고쳐 평국이라 했다.

세월이 흐르는 물 같아 두 아이의 나이가 13살이 되었다. 도사가 두 아이를 불러 말했다.

"군대를 쓰는 재주는 다 배웠으니 바람과 구름을 움직이는 술법을 배우라."

하고 책을 한 권씩 주었다. 책을 보니 이는 이전에 없던 술법이었다. 평국과 보국이 밤낮 없이 배우니 평국은 석 달 만에 배우고, 보국은 일 년을 배워도 통하지 못했다. 이에 도사가 말했다.

"평국의 재주는 당대 최고로구나."

이때 두 아이의 나이가 15살이 되었다. 국가는 태평해 백성들이 격양가를 불렀다. 천자가 어진 신하를 얻으려고 하여 천하에 공문을 보내 무과(武科)를 베풀었다.

도사가 이 소문을 듣고 즉시 평국과 보국을 불러 말했다.

"지금 황성에서 과거를 보인다 하니 부디 이름을 죽백(竹帛)[24]에

---

24) 죽백(竹帛): '대나무와 비단'이라는 뜻으로 역사책을 이름. 예전에 책을 대나무나 비단으로 만든 데서 유래함.

빛내도록 하라."

그러고서 여공을 청해 말했다.

"이 두 아이에게 과거 행장(行裝)을 차려 주시오."

이에 여공이 즉시 행장을 차려 주되, 천리마 두 마리와 하인을 정해 주었다.

두 아이가 하직하고 길을 떠나 황성에 다다르니 천하의 선비가 구름 모이듯 했다.

과거 날이 되자, 평국과 보국이 대명전에 들어갔다. 천자께서는 자리에 앉아 계시고 글제가 높이 걸렸다. 평국이 글을 지어 일필휘지하니 용사비등(龍蛇飛騰)25)했다. 제일 먼저 바치고 보국은 두 번째로 바치고서 자리 잡은 집에 돌아와 쉬었다.

이때 천자께서 친히 글을 평가하시더니 평국의 글을 보고 크게 칭찬하여 말씀하셨다.

"내가 글을 많이 보았으되 이와 같은 글은 진실로 처음이로구나."

이러시면서 구절마다 관주를 찍고 평국에게 장원급제를 시키셨다. 봉투를 뜯어보시니, '무릉포에 사는 홍평국이요 나이는 16세라'라고 쓰여 있었다. 한편으로는 신래(新來)26)를 부르시며, 또 한 장을 보시니 평국의 글만은 못하지만 다른 것들보다는 나았다. 부장원을 시키고 봉투를 뜯어보시니, '무릉포에 사는 여보국이라'라고 쓰여 있었다. 천자께서 크게 기뻐해 신래를 부르시니 선전관이 황경문에 방을 붙여 이름을 불렀다.

남자 종이 문 밖에서 방이 붙기를 기다리고 있다가 급히 돌아와 일

---

25) 용사비등(龍蛇飛騰): 용이 살아 움직이는 것같이 아주 활기 있는 필력을 비유적으로 이르는 말.
26) 신래(新來): 과거에 급제한 사람.

렀다.

"도련님 두 분이 지금 과거에 급제해 이름이 방목에 올랐습니다. 바삐 부르고 계시니 어서 들어가십시오."

평국과 보국이 매우 기뻐하여 급히 황경문에 들어가 궁궐의 계단 아래에 엎드렸다. 천자께서 두 급제자를 보시고는 두 사람의 손을 잡고 칭찬하셨다.

"너희를 보니 충성스러운 마음이 있고 미간(眉間)에는 천지의 조화를 품었구나. 말소리는 옥을 깨는 듯하니 천하의 영준(英俊)이로구나. 짐이 이제는 천하를 근심하지 않아도 되겠도다. 경 등은 마음을 다하고 힘을 다하여 짐을 돕도록 하라."

이렇게 말씀하시고 평국은 한림학사에 임명하시고 보국은 부제후에 임명하셨다. 버들가지 어사화를 주시고 천리마 한 필씩을 내려 주셨다.

한림과 부제후가 사은숙배(謝恩肅拜)를 하고 나오니 하인 등이 문 밖에서 기다렸다가 두 사람을 모시고 나왔다. 이들은 붉은 도포에 옥으로 만든 띠를 대었는데, 사람들이 청홍개(靑紅蓋)27)를 받쳐 햇빛을 가려 주었다. 앞에서는 어전풍류(御殿風流)28)가 쌍옥저를 불고 뒤에서는 태학관 풍류 소리가 들리고, 화려한 옷을 입은 화동(花童)으로 행렬이 꽃밭처럼 되었다. 이들이 장안의 큰길로 뚜렷이 나오니 보는 사람들이 칭찬하여 말했다.

"하늘에서 선관이 하강했구나."

삼일유가(三日遊街)29) 후에 한림원에 들어가서 명현동의 곽 도사와

---

27) 청홍개(靑紅蓋): 푸른 색과 붉은 색의 두 일산.
28) 어전풍류(御殿風流): 대궐에서 풍류를 돋우기 위해 두었던 창기(唱妓)와 천동(倩童).
29) 삼일유가(三日遊街): 과거에 급제한 사람이 사흘 동안 시험관과 선배 급제자와 친척을 방문하던 일.

무릉포의 여공에게 기별을 전했다. 한림이 눈물을 흘리며 말했다.

"그대는 부모 양친이 계시니 영화(榮華)를 보일 수 있으려니와 나는 부모 없는 인생이라 영화를 어찌 보이겠는가?"

이렇게 말하며 슬피 우니 보는 사람이 누가 눈물을 흘리지 않으리오.

한림과 부제후가 임금의 자리 앞에 나아가 부모 앞에 영화 보일 말을 아뢰니, 이에 천자가 말씀하셨다.

"경 등은 짐의 수족이니 즉시 돌아와 짐을 도우라."

한림과 부제후가 임금께 하직 숙배하고 집을 향하여 돌아가니 각 고을에서 나와 전송했다.

여러 날 만에 무릉포에 도달해 여공 부부를 뵈니 여공 부부가 즐거워함은 이루 헤아릴 수 없었다. 보는 사람도 칭찬하지 않는 이가 없었다. 보국은 기쁜 빛이 얼굴에 가득하나 평국은 기쁜 빛이 없이 얼굴에 눈물 자국이 마르지 않았다. 이에 여공이 위로했다.

"천명(天命) 아닌 것이 없으니 전날 일을 너무 서러워 말거라. 하늘이 도우셔서 이후에 다시 부모를 만나 영화를 보일 것이니 어찌 서러워하겠느냐?"

평국이 엎드려 눈물 흘리며 말했다.

"물에 빠진 외로운 넋을 건져 내시어 이처럼 귀하게 되었으니 양육해 주신 은혜는 백골난망이옵니다. 갚을 바를 알지 못하겠나이다."

이 말에 여공과 사람들이 칭찬을 마지않았다.

이튿날 명현공에 가 도사를 뵈니 도사가 매우 기뻐하여 평국과 보국을 앞에 앉히고 먼 길에 영화로이 돌아옴을 칭찬하고, 고금의 역사와 나라 섬길 말을 하며 경계했다.

6. 계월이 적을 무찌르고 부모를 만나다

하루는 도사가 천기를 살펴보니 북방의 도적이 강성하여 주성(主星)과 모든 익성(翼星)이 자미성(紫微星)을 두르고 있었다. 도사가 놀라 평국과 보국을 불러 천문을 말해 주며 어서 올라가 천자의 위태로움을 구하라 하고 평국에게 봉서를 주며 말했다.

"전쟁터에 나가 만일 죽을 위기에 처하거든 이 봉서를 뜯어서 보아라."

그러고서 바삐 갈 것을 재촉하니 평국이 눈물을 흘리며 말했다.

"선생께서 사랑하고 가르쳐 주신 은혜는 백골난망이오나 잃은 부모님은 어느 곳에서 찾을 수 있겠나이까? 엎드려 바라건대, 선생께서는 명백히 가르쳐 주소서."

도사가 말했다.

"천기를 누설하지 못하니 다시는 묻지 말라."

이에 평국이 다시 묻지 못했다.

두 사람이 도사에게 하직하고 필마(匹馬)로 밤낮 없이 황성으로 올라 갔다.

이때 옥문관을 지키는 김경담이 장계(狀啓)[30]를 올리니 천자가 즉시 뜯어 보셨다. 그 장계의 내용은 다음과 같았다.

「서관과 서달이 비사장군 악대와 비룡장군 철통골 두 장수로 선봉을 삼고 군사 십 만과 장수 천여 명을 거느리고 북쪽 고을 칠십여 성에서 항복 받고 자사 양기덕을 베고 황성을 범하고자 합니다. 소장의 힘으로는

---

30) 장계(狀啓): 왕명을 받고 지방에 나가 있는 신하가 자기 관하(管下)의 중요한 일을 왕에게 보고하던 일. 또는 그런 문서.

감당하지 못하니 엎드려 바라건대 황상께서는 어진 명장을 보내셔서 도적을 막으소서.」

천자께서 보시고 크게 놀라 신하들을 돌아보며 말씀하셨다.

"경 등은 바삐 대원수를 정해 적을 막을 묘책을 의논하라."

이렇게 말씀하시며 눈물을 흘리시니 신하들이 아뢰었다.

"평국이 비록 연소하오나 천지의 조화를 가슴 속에 품은 듯하오니 이 사람을 도원수(都元帥)로 정하여 도적을 방비하소서."

천자께서 크게 기뻐하여 즉시 사관(使官)[31]을 보내시려고 할 즈음에 황경문 수문장이 급히 고했다.

"한림과 부제후가 문 밖에서 대령하고 있나이다."

천자께서 들으시고 하교하여 급히 들어오라 하시니 평국과 보국이 빨리 들어와 계단 아래에 엎드렸다. 천자께서 그들을 보고 말씀하셨다.

"짐이 어질지 못해 도적이 강성하여 도적이 북쪽 고을 70여 성을 치고 황성을 범하고자 하니 놀랍도다. 여러 신하들과 의논하니 신하들이 경 등을 천거하므로 사관을 보내 부르려 했더니 하늘이 도우셔서 경 등이 의외로 이곳에 왔으니 사직을 지킬 수 있으리라. 충성을 다하여 짐의 근심을 덜고 도탄에 빠진 백성을 건지라."

이에 평국과 보국이 아뢰었다.

"소신 등이 재주가 얕으나 한 번 북을 쳐 도적을 무찔러 폐하의 성은을 만분의 일이나 갚고자 하오니 엎드려 바라건대 폐하께서는 염려하지 마옵소서."

천자께서 매우 기뻐하시고 평국을 대원수에 봉하시고 보국을 대사

---

31) 사관(使官): 곧 차사(差使). 임금이 중요한 임무를 위하여 파견하던 임시 벼슬. 또는 그런 벼슬아치.

마 중군 대장에 봉하신 후 장수 천여 명과 군사 팔십만을 주시며 말씀하셨다.

"장수들과 군졸들을 어떻게 지휘하려 하는고?"

도원수 평국이 아뢰었다.

"마음속에 다 정했사오니 행군할 때 각각의 소임을 정해 줄까 하나이다."

그러고서 즉시 장수 천여 명과 팔십만을 모아 계축 갑자일에 행군했다. 원수가 순금으로 만든 투구에 백운갑을 입고 허리에는 보궁(寶弓) 활과 비룡(飛龍) 화살을 찼다. 왼손에는 산호 채찍을 들고, 오른손에는 손깃발을 들어 군중을 호령하여 군졸들을 지휘하니 위풍이 엄숙했다. 천자께서 매우 기뻐하며 말씀하셨다.

"원수가 군대를 쓰는 재주가 이러하니 도적을 어찌 근심하겠는가?"

하시고 대장기에 어필로 '한림학사 겸 대원수 홍평국'이라 쓰시고 칭찬을 끊임없이 하셨다.

원수가 행군함에 기치창검(旗幟槍劍)32)은 해와 달을 희롱하고 고각함성(鼓角喊聲)33)에 산천이 진동하니 위엄이 백 리 밖에까지 뻗쳤다. 원수가 장졸을 재촉하여 옥문관으로 향하니 천자께서 원수의 행군을 구경하려고 하여 신하들을 거느리고 거둥하셨다.

임금께서 진 밖에 이르니 수문장이 진의 문을 굳이 닫으므로 전두관(殿頭官)34)이 소리를 질렀다.

"천자께서 이곳에 거둥하셨으니 진문을 어서 열라."

---

32) 기치창검(旗幟槍劍): 예전에, 군대에서 쓰던 깃발, 창, 검 등의 무기.
33) 고각함성(鼓角喊聲): 전투에서 돌격 태세로 들어갈 때, 사기를 북돋우기 위하여 북을 치고 나발을 불며 아우성치는 소리.
34) 전두관(殿頭官): 임금의 명령을 큰소리로 대신 전달해 주는 임무를 주로 맡은 시종(侍從).

이에 수문장이 말했다.

"군대 안에서는 장군의 명령을 듣고 천자의 명령은 듣지 않는다고 했으니 장군의 명이 없이 어찌 문을 열겠소."

이렇게 말하니 천자께서 조서를 전하셨다. 원수가 천자 오신 줄을 알고 진문(陣門)을 크게 열고 천자를 맞으니 수문장이 천자께 아뢰었다.

"진 안에서는 말을 타고 달리지 못하나이다."

이에 천자께서 홀로 말을 타고 장대(將臺)35) 아래에 이르시니, 원수가 급히 장대에서 내려 오랫동안 읍을 하고 말했다.

"갑옷 입은 군사는 절을 못하나이다."

그러고서 땅에 엎드리니 임금께서 칭찬하시고 좌우를 돌아보아 말씀하셨다.

"원수의 진법이 옛날 주아부(周亞夫)36)를 본받았으니 무슨 염려가 있겠는가?"

이렇게 말씀하시고 백모황월(白旄黃鉞)37)과 인검(引劍)38)을 주시니, 군대 안이 더욱 엄숙했다. 천자께서 먼 길에 공을 이루고 돌아올 것을 당부하고 궁으로 돌아가셨다.

이때 원수가 행군한 지 석 달 만에 옥문관에 이르렀다. 수문장 석탐이 황성의 대병(大兵)이 온 줄을 알고 크게 기뻐하여 성문을 열고 원수를 맞이했다. 원수가 뭇 장수들에게서 군례를 받으니 군대가 엄숙했다. 원수가

---

35) 장대(將臺): 장수가 올라서서 명령·지휘하던 대. 성(城), 보(堡) 따위의 동서 양쪽에 돌로 쌓아 만듦.
36) 주아부(周亞夫): 중국 한나라 때 장군. 문제 때에는 흉노를 물리치고 경제 때에는 오초칠국의 난을 평정하여 공을 세움. 후에 누명을 써 하옥되자 음식을 먹지 않아 목숨을 끊음.
37) 백모황월(白旄黃鉞): 백모는 털이 긴 쇠꼬리를 장대 끝에 매달아 놓은 기(旗)이고, 황월은 황금으로 장식한 도끼를 이름.
38) 인검(引劍): 임금이 병마를 통솔하는 장수에게 주던 검. 명령을 어기는 자는 보고하지 않고 죽일 수 있는 권한을 주었음.

수문장을 불러 도적의 형세를 물으니 석탐이 대답했다.

"도적의 형세가 철통같습니다."

원수가 이튿날 떠나 벽원이라는 곳에 다다라 진을 머물게 했다. 그러고서 적진을 바라보니 드넓은 평원에 살기가 충천하고 기치검극(旗幟劍戟)이 햇빛을 희롱할 정도였다. 원수가 적진을 바라보고 앉아 군중에 호령했다.

"명령을 어기는 자에게는 군법을 시행할 것이다."

이에 진에 가득한 장졸들이 겁내지 않는 이가 없었다.

이튿날 새벽에 원수가 순금 투구에 백운갑을 입고 삼척 장검을 들고는 준마 위에 우뚝 앉아 진의 문을 열고 나서며 크게 호령했다.

"적장은 들으라. 천자의 성덕이 어지셔서 천하의 백성이 격양가를 부르며 만세를 부르거늘 네 놈이 반란의 마음을 두어 황성을 범하고자 하는구나. 천자께서 백성을 건지라 하시고 나를 불러 보내셨으니 너희는 목을 드리워 내 칼을 받으라. 두렵거든 빨리 나와 항복하라."

이러한 소리에 태산이 움직이는 듯하니 비사장군 악대가 이 말을 듣고 대로하여 창 한 자루만 들고 말에 올라 진문 밖에 나서며 소리쳤다.

"너는 입에서 아직도 젖비린내가 나는 어린아이이니 어찌 나를 대적하겠느냐? 내 칼을 받으라."

이렇게 말하며 달려드니 원수가 웃고는 장검을 높이 들고 말을 채쳐 달려들었다. 십여 합에 승부를 겨루지 못했는데, 서달이 장대에서 보다가 악대의 칼빛이 점점 약해지고 평국의 칼빛이 노송 속의 번개처럼 더욱 씩씩하므로 급히 징을 쳐 군사를 거두었다.

원수가 분함을 머금고 본진으로 돌아오니 장수와 군졸들이 원수를 칭찬하며 말했다.

"원수께서 변화를 부리는 술법과 좌충우돌하는 법은 춘삼월의 버드나무 가지가 바람 앞에 놓인 듯, 추구월 초승달이 검은 구름을 헤치는 듯합니다."

이때 중군장 보국이 아뢰었다.

"내일은 제가 나가 악대의 머리를 베어 휘하에 올리겠나이다."

원수가 이 말을 듣고 만류했다.

"악대는 범상치 않은 장수니 중군은 물러 있으라."

그러나 중군장이 끝내 듣지 않고 간청하므로 원수가 말했다.

"중군장이 자청해 공을 세우고자 하거니와 만일 뜻대로 되지 않는다면 군법을 시행할 것이다."

이에 중군장이 말했다.

"그렇게 하옵소서."

원수가 말했다.

"군대에는 개인적인 정이 없으니 중군장은 군율에 따르겠다고 다짐을 하라."

중군장이 이에 투구를 벗고 다짐을 올렸다.

이튿날 해 뜰 무렵에 보국이 갑옷과 투구를 갖추고 용총마 위에 올라앉아,

"원수는 친히 북채를 들어 만일 위태하거든 징을 쳐 퇴군하옵소서."

하고, 진문 밖에 나서며 크게 호령했다.

"어제 우리 원수께서 너희 베는 것을 불쌍히 여겨 그저 돌아왔으나 오늘은 나를 시켜 너희를 베라 하셨으니 너희는 빨리 나와 내 칼을 받으라."

이에 적장이 크게 성을 내어 정서 장군 무길에게 명해 보국의 머리를

베어 올리라 하니 무길이 명령을 듣고 긴 창을 들고 말에 올라 서로 싸웠다. 몇 합이 못 해 보국의 칼이 빛나며 무길의 머리가 말 아래에 떨어졌다. 보국이 그 머리를 칼끝에 꿰어 들고 크게 소리를 질렀다.

"적장은 애매한 장수만 죽이지 말고 빨리 나와 항복하라."

이에 총서 장군 충관이 거짓 패하여 본진으로 달아났다. 보국이 기세를 타 충관을 쫓아갔는데 적진에서 일시에 고함을 지르고 보국을 둘러싸는 것이었다. 보국이 천여 겹에 둘러싸여 할 수 없이 죽게 되었으므로 수기(手旗)를 높이 들고 원수를 향해 탄식했다.

이때 원수가 중군장이 급하게 된 것을 보고 북채를 던지고 준총마를 급히 몰아 나오며 크게 소리 질렀다.

"적장은 나의 중군장을 해치지 마라."

이렇게 소리치며 수많은 적군 속에서 좌충우돌하여 고함을 지르고 적군을 헤치고 들어갔다. 그러자 적진의 장졸이 물결이 퍼지듯 했다. 원수가 보국을 옆에 끼고 적장 오십여 명을 한 칼로 베고 적진 속에서 종횡무진하니 서달이 악대를 돌아보며 말했다.

"평국이 한 명인 줄 알았더니 지금 보니 수십 명도 더 되는 것 같구나."

악대가 말했다.

"대왕은 근심하지 마옵소서."

서달이 말했다.

"누가 능히 당하겠는가? 죽은 군사의 수를 이루 헤아리지 못하겠노라."

이때 원수가 본진에 돌아와 장대에 높이 앉아 보국을 잡아 장대 앞에 꿇리고 크게 꾸짖었다.

"중군장은 들으라. 내가 만류했으나 중군장이 자원하여 다짐을 하고 출전했다가 적장의 꾀에 빠져 대국에 수치를 끼쳤도다. 구하지 않으려다가 더러운 도적의 손에 죽게 하지 않고 내가 군법으로 죽여 장수들에게 본을 보이고자 하여 구한 것이니 죽는 것을 서러워하지 마라."

이렇게 말하며 무사를 호령해 원문(院門)[39) 밖에 내어 베라 하니 장수들이 일시에 땅에 엎드려 말했다.

"중군장의 죄는 군법으로 시행함이 마땅하오나 힘을 다해 적장 30여 명을 베고 의기양양하여 적진을 가볍게 여기다가 패전한 것이오니 한 번의 패배는 전장에서 늘 있는 일입니다. 엎드려 바라건대 대원수께서는 중군장을 용서해 주옵소서."

이렇게 말하며 모두 고개를 조아리고 절하니 원수가 잠시 생각하다가 속으로 웃고 말했다.

"그대를 베어 장졸들에게 본을 보이려고 했더니 장수들의 얼굴을 보아 용서하거니와 이후에는 그러지 마라."

이렇게 말하고 웃으니 보국이 백 번 절해 사례하고 물러갔다.

이튿날 새벽에 원수가 갑옷과 투구를 갖춰 입고 말에 올라 칼을 들고 나서며 크게 호령했다.

"어제는 우리 중군장이 패했지만 오늘은 내 친히 싸워 너희를 함몰할 것이다."

그러고서 점점 나아가니 적들이 겁을 내어 어찌할 바를 몰랐다. 이때 악대가 분을 이기지 못해 달려들어 십여 합에 이르러 원수의 칼날이 빛나며 악대의 머리가 말 아래로 떨어졌다. 원수가 악대의 머리를 칼끝에

---

39) 원문(院門): 관아의 문.

꿰어 들고서 중군장 마하의 머리를 베고 칼춤을 추며 본진으로 돌아왔다. 원수가 악대의 머리를 함에 봉해 황성에 올렸다.

서달은 악대가 죽는 것을 보고 하늘을 우러러 통곡하며 말했다.

"이제 악대가 죽었으니 평국을 누가 잡겠는가?"

철통골이 아뢰되,

"평국을 잡을 계교가 있사오니 근심하지 마옵소서. 자기가 아무리 용맹이 있사오나 이 계교에 빠질 것이니 두고 보옵소서."

하고, 이날 밤에 장졸들에게 명했다.

"군사를 삼천 명씩 거느려 천문동 어구에 매복하고 있으라. 평국을 유인해 올 것이니 평국이 골 어구에 들거든 사면에 불을 지르라."

이렇게 말하고 장졸들을 보냈다.

이튿날 새벽에 철통골이 갑옷과 투구를 갖춰 입고 진문 밖에 나서며 크게 소리 질러 싸움을 청했다.

"명나라 장수 평국은 빨리 나와 내 칼을 받으라."

이렇게 말하니 원수가 크게 성을 내 달려들어 수십여 합에 이르도록 승부를 보지 못했다. 철통골이 거짓으로 패해 투구를 벗어 들고 창을 끌고 말머리를 돌려 천문동으로 들어갔다. 이에 원수가 철통골을 쫓아가니 날은 이미 저문 뒤였다. 원수가 적장의 꾀에 빠진 줄을 알고 말을 돌리려 할 즈음에 사면에서 난데없는 불이 일어났는데 불빛이 하늘에 닿을 정도였다. 원수가 아무리 생각해도 피할 길이 없어 하늘을 우러러 탄식하고 말했다.

"나 하나가 죽으면 천하의 강산이 오랑캐 놈의 세상이 될 것이다. 하물며 잃은 부모를 다시 보지 못할 것이니 이를 어찌할 것인가?"

이렇게 말하다가 문득 생각하고 선생이 주신 봉서를 내어 급히 뜯어보니 다음과 같이 쓰여 있었다.

「봉서 속에 부적을 써 넣었으니 천문동 화재를 만나거든 이 부적을 각 방향에 날리고 용(龍) 자를 세 번 부르라.」

원수가 매우 기뻐해 하늘에 축수(祝手)[40]하고 부적을 사방에 날리고 용 자를 세 번 불렀다. 이윽고 서풍이 크게 일어나더니 북방에서 검은 구름이 일어나며 뇌성벽력이 진동하고 소나기가 내려 타오르던 불이 일시에 스러졌다. 원수가 바라보니, 비가 그치고 달빛이 동쪽 하늘에 걸려 있었다. 원수가 본진으로 돌아오며 살펴보니 서달의 십만 군졸도 간 데 없고 명나라의 대병도 다 없었다. 이에 원수가 생각하기를,

'서달이 내가 죽은 줄 알고 진을 파해 황성으로 갔도다.'

하며 너른 백사장에서 홀로 서서 갈 곳을 몰라 탄식했다.

이윽고 옥문관에서 함성이 들리거늘 원수가 말을 채쳐 함성을 따라가니, 북 소리가 진동하며 철통골이 소리를 질렀다.

"명나라 중군장은 도망치지 말고 내 칼을 받으라. 너희 대원수 평국은 천문동 화재에 죽었으니 네가 어찌 나를 대적하겠느냐?"

이렇게 말하며 종횡무진으로 다니니 원수가 듣고 크게 성내어 소리 질렀다.

"적장은 나의 중군장을 해치지 말라. 천문동 화재에 죽은 평국이 여기 왔다."

그러고서 철통골에게 번개같이 달려드니 서달이 철통골을 돌아보며 말했다.

---

40) 축수(祝手): 두 손을 모아 빎.

"평국이 죽은 줄 알았더니 이 일을 어찌할꼬?"

철통골이 아뢰었다.

"이제 빨리 도망해 본진으로 돌아갔다가 다시 군사를 일으킴만 같지 못합니다. 이제 우리가 아무리 싸우려 해도 형세가 다하고 힘이 다했으므로 패배할 것입니다. 바삐 군졸을 거느려 벽파도로 가시지요."

이렇게 말하고는 장수들 삼십여 명을 거느리고 강변에 나가 어부의 배를 빼앗아 타고 벽파도로 갔다.

이때 원수가 창 한 자루를 들고 말에 올라 짓쳐 들어가니 칼 빛이 번개 같고 주검이 산처럼 쌓였다. 원수가 한 칼로 십만 대병을 무찌르고 서달 등을 찾으려고 살펴보니 남은 군사 몇 명이 달아나며 울면서 말했다.

"서달아. 너만 도망해 살려고 하느냐?"

하고,

"우리는 외로운 넋이 되랴?"

하며,

"도망하느냐?"

이처럼 말들을 하고 슬피 우니 그 모습이 도리어 처량했다.

원수가 서달 등을 찾으려 할 때 문득 옥문관에서 들리는 소리가 나므로 생각하기를,

'적장이 그쪽으로 갔구나.'

하고 급히 말을 채쳐 그리로 향했다.

이때 보국은 이런 일이 일어난 줄은 모르고 가슴을 두드리며 희미한 칼 빛을 보고 적장이 오는가 하여 달아나고 있었는데, 후군이 아뢰었다.

"뒤에 오는 분은 천문동 화재에 죽은 우리 원수의 혼백인가 하옵니다."

중군장이 크게 놀라 말했다.

"어떻게 아느냐?"

후군이 아뢰었다.

"희미한 칼 빛에 보오니 타신 말이 준총마요 투구와 갑옷의 빛이며 거동이 원수의 모습 같사옵니다."

보국이 그 말을 듣고 반겨서 군사를 머무르게 하고 서서 기다렸다. 원수의 소리가 들리므로 보국이 매우 기뻐하며 크게 소리를 질렀다.

"소장은 중군장 보국이오니 기운을 허비하지 마옵소서."

원수가 듣고 크게 소리 질러 말했다.

"네가 분명 보국이면 군사를 시켜 칼을 보내라."

보국이 크게 기뻐해 칼과 수기를 보냈다. 원수가 그것들을 보고 달려와 말에서 내려 보국의 손을 잡고 장막 안으로 들어가 기뻐했다. 그러고서 천문동 화재에 죽게 되었더니 선생의 봉서를 보고 이리이리 해서 벗어난 말과 본진으로 오다가 적들을 무찔렀으나 서달 등은 잡지 못한 일 등을 낱낱이 말하고 쉬었다.

날이 밝자, 군사가 보고했다.

"서달이 도망해 벽파도로 갔다 하오니 도적을 잡도록 명령하옵소서."

원수가 이 말을 듣고 크게 호령하여 즉시 군사를 거느리고 강변에 이르러 어선을 잡아 타고 건너갔다. 배마다 깃발과 창검을 세우고 원수는 군대에 단을 높이 쌓고 갑옷과 투구를 갖추고 삼척 장검을 높이 들었다. 군사들에게 호령해 배를 저어 벽파도로 향하게 하니 원수의 씩씩한 기세와 늠름한 거동은 일세의 영웅이라 할 만했다.

이때 홍 시랑은 부인과 함께 계월을 생각하며 매일 서러워하고 있었다. 그런데 뜻밖에 들레는 소리가 나므로 급히 초막 밖으로 나와서 보니 무수한 도적이 야단스럽게 소리 지르고 있었다. 시랑이 부인을 데리고 천방지방 도망해 산골짜기로 들어가 바위틈에 몸을 감추고 통곡했다.

이튿날 새벽에 강을 바라보니 군사들이 배를 타고 오고 있었다. 깃발과 창검이 서리 같고 함성이 진동하는데, 배가 벽파도로 향하고 있었다. 시랑이 더욱 놀라 몸을 감추었다.

원수가 벽파도에 다다라 배를 강변에 매고 진을 치고는 호령했다.

"서달 등을 어서 잡으라."

이에 장수들이 일시에 고함을 지르고 벽파도를 둘러쌌다. 서달이 할 수 없어 자결하려고 하였으나 원수의 장졸에게 잡혔다. 원수가 장대에 높이 앉아 서달 등을 장대 아래에 꿇리고 호령했다.

"이 도적들을 차례로 군문(軍門) 밖에 내어 베도록 하라."

무사들이 일시에 달려들어 철통골을 먼저 잡아 내어 베고 남은 장수들을 차례로 베었다.

이때 군졸이 원수에게 아뢰었다.

"어떤 사람이 여인 세 명을 데리고 산속에 숨어 있으므로 잡아서 대령했나이다."

원수가 잠깐 머물러 그 네 사람을 잡아들이라 하니, 원수가 내달아 결박해 그들을 장대 아래에 꿇리고 죄목을 물으니 네 사람은 넋을 잃은 상태였다. 이에 원수가 서안(書案)을 치며 말했다.

"너희를 보니 대국의 복색을 하고 있구나. 적병이 너희와 응해 마음을 같이하고 힘을 합했느냐? 바로 아뢰라."

시랑이 겁을 내었으나 정신을 진정하고 말했다.

"소인은 전날 대국에서 시랑 벼슬을 하옵다가 소인의 참소로 고향에 돌아와 농업을 일삼다가 장사랑의 난 때 잡혀 이곳으로 정배 온 죄인이 오니 죽어 마땅하옵니다."

원수가 이 말을 듣고 크게 꾸짖었다.

"네 천자의 성은을 배반하고 역적 장사랑에게 붙었다가 성상(聖上)이 어지셔서 너를 죽이지 않으시고 이곳으로 정배를 시키셨으니 그 은혜를 생각하면 백골난망일 것이다. 그런데 이제 또 적장과 내응했다가 이렇게 잡혔으니 네가 어찌 변명을 할 수 있겠느냐?"

이렇게 말하고 잡아 내어 베라 하니 양 부인이 하늘을 우러러 통곡했다.

"애고. 이것이 어인 일인가? 계월아! 계월아! 너와 함께 강물에 빠져 그때 죽었더라면 이런 욕을 안 보았을 것을, 하늘이 밉게 여기셔서 모진 목숨이 살았다가 이런 꼴을 보는구나."

이렇게 소리치며 기절하므로 원수가 이 말을 듣고 문득 선생이 이르신 말씀을 생각하고 크게 놀라 앞에 가까이 가 앉아서 물었다.

"아까 들으니 계월과 함께 죽지 못함을 한스러워하니 계월은 누구며 그대 성명은 무엇인고?"

부인이 대답했다.

"소녀는 대국 구계촌에 사는 양 처사의 여식이오며 가군은 홍 시랑이옵고 저 계집은 시비 양윤이요 계월은 소녀의 딸이옵니다."

이렇게 말하며 전후수말을 낱낱이 고했다. 원수가 이 말을 들으니 천지가 아득하고 세상사가 꿈과 같았다. 급히 부인의 손을 붙들고 통곡하며 말했다.

"어머님! 제가 그때 물에 들었던 계월이옵니다."

그러고서 기절하니 부인과 시랑이 이 말을 듣고 서로 통곡하고 기절했다. 천여 명의 장수와 팔십만 명의 군졸이 이 광경을 보고 어찌 된 일인지 알지 못하고 서로 돌아보고는 말하면서 혹은 눈물을 흘리며 천고에 드문 일이라 하면서 원수의 명령이 내려지기를 기다렸다. 보국은 이미 평국이 부모를 잃은 줄을 알고 있었으므로 원수를 위로하여 장대로 모셨다.

원수가 정신을 진정하여 부모를 장대에 모시고 아뢰었다.

"그때 물에 떠 가다가 무릉포의 여공께서 저를 건져 내어 집으로 데려가 저를 친자식같이 기르셨사옵니다. 여공께서 어진 선생을 가려 그 아들 보국과 같이 동문수학하도록 하셨사온데 선생 덕택으로 황성에 올라가 둘이 함께 급제해 저는 한림학사로 있게 되었사옵니다. 그러던 중 서달이 반란을 일으키자 소자는 원수가 되옵고 보국은 중군장이 되어 이번 싸움에서 적들을 무찔렀사옵니다. 서달 등이 도망해 이곳으로 오기에 서달을 잡으러 왔더니 천행으로 부모를 만났나이다."

이렇게 말하며 전후 일을 낱낱이 고했다. 시랑과 부인이 듣고 고생하던 말을 일일이 다 말하며 슬피 통곡하니 산천초목이 다 눈물을 머금는 듯했다.

원수가 정신을 차려 부인의 젖을 만지며 새로이 통곡하다가 양윤을 어루만지며 말했다.

"내가 네 등에서 떠나지 않던 정과 물에 들 때에 울며 이별하던 일을 생각하면 칼로 베이는 듯하구나. 너는 부인을 모시고 죽을 액을 여러 번 지내다가 이렇듯 만났으니 이 어찌 즐겁지 않은가?"

이렇게 말하며 춘랑 앞에 나가 절하고 공경하는 빛으로 사례했다.

"황천에 가 만날 부모를 이생에 다시 만나 뵙게 된 것은 부인의 덕택입니다. 이 은혜를 어찌 다 갚겠습니까?"

춘랑이 답례하며 말했다.

"미천한 사람을 이처럼 정성껏 대하시니 황공하여 아뢸 말씀이 없나이다."

원수가 춘랑을 붙들어 장대 위에 앉히고 더욱 공경했다.

이때 중군장 보국이 장대 앞에 들어와 문후하고 원수에게 부모와 상봉함을 치하했다. 원수가 매우 기뻐하고 장대에서 내려와 보국의 손을 잡고 장대에 올라가 시랑에게 보이며 말했다.

"이 사람은 소자와 동문수학하던 여공의 아들 보국이옵니다."

시랑이 듣고 급히 일어나 보국의 손을 잡고 눈물을 흘리며 말했다.

"그대 부친의 덕택으로 죽었던 자식을 다시 보니 이는 결초보은해도 못 갚을까 하니 무엇으로 갚으리오."

보국이 사례하고 물러나니 진에 가득한 장졸들이 또한 원수에게 부모 만난 것을 분분히 치하했다.

이튿날 새벽에 군대 안에 좌기(坐起)⁴¹⁾하고 군사를 호령하여 서달 등을 꿇리고 항서를 받은 후, 서달 등을 장대에 올려 앉히고 도리어 사례하며 말했다.

"그대가 만일 이곳에 오지 않았던들 어찌 내가 부모를 만날 수 있었겠는가? 이후로 그대는 나의 은인이로다."

서달 등이 그 말을 듣고 감사해 엎드려 사은하고 말했다.

"무도한 도적이 원수의 손에 죽을까 겁냈더니 도리어 치사(致辭)⁴²⁾를 듣사오니 이제 죽어도 원수의 덕을 갚을 길이 없나이다."

원수가 이에 서달 등을 본국에 돌려보냈다.

그러고서 인근 고을의 수령에게 명령을 전해 안마(鞍馬)⁴³⁾와 평교

---

41) 좌기(坐起): 관아의 우두머리가 출근하여 일을 봄.
42) 치사(致辭): 다른 사람을 칭찬함. 또는 그런 말.

자(平轎子)44)를 대령하도록 해 부친과 모부인을 모시고 천여 명의 장수와 팔십만 군사를 거느려 갔다. 군사들이 원수를 옹위(擁衛)45)해 옥문관으로 향하니 수레의 행렬과 그 짐들의 규모는 천자에게 비길 정도였다. 원수의 행렬이 옥문관에 다다라 승전하고 부모를 만난 사연을 천자께 아뢰었다.

이때 천자께서는 악대의 머리를 받아 보신 후에 원수의 소식을 몰라 밤낮으로 염려하고 계셨다. 그러던 중, 황경문 밖에서 장졸이 장계(狀啓)를 올렸으므로 천자께서 뜯어보시니 장계의 내용은 다음과 같았다.

「한림학사 겸 대원수 평국은 머리를 조아려 백 번 절하옵고 한 장 글을 폐하께 올리나이다. 서달 등을 쳐서 무찌를 때 도적이 도망해 벽파도로 가므로 쫓아 들어가 적졸을 다 잡은 후에 이별했던 부모를 만났사오니 폐하께서는 살펴 주옵소서. 아비는 장사랑과 함께 잡혀 벽파도로 정배되었던 홍무이옵니다. 엎드려 바라건대 폐하께서는 신의 벼슬을 거두어 아비의 죄를 속해 뒷사람을 본받게 하시면 제가 아비를 데리고 고향에 돌아가 여생을 마치고자 하나이다.」

천자께서 보시고 매우 놀라면서도 크게 기뻐하며 말씀하셨다.

"평국이 한 번 가서 북방을 평정하고 또 부모를 만났다 하니 이는 하늘이 감동하신 까닭이로다."

그러고서 또 말씀하셨다.

"대원수가 올라오면 승상이 될 것이니 그 아비의 벼슬이 어찌 없을 수 있겠는가?"

---

43) 안마(鞍馬): 등에 안장을 얹은 말.
44) 평교자(平轎子): 신분이 높은 사람이 타던 가마. 앞뒤로 두 사람씩 네 사람이 낮게 어깨에 메고 다님.
45) 옹위(擁衛): 좌우에서 부축하며 지키고 보호함.

이에 홍무를 임명하여 위국공으로 봉하시고 부인을 왕비로 봉한다는 직첩(職牒)46)과 위국공 봉작(封爵)47) 직첩을 사관(使官)48)을 명해 내려 보내고 말씀하셨다.

"짐이 현명하지 못한 탓으로 원수의 아비를 정배해 여러 해를 고생시켰도다. 원수의 아비가 천행으로 원수를 만나 영화롭게 돌아오니 어찌 그 영화를 빛내지 않겠는가?"

궁녀 삼백 명을 택해 녹의홍상(綠衣紅裳)을 입히고 부인을 모실 금덩49)과 쌍가마를 보내시고 시녀에게 부인을 모시고 황성까지 오게 하셨다. 그러고서 어전풍류와 비단옷을 입힌 화동(花童) 천여 명을 거느리고 옥문관으로 향하셨다.

이때 사관이 부인을 왕비로 봉한다는 직첩과 위국공 봉작 직첩을 원수에게 전하니 시랑과 부인이 받아 북쪽을 향해 네 번 절하고 직첩을 뜯어보니 시랑을 위국공에 봉하시고 부인을 정렬 부인으로 봉하신다는 내용이었다. 또 비답(批答)50)이 있으므로 보니 다음과 같은 내용이었다.

「원수가 한 번 가 북쪽 지방을 평정하고 사직을 편안히 보존하니 그 공이 작지 않도다. 또 잃었던 부모를 만났으니 이런 일은 천고에 드물도다. 또한 짐이 어질지 못해 경의 아비를 먼 땅에 정배해 여러 해 고생하게 했으니 짐이 도리어 경을 볼 면목이 없도다. 그러나 어서 올라와 짐이 기다리는 일이 없도록 하라.」

---

46) 직첩(職牒): 조정에서 내리는 벼슬아치의 임명장.
47) 봉작(封爵): 제후로 봉하고 관작을 줌.
48) 사관(使官): 사명을 띠고 가는 관원.
49) 금덩: 황금으로 호화롭게 장식한 가마.
50) 비답(批答): 상소에 대한 임금의 대답. 여기에서는 임금의 조서와 유사한 의미로 쓰였음.

위공 부자가 황제의 은혜에 감사하고 이날 길을 떠나려 했다. 그런데 천자께서 부인을 모실 금덩과 갖가지 색으로 꾸민 시녀를 하송하셨으므로 원수가 즉시 행렬을 갖추어 부인은 금덩에 모시고 삼백 명의 시녀에게 부인을 모시게 했다. 화려하게 차려 입은 화동(花童)을 좌우로 갈라 세우고 어전풍류를 울리며 꽃밭이 되어 나아갔다. 춘랑과 양윤은 교자에 태우고 원수는 위공을 모시고 갔다. 팔십만 대병과 장수 천여 명을 중군장이 거느리고 선봉이 되어 승전고를 울리는데 그 대열이 사십 리에 걸쳐 있었다. 이처럼 들어오니 천자께서 관리들을 거느리고 원수를 맞이했다. 위공과 원수가 말에서 내려 엎드리니 천자께서 반기며 말씀하셨다.

"짐이 밝지 못해 위공을 여러 해 고생하게 했으니 짐이 도리어 부끄럽도다."

한 손으로는 위공의 손을 잡고 한 손으로는 원수의 손을 잡으시고 보국을 돌아보아 말씀하셨다.

"짐이 어찌 수레를 타고 경 등을 맞겠는가?"

이렇게 말씀하시고 삼십 리를 천자께서 친히 걸어가시니 백관이 또한 걸어 왔다. 백성들이 에워싸 대명전까지 들어오니 보는 사람 중에 누가 칭찬하지 않겠는가?

천자께서 자리에 앉으시고 원수를 좌승상 청주후에 봉하시고 보국을 대사마 대장군 이부상서에 봉하셨다. 나머지 장수에게도 차례로 상을 주시고 원수에게 물으셨다.

"경이 다섯 살에 부모를 잃었다고 하니 누구 집에 가 의탁해 자랐으며 병서(兵書)는 누구에게 배웠는고? 경의 어미는 어디 가 십삼 년 동안 고생을 하며 지내다가 벽파도에서 위공을 만났는고? 사실을 듣고자 하노라."

이에 원수가 전후에 일어난 일들을 낱낱이 아뢰니 천자께서 칭찬하시고 말씀하셨다.

"이는 고금에 없는 일이로다."

또 말씀하셨다.

"경이 물속의 외로운 넋이 될 것을 여공의 덕으로 살아나 성공하여 짐을 도왔으니 여공의 공이 없다 하겠는가?"

이렇게 말씀하시고 여공을 우복야 기주후에 봉하시고 부인을 공렬 부인에 봉하셔서 왕비로 봉한다는 직첩과 제후로 봉한다는 직첩을 사관에게 주어 무릉포에 보내셨다.

이때 여공 부부가 그 직첩을 받고 북쪽을 향해 네 번 절한 후 즉시 행장을 차리고 여공이 부인과 함께 황성에 올라갔다. 여공이 천자 계신 곳에 들어가 사은숙배하니 천자께서 반기고 칭찬하셨다.

"경이 평국을 길러 내어 사직을 평안히 보존하게 하니 그 공이 작지 않도다."

여공이 은혜에 감사하고 물러나와 위공과 정렬 부인을 뵈니 위공과 부인이 다시 기좌(起坐)[51]하고 사례했다.

"어지신 덕으로 계월을 구하셔서 친자식같이 길러 입신양명하게 하셨으니 그 은혜는 백골난망입니다."

이렇게 말하며 슬픈 회포를 금하지 못하니 여공이 더욱 감사하여 공순(恭順)[52]히 응답했다. 평국과 보국이 또한 엎드려 먼 길에 평안히 행차함을 치하했다. 위공과 정렬 부인이며 기주후와 공렬 부인, 춘랑

---

51) 기좌(起坐): 사람을 맞을 때에 예의로 일어났다가 다시 앉음.
52) 공순(恭順): 공손하고 온순함.

이 자리에 함께하였고, 양윤이 또한 기뻐함을 이루 헤아릴 수 없었다.

이날 큰 자리를 열고 삼 일을 즐겼다.

이때 천자께서는 신하들을 돌아보아 말씀하시기를,

"평국과 보국을 한 궁궐 안에서 살게 할 것이다."

하시고 종남산에 터를 닦아 집을 짓게 하셨다. 천여 간을 하루가 되지 않아 완성하니 그 웅장함을 이루 헤아릴 수 없었다. 집을 다 지은 후에 노비 천여 명과 수성군(守城軍)[53] 백여 명씩을 사급하시고 또 비단과 보자기 수천 바리[54]를 상으로 주셨다. 이에 평국과 보국이 황제의 은혜에 감사하고 한 궁궐에 각각 침소를 정하고 거처하니 그 궁궐 안의 넓이가 십 리가 넘었다. 그 위엄과 거동이 천자와 다름이 없었다.

---

53) 수성군(守城軍): 성이나 궁궐을 지키는 군사.
54) 바리: 짐을 세는 단위.

7. 계월이 여자임을 밝히고, 임금의 주선으로
보국과 혼인하다

　평국이 전쟁에 다녀온 후로 몸이 절로 피곤하여 병이 매우 깊어졌다. 집안사람들이 놀라 밤낮으로 약으로 치료했다. 천자께서 이 일을 들으시고 매우 놀라 명의를 급히 보내며,

　"병세를 자세히 보고 오라. 만일 위태로우면 짐이 친히 가 볼 것이다."

　하시고, 어의를 명해 평국에게 보내셨다. 어의가 천자의 명령을 받들어 평국의 침소에 가 병세를 보고자 맥을 짚었다. 병세가 위중하지 않으므로 속히 약을 가르쳐 주어 쓰라 하고 돌아와 천자께 아뢰었다.

　"병세를 보니 위중하지 아니하기에 빨리 듣는 약을 가르쳐 주어 쓰라 하고 왔사오나 또한 괴이한 일이 있으니 수상하옵니다."

　천자께서 놀라 물으셨다.

　"무슨 연고가 있는고?"

　어의가 엎드려 아뢰었다.

　"평국의 맥을 보오니 남자의 맥이 아니오니 이상한 일이옵니다."

　천자께서 그 말을 들으시고 말씀하셨다.

　"평국이 여자라면 어찌 전장에 나아가 적병 십만 군을 소멸하고 왔겠는가? 평국의 얼굴이 복숭아꽃 빛이요 몸이 약하므로 혹 미심쩍은 점이 있거니와 아직은 누설하지 말라."

　그러시고는 내시를 시켜 자주 문병하도록 하셨다.

　이때 평국은 병세가 차차 나아졌다. 생각하기를,

'어의가 나의 맥을 짚었으니 나의 본색이 탄로날 것이다. 이제는 할 수 없이 여자 옷으로 바꿔 입고 규중에 몸을 감추어 세월을 보내는 것이 옳겠다.'

하고, 즉시 남자 옷을 벗고는 여자 옷으로 갈아입고서 부모를 뵈었다. 그리고 흐느끼니 두 뺨에 두 줄기 눈물이 줄줄 흘렸다. 이에 부모도 눈물을 흘리며 위로했다. 계월이 슬픔에 잠겨 우는 모습은 추구월 연꽃이 가랑비를 머금은 듯, 초승달이 구름에 잠긴 듯했으며 아름다우며 침착한 태도는 당대의 제일이었다.

계월이 천자께 상소를 올리자, 임금께서 보셨는데 상소의 내용은 다음과 같았다.

「한림학사 겸 대원수 좌승상 청주후 평국은 머리를 조아려 백 번 절하고 아뢰옵나이다. 신첩이 다섯 살이 되기 전에 장사랑의 난에 부모를 잃었사옵니다. 그리고 도적 맹길의 환을 만나 물속의 외로운 넋이 될 뻔한 것을 여공의 덕으로 살아났사옵니다. 오직 한 가지 생각을 했으니, 곧 여자의 행실을 해서는 규중에서 늙어 부모의 해골을 찾지 못할 것이라는 점입니다. 그래서 여자의 행실을 버리고 남자의 옷을 입어 황상을 속이옵고 조정에 들었사오니 신첩의 죄는 만 번을 죽어도 아깝지 않습니다. 이에 감히 아뢰어 죄를 기다리옵고 내려 주셨던 유지(諭旨)와 인수(印綬)[55]를 올리옵나이다. 임금을 속인 죄를 물어 신첩을 속히 처참하옵소서.」

천자께서 글을 보시고 용상(龍床)을 치며 말씀하셨다.

"평국을 누가 여자로 보았으리오? 고금에 없는 일이로다. 천하가

비록 넓으나 문무(文武)를 다 갖추어 갈충보국(竭忠報國)[56]하고, 충성과 효도를 다하며 조정 밖으로 나가서는 장수가 되고 들어와서는 재상이 될 만한 재주를 가진 이는 남자 중에도 없을 것이로다. 평국이 비록 여자지만 그 벼슬을 어찌 거두겠는가?"

내시를 명해 유지와 인수를 도로 보내시고 비답을 주셨다. 계월이 황공하고 감사해 비답을 받아 보니, 다음과 같은 내용이었다.

「경의 상소를 보니 놀랍고도 장하도다. 충과 효를 다 갖추어 반란군을 소멸하고 사직을 평안히 보존한 것은 다 경의 바다와 같은 덕 때문이니 짐이 어찌 경이 여자임을 허물로 삼겠는가? 유지와 인수를 도로 보내니 추호도 염려하지 말고 경은 갈충보국하여 짐을 도우라.」

이에 계월이 사양을 못해 여자 옷을 입고 그 위에 조복(朝服)[57]을 입고 자신이 부리던 장수 백여 명과 군사 천여 명에게 갑옷과 투구를 갖추어 입고 승상부 문 밖에 진을 치고 있게 하니 그 대열이 엄숙했다.

하루는 천자께서 위국공을 입시하게 해 말씀하셨다.

"짐이 원수의 상소를 본 뒤로 생각이 많도다. 평국이 규중에서 홀로 늙으면 홍무의 혼백이 의지할 곳이 없을 것이니 어찌 슬프지 않겠는가? 또한 평국이 규중에서 늙는 것이 불쌍하니 평국의 혼인은 짐이 중매해 성사시키고자 하니 경의 뜻이 어떠한고?"

위국공이 엎드려 아뢰었다.

"신의 뜻도 그러하옵니다. 소신이 평국에게 나아가 말하겠지만, 평국의 배필을 누구로 정하려 하나이까?"

천자께서 말씀하셨다.

---

56) 갈충보국(竭忠報國): 충성을 다해 나라의 은혜를 갚음.
57) 조복(朝服): 관원이 조정에 나아가 하례할 때에 입던 예복.

"평국과 함께 공부하던 보국과 혼인시키려 하니 경의 마음이 어떠한고?"

위국공이 아뢰었다.

"하교가 마땅하옵니다. 평국이 죽을 목숨을 여공의 덕으로 살아났삽고 여공이 평국을 친자식같이 길러 영화를 누리게 하고 이별했던 부모를 만나게 했사옵니다. 또한 평국은 보국과 함께 공부하여 같은 과거에서 급제하여 폐하의 크신 덕으로 작록(爵祿)을 받아 머나먼 전장에서 보국과 사생고락을 함께 하였사옵니다. 두 사람이 돌아와서는 한 집에 거처하고 있사오니 천정연분인가 하나이다."

이렇게 아뢰고 물러나와 계월을 불러 앉히고 천자께서 하교하시던 말씀을 낱낱이 전하니 계월이 아뢰었다.

"소녀의 마음은 평생을 홀로 늙으면서 부모 슬하에 있다가 죽은 후에 다시 남자가 되어 공자와 맹자의 행실을 배우고자 하는 것이었습니다. 그런데 근본이 탄로나 천자의 하교가 이러하십니다. 부모님도 슬하에 다른 자식이 없어 슬픈 마음을 품으시고 조상의 제사를 전하실 곳이 없었사옵니다. 자식이 되어 부모의 명을 어찌 거역하며 천자의 하교를 어찌 배반하겠나이까? 하교대로 보국을 섬겨 여공의 은혜를 만분의 일이나 갚을까 하오니 부친은 이 사연을 천자께 아뢰옵소서."

이렇게 말하며 눈물을 흘리고 자신이 남자 못 된 것을 한스러워했다.

이때 위공이 즉시 대궐에 들어가 계월이 하던 말을 아뢰니 천자께서 기뻐하시고 즉시 여공을 불러 하교하셨다.

"평국과 보국을 부부로 정하고자 하니 경의 뜻은 어떠한고?"

여공이 엎드려 아뢰었다.

"폐하의 덕택으로 어진 며느리를 얻게 되었으니 감사하여 아뢸 말씀이 없나이다."

이렇게 아뢰고 물러나와 보국을 불러 천자의 하교를 전하니 보국이 엎드려 사례했다. 또한 부인이며 집안의 모든 사람들이 다 기뻐했다.

이때 천자께서 태사관(太史官)58)을 불러 택일하니 혼인 날짜는 삼월 보름께였다. 택일단자(擇日單子)59)와 예단 수천 필을 봉해 위공의 집으로 보내셨다.

위공이 택일단자를 가지고 계월의 침소에 들어가 전하니 계월이 아뢰었다.

"보국은 전날에 중군장으로서 소녀가 부리던 사람이었습니다. 그런데 제가 그 사람의 아내가 될 줄을 알았겠습니까? 다시는 군례(軍禮)를 못할까 하오니 이제 마지막 군례를 차리고자 합니다. 이 뜻을 폐하께 아뢰어 주옵소서."

위공이 그 말을 듣고 즉시 천자께 아뢰니 천자께서 바로 군사 오천 명과 장수 백여 명에게 갑옷과 투구를 갖추고 깃발과 창검을 갖추게 하여 원수에게 보내셨다. 계월이 여자 옷을 벗고 갑옷과 투구를 갖춘 후 용봉황월(龍鳳黃鉞)60)과 수기(手旗)를 잡아 행군해 별궁에 자리를 잡았다. 그리고 군사를 시켜 보국에게 명령을 전하니 보국이 전해져 온 명령을 보고 화가 머리끝까지 났다. 그러나 보국은 예전에 평국의 위엄을 보았으므로 명령을 거역하지 못해 갑옷과 투구를 갖추고 군문에 대령했다.

---

58) 태사관(太史官): 천문, 역법 등을 관장하던 벼슬.
59) 택일단자(擇日單子): 혼인 날짜를 정하여 상대편에게 적어 보내는 쪽지.
60) 용봉황월(龍鳳黃鉞): 용과 봉황이 그려진 황금으로 장식한 도끼.

이때 원수가 좌우를 돌아보며 말했다.

"중군장이 어찌 이다지도 거만한가? 어서 예를 갖추어 보이라."

호령이 추상과 같으니 군졸의 대답 소리로 장안이 울릴 정도였다. 중군장이 그 위엄을 보고 겁을 내어 갑옷과 투구를 끌고 몸을 굽히고 들어가니 얼굴에서 땀이 줄줄 흘러내렸다. 급히 나아가 장대 앞에 엎드리니 원수가 정색을 하고 꾸짖었다.

"군법은 더할 수 없이 무거운 것이다. 그대가 중군장이라면 즉시 대령했다가 명령이 내려지기를 기다려야 할 것이어늘 장수의 명령을 중하게 여기지 않고 태만한 마음을 두어 군령을 소홀히 아니 중군장의 죄는 참으로 무엄하도다. 즉시 군법을 시행할 것이되 용서하겠다. 그러나 그저 두지는 못 하겠도다."

군사들을 호령해 중군장을 빨리 잡아내라고 하는 소리가 추상과 같았다. 무사들이 일시에 고함을 지르고 달려들어 중군장을 장대 앞에 꿇리니 중군장이 정신을 잃었다가 겨우 진정하고 아뢰었다.

"소장이 몸에 병이 있어 치료하다가 미처 제 시간에 이르지 못했으니 태만한 죄는 만 번 죽어도 아깝지 않사옵니다. 그러나 병든 몸이 중장(重杖)[61]을 당하면 목숨을 보전하지 못할 것입니다. 만일 죽는다면 부모에게 불효가 막심할 것이니 엎드려 바라건대 원수는 하해와 같은 은덕을 베푸시고 전날의 정을 생각하셔서 저를 살려 주시면 불효를 면할까 하나이다."

이렇게 말하며 보국이 무수히 애걸하니 원수가 속으로는 웃었으나 겉으로는 호령하며 말했다.

---

61) 중장(重杖): 몹시 치는 장형(杖刑).

"중군장이 몸에 병이 있다면 어찌 영춘각의 애첩 영춘과 함께 밤낮 없이 풍류를 즐겼는고? 사정이 없지 않으므로 용서하거니와 이후에는 그러지 말라."

이렇게 분부하니 보국이 수없이 절해 사례하고 물러났다. 원수가 이렇듯 종일토록 즐기다가 군사들을 물리치고 본궁으로 돌아갔다.

보국이 하직하고 돌아와 원수에게 모욕을 당한 사연을 부모에게 낱낱이 고하니 여공이 그 말을 듣고 크게 웃으며 계월을 칭찬했다.

"내 며느리는 천고에 없는, 여자 중의 군자로구나."

그러고서 보국에게 일렀다.

"계월이 너를 욕보인 것은 다름이 아니다. 어명으로 너를 배필로 정했으니 계월이 전날 너를 중군장으로 부렸던 연고 때문이다. 마음에 다시는 너를 못 부릴까 하여 희롱한 것이니 너는 추호도 혐의를 두지 마라."

천자께서 계월이 보국을 욕보였다는 말을 듣고 크게 웃으시고는 계월에게 상을 많이 주셨다.

드디어 길일이 되어 혼례를 행하게 되었다. 계월이 푸른 윗옷에 붉은 치마로 단장을 하고 시비 등이 좌우에서 도와 나오는 거동이 엄숙하고, 계월의 아름다운 태도와 침착한 모습은 당대의 제일이었다. 또한 장막 밖에는 장수와 군졸들이 갑옷과 투구를 갖추고 깃발과 창을 좌우에 갈라 세우고 지키고 있었는데 그 대열의 엄숙함은 이루 헤아릴 수 없었다.

보국 또한 행색을 갖추고 금으로 된 안장이 마련된 준마 위에 또렷이 앉아 봉미선(鳳尾扇)62)으로 얼굴을 가리고 계월의 궁에 들어갔다.

---

62) 봉미선(鳳尾扇): 봉황의 꼬리 모양으로 만든 부채.

보국이 계월과 교배(交拜)63)하는 모습은 신선이 옥황상제에게 반도(蟠桃)64)를 바치는 장면과도 같았다. 교배를 마치고 그날 밤에 동침을 하니 원앙과 비취의 즐거움이 지극했다.

이튿날 새벽에 두 사람이 위공과 정렬 부인을 뵈니 위공 부부가 기쁨을 이기지 못했다. 또 기주후와 공렬 부인을 뵈니 기주후가 매우 기뻐하며 말했다.

"세상일은 참으로 헤아릴 수가 없구나. 너를 내 며느리로 삼을 줄을 생각이나 했겠느냐?"

계월이 다시 절하고 아뢰었다.

"소부(小婦)65)의 죽을 목숨을 구하신 은혜가 있고 십삼 년을 길러 주셨으되, 근본을 아뢰지 않은 죄는 만 번 죽어도 아깝지 않사옵니다. 하늘이 도우셔서 시부모님으로 섬기게 하시니 이는 저의 원이옵니다."

이처럼 종일 이야기하다가 하직했다.

금덩을 타고 본궁으로 향해 가니 시녀들이 모셨다. 중문(中門)66)으로 나올 적에 눈을 들어 영춘각을 바라보니 보국의 애첩 영춘이 난간에 걸터앉아 계월의 행차를 구경하고 있었다. 계월을 보고도 몸을 움직이지 않으므로 계월이 크게 성을 내어 덩을 머무르게 하고 무사를 호령해 영춘을 잡아내어 덩 앞에 꿇게 했다. 그리고 호령을 하며 말했다.

"네가 중군장의 권세를 믿고 교만해 나의 행차를 보고도 감히 난간

---

63) 교배(交拜): 전통 결혼식에서, 신랑과 신부가 서로 절을 주고받는 예(禮).
64) 반도(蟠桃): 삼천 년마다 한 번씩 열매가 열린다는 선경에 있는 복숭아.
65) 소부(小婦): 며느리가 자신을 낮추어 부르는 말.
66) 중문(中門): 가운데 뜰로 들어가는 대문.

에 높이 걸터앉아 요동하지 않는구나. 네가 중군장의 힘만 믿고 이와 같이 교만하니 너 같은 요망한 년을 어찌 살려 두겠느냐? 군법을 세우리라.”

그러고서 무사를 호령해 영춘을 베라고 했다. 무사들이 명령을 듣고 달려들어 영춘을 잡아 내 목을 베니 군졸과 시비 등이 겁을 내어 바로 보지 못했다.

이때 보국은 계월이 영춘을 죽였다는 말을 듣고 분함을 이기지 못해 부모에게 아뢰었다.

“계월이 전날은 대원수 되어 소자를 중군장으로 부렸으니 군대에 있을 때에는 소자가 계월을 업신여기지 못했사옵니다. 하지만 지금은 계월이 소자의 아내이오니 어찌 소자의 사랑하는 영춘을 죽여 제 마음을 편안하지 않게 할 수가 있단 말이옵니까?”

여공이 이 말을 듣고 만류했다.

“계월이 비록 네 아내는 되었으나 벼슬을 놓지 않았고 기개가 당당하니 족히 너를 부릴 만한 사람이다. 그러나 예로써 너를 섬기고 있으니 어찌 마음씀을 그르다고 하겠느냐? 영춘은 네 첩이다. 자기가 거만하다가 죽임을 당했으니 누구를 한하겠느냐? 또한 계월이 잘못해 궁노(宮奴)나 궁비(宮婢)를 죽인다 해도 누가 계월을 그르다고 책망할 수 있겠느냐? 너는 조금도 염려하지 말고 마음을 변치 마라. 만일 계월이 영춘을 죽였다 하고 계월을 꺼린다면 부부 사이의 의리도 변할 것이다. 또한 계월은 천자께서 중매하신 여자라 계월을 싫어한다면 네게 해로움이 있을 것이니 부디 조심하라.”

“장부가 되어 계집에게 괄시를 당할 수 있겠나이까?”

보국이 이렇게 말하고 그 후부터는 계월의 방에 들지 않았다. 이에

계월이,

'영춘이 때문에 나를 꺼려해 오지 않는구나.'

라고 생각했다.

"누가 보국을 남자라 하겠는가? 여자에게도 비할 수 없구나."

이렇게 말하며 자신이 남자가 되지 못한 것이 분해 눈물을 흘리며 세월을 보냈다.

8. 계월이 출정하여 천자를 구해 내고 원수를 갚다

각설. 이때 남관(南關)의 수장이 장계를 올렸다. 천자께서 급히 뜯어보시니 다음과 같은 내용이었다.

「오왕과 초왕이 반란을 일으켜 지금 황성을 범하고자 하옵니다. 오왕은 구덕지를 얻어 대원수로 삼고 초왕은 장맹길을 얻어 선봉을 삼았사온데, 이들이 장수 천여 명과 군사 십만을 거느려 호주 북쪽 고을 칠십여 성을 무너뜨려 항복을 받고 형주 자사 이왕태를 베고 짓쳐 왔사옵니다. 소장의 힘으로는 능히 방비할 길이 없어 감히 아뢰오니 엎드려 바라건대, 황상께서는 어진 명장을 보내셔서 적을 방비하옵소서.」

천자께서 보시고 크게 놀라 조정의 관리들과 의논하니 우승상 정영태가 아뢰었다.

"이 도적은 좌승상 평국을 보내야 막을 수 있을 것이오니 급히 평국을 부르소서."

천자께서 들으시고 오래 있다가 말씀하셨다.

"평국이 전날에는 세상에 나왔으므로 불렀지만 지금은 규중에 있는 여자니 차마 어찌 불러서 전장에 보내겠는가?"

이에 신하들이 아뢰었다.

"평국이 지금 규중에 있으나 이름이 조야에 있고 또한 작록을 거두지 않았사오니 어찌 규중에 있다 하여 꺼리겠나이까?"

천자께서 마지못하여 급히 평국을 부르셨다.

이때 평국은 규중에 홀로 있으며 매일 시녀를 데리고 장기와 바둑으로 세월을 보내고 있었다. 그런데 사관(使官)이 와서 천자께서 부르신다는 명령을 전했다. 평국이 크게 놀라 급히 여자 옷을 조복(朝服)으로 갈아입고 사관을 따라가 임금 앞에 엎드리니 천자께서 크게 기뻐하며 말씀하셨다.

"경이 규중에 처한 후로 오랫동안 보지 못해 밤낮으로 사모하더니 이제 경을 보니 기쁨이 한량없도다. 그런데 짐이 덕이 없어 지금 오와 초 두 나라가 반란을 일으켜 호주의 북쪽 땅을 쳐 항복을 받고 남관을 헤쳐 황성을 범하고자 한다고 하는도다. 그러니 경은 스스로 마땅히 일을 잘 처리하여 사직을 보호하도록 하라."

이렇게 말씀하시니 평국이 엎드려 아뢰었다.

"신첩이 외람되게 폐하를 속이고 공후의 작록을 받아 영화로이 지낸 것도 황공했사온데 폐하께서는 죄를 용서해 주시고 신첩을 매우 사랑하셨사옵니다. 신첩이 비록 어리석으나 힘을 다해 성은을 만분의 일이나 갚으려 하오니 폐하께서는 근심하지 마옵소서."

천자께서 이에 크게 기뻐하시고 즉시 수많은 군사와 말을 징발해 주셨다. 그리고 벼슬을 높여 평국을 대원수로 삼으시니 원수가 사은숙배하고 위의를 갖추어 친히 붓을 잡아 보국에게 전령(傳令)[67]을 내렸다.

「적병의 형세가 급하니 중군장은 급히 대령하여 군령을 어기지 마라.」

보국이 전령을 보고 분함을 이기지 못해 부모에게 말했다.

"계월이 또 소자를 중군장으로 부리려 하오니 이런 일이 어디에 있사옵니까?"

여공이 말했다.

---

67) 전령(傳令): 명령을 전해 보냄. 또는 그 명령.

"전날 내가 너에게 무엇이라 일렀더냐? 계월이를 괄시하다가 이런 일을 당했으니 어찌 계월이가 그르다고 하겠느냐? 나랏일이 더할 수 없이 중요하니 어찌할 수 없구나."

이렇게 말하고 어서 가기를 재촉했다. 보국이 할 수 없이 갑옷과 투구를 갖추고 진중(陣中)에 나아가 원수 앞에 엎드리니 원수가 분부했다.

"만일 명령을 거역하는 자가 있다면 군법으로 시행할 것이다."

보국이 겁을 내어 중군장 처소로 돌아와 명령이 내려지기를 기다렸다.

원수가 장수에게 임무를 각각 정해 주고 추구월 갑자일에 행군하여 십일월 초하루에 남관에 당도했다. 삼 일을 머무르고 즉시 떠나 오 일째에 천촉산을 지나 영경루에 다다르니 적병이 드넓은 평원에 진을 쳤는데 그 단단함이 철통과도 같았다. 원수가 적진을 마주 보고 진을 친 후 명령을 하달했다.

"장수의 명령을 어기는 자는 곧바로 벨 것이다."

이러한 호령이 추상같으므로 장수와 군졸들이 겁을 내어 어찌 할 줄을 모르고 보국은 또 매우 조심했다.

이튿날 원수가 중군장에게 분부했다.

"며칠은 중군장이 나가 싸우라."

중군장이 명령을 듣고 말에 올라 3척 장검을 들고 적진을 가리켜 소리질렀다.

"나는 명나라 중군대장 보국이다. 대원수의 명령을 받아 너희 머리를 베려 하니 너희는 어서 나와 칼을 받으라."

적장 운평이 이 소리를 듣고 크게 성을 내어 말을 몰아 나와서 싸웠다. 삼 합이 못 하여 보국의 칼이 빛나며 운평의 머리가 말 아래에 떨어졌다. 적장 운경이 운평이 죽는 것을 보고 매우 화를 내어 말을 몰아 달려들었다. 보국이 기세등등하여 창을 높이 들고 서로 싸웠다. 몇 합이 못 되어 보국이 칼을 날려 운경이 칼 든 팔을 치니 운경이 미처 손을 놀리지 못하고 칼을 든 채 말 아래에 떨어졌다.

보국이 운경의 머리를 베어 들고 본진으로 돌아가려는 즈음에, 적장 구덕지가 대로해 긴 칼을 높이 들고 말을 몰아 크게 고함을 치고 달려들었다. 난데없는 적병이 또 사방에서 달려드니 보국이 겁이 나고 두려워 피하려고 했으나 순식간에 적들이 함성을 지르고 보국을 천여 겹으로 에워쌌다. 형세가 위급하므로 보국이 하늘을 우러러 탄식했다.

이때 원수가 장대에서 북을 치다가 보국의 위급함을 보고 급히 말을 몰아 긴 칼을 높이 들고 좌충우돌해 적진을 헤치고 구덕지의 머리를 베어 들고 보국을 구했다. 몸을 날려 적진에서 충돌하니 동에 번쩍 서쪽의 장수를 베고, 남으로 가는 듯하다가 북쪽의 장수를 베었다. 이처럼 좌충우돌하여 적장 오십여 명과 군사 천여 명을 한 칼로 소멸하고 본진으로 돌아왔다.

보국이 원수 보기를 부끄러워하니 원수가 보국을 꾸짖어 말했다.

"저러고서도 평소에 남자라고 칭하리오? 나를 업신여기더니 이제도 그렇게 할까?"

이렇게 말하며 보국을 무수히 조롱했다.

이때 원수가 장대에 자리를 잡고 앉아 구덕지의 머리를 함에 봉해 황성으로 보냈다.

한편, 오와 초의 양왕은 서로 의논하며 말했다.

"평국의 용맹을 보니 옛날 조자룡[68]이라도 당하지 못할 것이니 어

---

68) 조자룡: 중국 삼국 시대 촉한의 장수. 본명은 운(雲). 자룡은 그의 자(字)임.

찌 대적할 것이며 평국이 명장 구덕지를 죽였으니 이제는 누구와 함께 큰일을 도모하겠는가? 이제는 우리 양국이 평국의 손에 망할 것이로다."

이렇게 말하며 눈물을 흘리니 맹길이 아뢰었다.

"대왕은 염려하지 마옵소서. 소장에게 한 묘책이 있으니 평국이 아무리 영웅이라도 이 계교는 알지 못할 것이옵니다. 이 계교로 천자를 사로잡을 것이니 근심하지 마옵소서. 지금 황성에는 시신(侍臣)만 있을 것이니 평국이 모르게 군사를 거느려 오와 초의 동쪽을 넘어 양자강을 지나 황성을 치옵소서. 천자는 반드시 황성을 버리고 도망해 살기를 바라고 항서(降書)를 올릴 것이니 그렇게 하옵소서."

이렇게 말하고 즉시 관평을 불러 말했다.

"그대는 본진을 지켜 평국이 아무리 싸우자 해도 나가지 말고 내가 돌아오기만을 기다리라."

그러고서 이날 밤 삼경에 장수 백여 명과 군사 천 명을 거느리고 황성을 향해 갔다.

이때 천자께서는 구덕지의 머리를 받아 보시고 크게 기뻐하시며 신하들을 모아 평국 부부를 칭찬하시고 태평으로 지내고 계셨다. 그런데 이때 오초(吳楚) 동쪽 관문의 수장(首將)이 장계를 올렸다.

「양자강의 드넓은 모래사장에 수많은 군사와 말들이 몰려오며 황성을 범하고자 하나이다.」

천자께서 매우 놀라시고 조정 관료를 모아 의논하셨다. 그러나 적장 맹길이 동쪽 관문을 깨치고 들어와 백성을 무수히 죽이고 대궐에 불을 질러 불빛이 하늘에 닿을 정도였다. 이에 장안의 백성들이 물 끓듯 하며 도망했다.

천자께서 매우 놀라시고 용상을 두드리다 기절하셨다. 우승상 천희가 천자를 등에 업고 북쪽 문을 열고 도망하니 시신(侍臣) 백여 명이 따라가 천태령을 넘어 갔다. 적장 맹길이 천자께서 도망하시는 것을 보고 크게 소리를 질렀다.

"명나라 황제는 도망치지 말고 항복하라."

이렇게 소리치며 쫓아오니 모시는 신하도 넋을 잃고 죽기 살기로 나아 가니 앞에 큰 강이 가로막고 있었다. 이에 천자께서 하늘을 우러러 탄식 하셨다.

"이제는 죽겠구나. 앞에는 큰 강이요, 뒤에는 적병이 있어 형세가 급하 니 이 일을 어찌하겠는가?"

이렇게 말씀하시며 자결하려고 하시니 맹길이 벌써 달려들어 천자 앞 에서 창을 휘두르며,

"죽는 것이 아깝거든 항서(降書)를 어서 올리라."

하니 이에 모시는 신하 등이 애걸했다.

"종이와 붓이 없어 성 안에 들어가 항서를 쓸 것이니 장군은 우리 황 상을 살려 주소서."

맹길이 눈을 부릅뜨고 꾸짖었다.

"네 왕이 목숨을 아끼거든 손가락을 깨물고 옷자락을 찢어 항서를 써 서 올리라."

천자께서 혼비백산(魂飛魄散)하여 용포(龍袍)[69]의 소매를 뜯어 손가 락을 입에 물고 깨물려고 하나 차마 못 하고 하늘을 우러러 통곡하며 말씀하셨다.

---

69) 용포(龍袍): 임금의 옷.

"사백 년 사직이 내게 와서 망할 줄을 어찌 알았겠는가?"

이렇게 말씀하시며 대성통곡하시니 햇빛도 빛을 잃었다.

이때 원수는 진중(陣中)에 있으며 적을 무찌를 묘책을 생각하고 있었다. 그런데 자연히 마음이 어지러워 장막 밖에 나가 천기를 살펴보았다. 자미성이 자리를 떠나고 모든 별이 살기등등하여 은하수에 비치고 있었다. 원수가 크게 놀라 중군장을 불러 말했다.

"내가 천기를 보니 천자의 위태함이 경각(頃刻)에 있도다. 내가 홀로 가려 하니 장군은 장수와 군졸을 거느려 진문을 굳게 닫고 내가 돌아오기를 기다리라."

이렇게 말하고 칼 한 자루를 쥐고 말에 올라 황성으로 향했다. 동방이 밝아오므로 바라보니 하룻밤 사이에 황성에 다다른 것이었다. 성 안에 들어가서 보니 장안이 비어 있고 궁궐은 불에 타 빈터만 남아 있었다. 원수가 통곡하며 두루 다녔으나 한 사람도 없었다. 천자께서 가신 곳을 알지 못하고 망극해 하고 있었는데, 문득 수채[70] 구멍에서 한 노인이 나오다가 원수를 보고 매우 놀라 급히 들어갔다. 원수가 급히 쫓아가며,

"나는 도적이 아니다. 대국 대원수 평국이니 놀라지 말고 나와 천자께서 가신 곳을 일러 달라."

하니 노인이 그제야 도로 기어나와 대성통곡했다. 원수가 자세히 보니 이 사람은 기주후 여공이었다. 급히 말에서 내려 땅에 엎드려 통곡하며 말했다.

"시아버님은 무슨 연유로 이 수채 구멍에 몸을 감추고 있사오며 소부

---

70) 수채: 집 안에서 버린 물이 집 밖으로 흘러 나가도록 만든 시설

의 부모와 시모님은 어디로 피난했는지 아시나이까?"

여공이 원수의 옷을 붙들고 울며 말했다.

"뜻밖에도 도적이 들어와 대궐에 불을 지르고 노략하더구나. 그래서 장안의 백성들이 도망하여 갔는데 나는 갈 길을 몰라 이 구멍에 들어와 피난했으니 사돈 두 분과 네 시모가 간 곳은 알지 못하겠구나."

이렇게 말하고 통곡하니, 원수가 위로했다.

"설마 만나 뵈올 날이 없겠나이까?"

또 물었다.

"황상께서는 어디에 가 계시나이까?"

여공이 대답했다.

"여기에 숨어서 보니 한 신하가 천자를 업고 북문으로 도망해 천태령을 넘어 갔는데 그 뒤에 도적이 따라갔으니 천자께서 반드시 위급하실 것이다."

원수가 크게 놀라 말했다.

"천자를 구하러 가오니 아버님은 제가 돌아오기를 기다리소서."

그러고서 말에 올라 천태령을 넘어 갔다. 순식간에 한수 북쪽에 다다라서 보니 십 리 모래사장에 적병이 가득하고 항복하라고 하는 소리가 산천에 진동하고 있었다. 원수가 이 소리를 듣자 투구를 고쳐 쓰고 우레같이 소리치며 말을 채쳐 달려들어 크게 호령했다.

"적장은 나의 황상을 해치지 말라. 평국이 여기 왔노라."

이에 맹길이 두려워해 말을 돌려 도망하니 원수가 크게 호령하며 말했다.

"네가 가면 어디로 가겠느냐? 도망가지 말고 내 칼을 받으라."

이와 같이 말하며 철통같이 달려가니 원수의 준총마가 주홍 같은 입을

벌리고 순식간에 맹길의 말꼬리를 물고 늘어졌다. 맹길이 매우 놀라 몸을 돌려 긴 창을 높이 들고 원수를 찌르려고 하자 원수가 크게 성을 내 칼을 들어 맹길을 치니 맹길의 두 팔이 땅에 떨어졌다. 원수가 또 좌충우돌해 적졸을 모조리 죽이니 피가 흘러 내를 이루고 적졸의 주검이 산처럼 쌓였다.

이때 천자와 신하들이 넋을 잃고 어찌할 줄을 모르고 천자께서는 손가락을 깨물려 하고 있었다. 원수가 급히 말에서 내려 엎드려 통곡하며 여쭈었다.

"폐하께서는 옥체를 보중하옵소서. 평국이 왔나이다."

천자께서 혼미한 가운데 평국이라는 말을 듣고 한편으로는 반기며 한편으로는 슬퍼하며 원수의 손을 잡고 눈물을 흘리며 말씀을 못 하셨다. 원수가 옥체를 구호하니 이윽고 천자께서 정신을 차리고 원수에게 치하하셨다.

"짐이 모래사장의 외로운 넋이 될 것을 원수의 덕으로 사직을 안보(安保)하게 되었도다. 원수의 은혜를 무엇으로 갚으리오?"

이렇게 말씀하시고,

"원수는 만 리 변방에서 어찌 알고 와 짐을 구했는고?"

하시니, 원수가 엎드려 아뢰었다.

"천기를 살펴보고 군사를 중군장에게 부탁하고 즉시 황성에 왔사옵니다. 장안이 비어 있고 폐하의 거처를 모르고 주저하던 차에 시아버지 여공이 수채 구멍에서 나오므로 물어서 급히 와 적장 맹길을 사로잡은 것이옵니다."

말씀을 대강 아뢰고 나와서 살아남은 적들을 낱낱이 결박해 앞세우고 황성으로 향했다. 원수의 말은 천자를 모시고 맹길이 탔던 말은 원수가 탔으며 행군 북은 맹길의 등에 지우고, 모시는 신하를 시켜 북을 울리게 하며 궁으로 돌아갔다. 천자께서 말 위에서 용포 소매를 들어 춤을 추며 즐거워하시니 신하들과 원수도 모두 팔을 들어 춤추며 즐거워했다. 천태령을 넘어 오니 장안이 쓸쓸하고 대궐은 터만 남아 있으니 어찌 한심하지 않으리오. 천자께서 좌우의 신하를 돌아보아 말씀하셨다.

"짐이 덕이 없어 죄 없는 백성과 황후, 황태자가 불 속의 외로운 넋이 되었으니 무슨 면목으로 천자의 자리를 차지하고 있겠는가?"

그러고서 통곡하시니 원수가 아뢰었다.

"폐하는 너무 염려하지 마옵소서. 하늘이 성상을 내심에 저 무도한 도적에게 액을 당하게 하고, 둘째는 소신(小臣)을 내어 난리를 평정하게 하였으니 이는 다 하늘이 정한 것입니다. 그러니 어찌 천명을 면할 수 있겠나이까? 슬픔을 참으시고 자리를 정하신 후에 황후와 황태자 거처를 탐지하소서."

이에 천자께서 말씀하셨다.

"대궐이 빈터만 남았으니 어디에 가 안정하겠는가?"

이때 여공이 수채 구멍에서 나와 천자 앞에 엎드려 통곡하고 말했다.

"소신이 살기만을 도모해 폐하를 모시지 못했사오니, 소신을 속히 처참하여 뒷사람을 경계하옵소서."

천자께서 말씀하셨다.

"짐이 경 때문에 변을 당한 것이 아니니 이것이 어찌 경의 죄라 하겠는가? 조금도 괘념치 말라."

여공이 또 아뢰었다.

"폐하께서 아직 편안히 계실 곳이 없사오니 원수가 있던 집으로 가시옵소서."

천자께서 즉시 종남산 아래로 와 보시니 외로운 집만 남아 있었다. 위공이 있던 황화정에 어좌(御座)를 정하셨다.

이튿날 새벽에 원수가 아뢰었다.

"도적을 벨 무사가 없어 소신이 나가 베려 하오니 폐하께서는 보시옵소서."

이에 도적을 차례로 앉히고 원수가 3척이나 되는 칼을 들어 적졸을 다 베었다. 그런 후에 칼을 비스듬히 들고 천자께 아뢰었다.

"저 도적은 소신의 원수이옵니다. 죄를 물을 것이니 보옵소서."

원수가 높이 자리를 잡고 앉아 맹길을 가까이 꿇리고 크게 꾸짖었다.

"네가 초 땅에 산다고 하니 그 지명을 자세히 이르라."

맹길이 아뢰었다.

"소인이 사는 곳은 소상강 근처에 있나이다."

원수가 말했다.

"네가 수적(水賊)이 되어 강으로 다니며 혹 어선을 도적질한 일이 있느냐?"

맹길이 아뢰었다.

"흉년을 당해 배고픔과 목마름을 견디지 못해 무리를 데리고 수적이 되어 사람들을 살해했나이다."

원수가 또 물었다.

"아무 해 아무 때에 엄자릉의 낚시터에서 홍 시랑 부인을 비단으로 동여매고 그 품에 안은 어린아이를 자리에 싸서 강물에 넣은 일이 있느냐? 바로 아뢰라."

맹길이 그 말을 듣고 꿇어앉으며 말했다.

"이제는 죽게 되었사오니 어찌 속이겠나이까? 과연 그런 일이 있었나이다."

원수가 크게 꾸짖었다.

"나는 그때 네가 자리에 싸 물에 넣은 계월이로다."

맹길이 그 말을 듣고 매우 놀라 정신이 아득해졌다. 원수가 친히 내려와 맹길의 상투를 잡고 모가지를 동여 배나무에 매어 달고는,

"너 같은 놈은 점점이 도려 죽이겠다."

하고 칼을 들어 점점이 도려 놓고 배를 갈라 간을 꺼내 놓고 하늘에 네 번 절한 후 천자께 아뢰었다.

"폐하의 넓으신 덕택으로 평생 소원을 다 풀었사오니 이제는 죽어도 한이 없나이다."

천자께서 칭찬하셨다.

"이는 경의 충성과 효도에 하늘이 감동하셨기 때문이로다."

이렇게 말씀하시며 즐거워하셨다.

이때 천자께서 보국의 소식을 몰라 염려하시니 원수가 아뢰었다.

"신이 보국을 데려오겠나이다."

그러고서 이날 떠나려 했다. 그런데 문득 중군장이 장계를 올렸다.

「원수 평국이 황성을 구하러 간 사이에 소신(小臣)이 한 번 북을 쳐 오와 초 양국에게서 항복을 받았나이다.」

이에 천자께서 원수를 보고 말씀하셨다.

"이제 오와 초 양국의 왕을 사로잡았다 하니 이런 기별을 듣고 어찌 앉아서 맞으리오?"

천자께서 신하들을 거느리시고 거동하시니 평국은 선봉이 되고 천자는 스스로 중군이 되어 좌우에서 둘러싼 채 보국의 진으로 갔다. 선봉장 평국이 갑옷과 투구를 갖추고 백호마를 타고는 수기(手旗)를 잡아 앞으로

나아갔다.

이때 보국이 오와 초의 두 왕을 잡아 앞세우고 황성으로 향해 오다가 바라보니 한 장수가 모래사장에 들어오고 있었다. 살펴보니 수기와 칼 빛은 원수의 수기와 칼이로되 말은 준총마가 아니요 백호마였으므로 보국이 의심해 한편 진을 치며 생각했다.

'적장 맹길이 복병하고서 원수의 모양을 해 나를 유인하는 것이다.'

이러고서 크게 의심하니 천자께서 그 거동을 보시고 평국을 불러 말씀하셨다.

"보국이 원수를 보고 적장으로 여겨 의심하는 듯하도다. 원수는 적장인 체하고 중군을 속여 오늘 짐에게 재주를 시험하여 보이라."

이렇게 말씀하시니 원수가 아뢰었다.

"폐하의 하교가 신의 뜻과 같사오니 그렇게 하겠나이다."

원수가 갑옷 위에 검은 군복을 입고 모래사장에 나서며 수기를 높이 들고 보국의 진으로 향했다. 보국이 적장인 줄 알고 달려드니 평국이 곽 도사에게 배운 술법을 썼다. 순식간에 큰 바람이 일어나며 검은 안개가 자욱하므로 지척을 분변하지 못했다. 보국이 어찌 할 줄을 몰라 두려워했다. 평국이 고함을 치고 달려들어 보국의 창검을 빼앗아 손에 들고 산멱통71)을 잡아 공중에 들고 천자 계신 곳으로 갔다. 이때 보국은 평국의 손에 딸려 오며 소리를 크게 하여 원수를 불렀다.

"평국은 어디 가서 보국이 죽는 줄을 모르는고?"

이렇게 소리치며 우는 소리가 진중에 요란했다. 원수가 이 말을 듣고 웃으며 말했다.

---

71) 산멱통: 살아 있는 동물의 목구멍.

"네 어찌 평국에게 딸려 오며 무슨 일로 평국을 부르느냐?"

그러고서 박장대소하니 보국이 그 말을 듣고 정신을 차려서 보니 과연 평국이었다. 슬픔은 간 데 없고 도리어 부끄러워 눈물을 거두었다.

천자께서 크게 웃으시고 보국의 손을 잡아 위로하셨다.

"중군장은 원수에게 욕본 것을 조금도 괘념치 말라. 원수가 마음대로 한 것이 아니라 짐이 경 등의 재주를 보려고 시킨 것이니라. 지금은 전장에서 보국을 욕보게 했으나 평정 후에 집에 돌아가면 예로써 중군장을 섬길 것이니 원수가 불쌍하도다."

이렇게 말씀하시고 원수의 재주를 무수히 칭찬하시며 보국을 위로하시니 보국이 그제서야 웃고 아뢰었다.

"폐하의 하교가 지당하옵니다."

그러고서 행군해 황성으로 향하니 오와 초 두 왕의 등에 행군 북을 지우고 무사를 시켜 북을 울리게 하니 북 소리가 드넓은 평원에 덮였다. 별사곡을 지나 황성에 다다라 종남산 아래로 들어갔다.

천자께서 황화정에 자리를 잡으시고 무사를 명해 오와 초의 두 왕을 결박해 계단 아래에 꿇리고 꾸짖으셨다.

"너희가 반역의 마음을 두어 황성을 침범했으나 천도(天道)가 무심치 않아 너희를 잡아오게 되었도다. 너희를 다 죽여서 불 속에 죽은 자들의 넋을 위로할 것이다."

즉시 무사를 명해 그들을 문 밖에 내쳐서 사람들에게 보이고 목을 베어 죽이도록 하셨다.

천자께서 이렇게 하시고서 황후와 태자를 위해 제문을 지어 제하시고 군사를 잘 먹이셨다. 그런 후에 장수들에게 차례로 상을 주시고 새로 연호를 고쳐 즉위하셨다. 그리고 조서를 내려 만과(萬科)72)를 보아 조정의 계통을 세우셨다. 보국을 좌승상에 봉하시고 평국을 대사마 대도독으로 삼아 위왕 직첩을 주시고 매우 기뻐하셨다.

이때 평국이 아뢰었다.

"신첩이 외람되게도 폐하의 넓으신 덕택으로 봉작(封爵)을 받잡고 천하를 평정했사오니 이는 다 폐하의 하해와 같은 덕 때문입니다. 어찌 신첩의 공이라 하겠나이까? 하물며 친부모와 시모를 잃었사오니 이는 신첩의 팔자가 기박한 연유입니다. 이제는 여자의 도리를 차려 부모 신위(神位)를 지키고자 하나이다."

그러고서 병부 및 상장군 절월과 대원수 인수와 수기를 바치며 울었다. 천자께서 슬픔에 잠겨 말씀하셨다.

"이는 다 짐이 박덕한 탓이니 경을 보기가 부끄럽도다. 그러나 위공 부부며 공렬 부인이 어느 곳에 피난했는지 소식이 있을 것이니 경은 안심하라."

또 말씀하셨다.

"경이 규중에 처하기를 청하고 병부 절월과 대장군 인수를 다 바쳤으니 경을 다시 부리지 못할 것이로다. 그러나 경은 임금과 신하의 의리를 잃지 말고 한 달에 한 번씩 조회하여 짐의 울적한 마음을 덜라."

이렇게 말씀하시고 병부 절월과 대장군 인수를 도로 내어 주시니 평국이 고개를 조아리고 땅에 엎드려 여러 번 사양하다가 마지못해 인수를 가지고 보국과 함께 나오니 누가 칭찬하지 않으리오.

평국이 집에 돌아와 여자 옷을 입고 그 위에 조복(朝服)을 또 입고 여공을 뵈니, 여공이 매우 기뻐해 존경의 뜻으로 일어났다가 평국과 마주

---

72) 만과(萬科): 많은 사람을 뽑던 과거. 대개 무과(武科)를 가리킴.

앉으니 원수는 여공이 자신을 높이는 것을 속으로 불편해 했다.

　원수가 여공을 모시고 부모 양위와 시모의 신위(神位)73)를 갖추어 놓고 승상 보국과 함께 초상을 치르고 통곡하니 보는 사람 가운데 눈물을 흘리지 않는 이가 없었다.

　이후로 원수가 승상을 예로써 섬기니 승상이 한편으로는 기뻐하고 한편으로는 두려워했다.

---

73) 신위(神位): 신주를 모셔 놓은 자리.

9. 계월이 가족들과 재회하고 보국과 해로하다

　이때 위공이 피난하여 부인과 여공의 부인이며 춘랑, 양윤을 데리고 동쪽으로 향해 가다가 한 물가에 다다랐다. 그런데 시녀가 황후와 태자를 모시고 강가에 앉아 강을 건너지 못해 서로 붙들고 통곡하고 있었다. 위공이 급히 나가 땅에 엎드리니 황후와 태자가 보고 매우 기뻐하며 눈물을 흘리셨다.

　문득 남쪽에서 사람의 소리가 들리므로 놀라서 살펴보니 그쪽에 큰 산이 있는데 하늘에 닿은 듯했다. 위공이 황후와 태자를 모시고 여러 부인과 시녀를 데리고 그 산중으로 들어가니 수많은 봉우리와 골짜기가 눈앞에 둘러져 있었다. 계속 길을 가며 산속으로 들어가다가 눈을 들어서 보니 한 초당이 보였다. 위공이 들어가 주인을 청하니 도사가 초당에 앉아 있다가 위공을 보고 급히 나와 소매를 잡고 물었다.

　"무슨 일로 이 깊은 산중에 오셨나이까?"

　위공이 말했다.

　"나라가 불행하여 뜻밖에도 어려운 때를 당해 황후와 태자를 모시고 왔나이다."

　이에 도사가 놀라서 물었다.

　"어디에 계시나이까?"

　"문 밖에 계시나이다."

　도사가 말했다.

　"황후와 부인들은 안으로 모시고 태자와 위공은 초당에 계시다가 난리가 진정된 후에 황성으로 가도록 하소서."

이렇게 말하니 위공이 나와서 황후와 부인, 시녀들은 안으로 가도록 하고 태자와 위공은 초당에 있으면서 밤낮으로 서러워했다.

하루는 도사가 산에 올라가 천기를 보고 내려와 위공에게 말했다.

"이제 평국과 보국이 도적을 소멸하고 본국에 돌아와 여공을 섬기며 상공과 부인의 영위(靈位)를 배설해 밤낮으로 통곡하며 지냅니다. 황상께서는 황후와 태자의 사생을 알지 못하셔서 눈물로 지내오니 어서 나가소서."

이에 위공이 놀라 말했다.

"제가 평국의 아비 되는 줄을 어떻게 알았나이까?"

도사가 말했다.

"자연 아시게 될 것입니다. 어서 나가소서."

그러고서 한 장의 봉서(封書)74)를 주며 말했다.

"이 봉서를 평국과 보국에게 주소서."

이렇게 말하며 길 나서기를 재촉하니 위공이 사례해 말했다.

"존공의 덕택으로 많은 목숨을 보존해 돌아가니 그 은혜는 죽어서도 갚기가 어려울 것입니다. 한데 이 땅 이름은 무엇이라 하나이까?"

도사가 말했다.

"이 땅의 이름은 익주옵고 산 이름은 천명산이라 합니다. 생은 정처 없이 다니는 사람이라 산과 물을 구경하며 다니다가 황후와 태자, 상공을 구하려고 이 산속에 왔던 것입니다. 이제는 생도 길을 떠나 촉나라의 명산으로 가려고 합니다. 이후에는 다시 뵈올 날이 없을 것이니 부디 조심

---

74) 봉서(封書): 겉봉을 봉한 편지.

하여 평안히 행차하소서."

그러고서 길을 재촉하니 위공이 도사에게 하직하고 황후, 태자와 여러 부인을 모시고 절벽 사이로 내려와 백운동 어귀로 나왔다. 전에 보던 황하 강이 있으므로 강가로 오며 전날을 생각하고 눈물을 흘리며 백사장을 지났다. 용봉태를 넘어 부춘동을 지나 오경루에 와 하룻밤을 머물렀다.

이튿날 길을 나서 파주 성문 밖에 다다르니 수문장이 문을 굳게 닫고 군사를 시켜 물었다.

"너희의 행색이 괴이하구나. 너희는 어떤 사람인데 행색이 이처럼 초라한고? 바로 일러 사실을 속이지 마라."

이렇게 말하고 성문을 열지 않으니 시녀와 위공이 크게 소리를 질렀다.

"우리는 이번 난리에 황후와 태자를 모시고 피란했다가 지금 황성으로 가는 길이다. 너희는 의심하지 말고 성문을 어서 열어라."

군사가 이 말을 듣고 수문장에게 급히 아뢰니, 수문장이 놀라서 급히 나와 성문을 열고 땅에 엎드려 아뢰었다.

"제가 과연 몰라 뵙고 문을 더디 열었사오니 죄를 감당하겠나이다."

태자와 위공이 말했다.

"형세 상 그렇게 한 것이니 괘념치 말라."

그러고서 관문으로 들어가니 수문장 일행이 다 모셔 후하게 대접하고 한편으로는 황성에 장계를 올렸다.

이때 천자께서는 황후와 태자가 죽은 줄로 알고 대궐 안에 신위(神位)를 배설하고 제사를 지내며 울며 지내고 계셨다. 그런데 수문장이 장계를 올렸으므로 떼어 보았다.

「위국공 홍무가 황후와 태자를 모시고 남관에 와 있나이다.」

천자께서 보시고 일희일비하시며 즉시 계월에게 알리니 계월이 이 말을 듣고 매우 기뻐했다. 곧바로 조복을 입고 대궐 안에 들어가 엎드려 사은하니 천자께서 반기며 말씀하셨다.

"경의 아비와 경은 하늘이 짐을 위해 내셨도다. 이번에 위국공이 황후를 보호해 목숨을 보존케 했으니 그 은혜를 무엇으로 갚으리오."

계월이 고개를 조아리고 아뢰었다.

"이는 다 폐하의 넓으신 덕을 하늘이 살핀 것이니 어찌 신 아비의 공이라 하오리까?"

이렇게 아뢰고 즉시 위의를 갖추어 승상 보국을 시켜 가도록 했다. 천자께서는 신하들을 거느려 요지연에 나와 기다리시고 계월은 대원수의 복색을 갖추고 낙성관까지 영접하려고 나갔다.

이때 보국이 남관에 이르러 위공 부부와 모부인에게 엎드려 통곡하니 위공이 승상의 손을 잡고 울며 말했다.

"하마터면 너를 보지 못할 뻔했구나."

이렇게 말하며 슬퍼함을 마지않았다.

이튿날 황후와 태자를 옥련(玉輦)[75]에 모시고 두 부인은 금덩에 탔으며 춘랑과 양윤이며 모든 시녀는 교자에 태워 좌우에서 모시고 갔다. 위공은 금안장을 얹은 준마에 오뚝 앉았으며 삼천 궁녀가 푸른 윗옷에 붉은 치마를 입고 황촉(黃燭)[76]을 들어 연과 덩을 모셨다. 좌우에서 풍악을 울리고 승상은 그 뒤에 군사를 거느려 오니 그 찬란한 행렬을 어찌 다 형용하리오.

---

75) 옥련(玉輦): 연을 높여 이르던 말. 연은 임금이 거동할 때 타고 다니던 가마. 옥개(屋蓋)에 붉은 칠을 하고 황금으로 장식하였으며, 둥근 기둥 네 개로 작은 집을 지어 올려놓고 사방에 붉은 난간을 달아 놓았음.
76) 황촉(黃燭): 곧 밀초. 밀랍으로 만든 초.

떠난 지 삼 일 만에 낙성관에 이르렀다. 이때 계월이 낙성관에 와 기다렸다가 황후의 행차가 오는 것을 보고 급히 나가 영접해 모셨다. 평안히 행차하셨는지 문후하고 물러나와 시어머니 앞에 엎드려 통곡하니 위공과 두 부인이 계월의 손을 잡고 울며 일희일비했다.

밤새도록 헤어졌던 정을 말하고 이튿날 길을 떠나 청운관에 다다랐다. 천자께서 높은 대에 자리를 잡아 앉으시고 황후를 맞으시니 상하 일행이 대 아래에 이르러 땅에 엎드렸다. 천자께서 눈물을 흘리시며 피난하던 사연을 물으시니, 황후와 태자가 고생한 일을 낱낱이 고하며 위공을 만났던 말을 자세히 고했다. 천자께서 들으시고 위공에게 치사하며 말씀하셨다.

"경이 아니었던들 짐이 황후와 태자를 어찌 다시 볼 수 있었겠는가?"

이렇게 말씀하시며 무수히 사례하시니 위공 부부가 사은하고 물러 나왔다.

이날 떠나 천자께서 선봉이 되어 환궁하셨다. 궁궐을 다시 지어 예전과 같이 번화하게 되었으므로 천자께서 매우 즐거워하셨다.

하루는 위공이 계월과 보국을 불러 도사의 봉서를 주었다. 뜯어 보니 이는 선생의 필적이었다. 그 글에는 다음과 같이 쓰여 있었다.

「한 통의 봉서를 평국과 보국에게 부치노라. 슬프구나. 명현동에서 함께 공부하던 정이 백운동까지 미쳤구나. 한 번 이별한 후로 정처 없이 다니던 몸이 산과 들의 적막한 데 처해 있으면서 너희를 생각하는 정이야 어찌 다 헤아릴 수 있겠느냐? 그러나 노인의 가는 길이 만릿길에 막혀 버렸으니, 슬프구나. 눈물이 학창의(鶴氅衣)77)에 젖는구나. 이후에는 다시 보지 못할 것이니 부디 위로는 천자를 섬겨 충성을 다하고 아래로

---

77) 학창의(鶴氅衣): 소매가 넓고 뒤 솔기가 갈라진 흰옷의 가를 검은 천으로 넓게 댄 웃옷

부모를 섬겨 효성을 다해 그리던 한을 풀고 탈 없이 지내도록 하라.」

평국과 보국이 글을 다 보고는 울면서 그 은혜를 생각해 공중을 향해 무수히 사례했다.

이때 천자께서 위공의 벼슬을 높이셔서 초왕에 봉하셨다. 그리고 여공은 오왕에 봉하신 후 채단을 많이 주시며 말씀하셨다.

"오와 초 두 나라가 정사를 폐한 지 오래 되었으니 어서 가서 나라를 다스리라."

이처럼 길 떠나기를 재촉하셨다. 오와 초 두 왕이 황은에 사례하고 물러 나와 길 떠날 차비를 하고 떠나니 부자와 부녀가 서로 이별하는 정이 비할 데가 없었다.

이때 승상 보국이 나이 45세에 3남 1녀를 두었으니 자식들이 다 영민하고 슬기로웠다. 첫째 아들은 오국의 태자로 봉해 보내고, 둘째 아들은 성을 홍이라 해 초국 태자로 봉해 보내고, 셋째 아들은 명문 집안에 장가를 보내 벼슬을 시키니 그가 충성으로 임금을 섬기고 백성을 어질고 의리 있게 다스렸다.

이때 천자께서는 성덕을 지니셔서 나라가 태평하고 풍년이 들어 백성들은 격양가(擊壤歌)78)를 부르며 마음껏 먹고 배를 두드렸다. 산에는 도적이 없고 백성은 길에 떨어진 물건을 줍지 않았으니 요 임금 때의 시절이요, 순 임금 때의 세월이었다.

계월의 자손이 대대로 공후의 작록을 누리고 만대에까지 끝없이 전해지니 이런 장하고 기이한 일이 또 있겠는가. 대강 기록하여 세상 사람에게 보이노라.

---

78) 격양가(擊壤歌): 풍년이 들어 농부가 태평한 세월을 즐기는 노래.

제2부 원문 주석 및 교감

◇ 일러두기 ◇

1. 저본은 한국학중앙연구원(이하 한중연) 소장 국한문혼용 필사본 45장본으로 하였다.
2. 교감(校勘) 주석과 훈석(訓釋: 특정한 어구의 뜻을 풀이하거나 출처를 밝힘) 주석을 분리하지 않았다.
3. 저본에서 오기로 보이거나, 생략 혹은 부연된 글자는 본문에서 수정하되, 가급적 이본에 의거해 하고 각주에서 그 사실을 밝혔다.
4. 저본이 국한문혼용이므로 본문에 한자나 한글 병기를 하기가 곤란하여, 필요한 경우 각주로 처리하였다. 각주 처리 방식은 다음과 같다.
1) 원문이 한자로 되어 있을 때, 한글 음을 표시하고 필요한 경우 그 뜻을 풀이하였다.
  예) 後事: 후사. 죽은 뒤의 일.
2) 한자어인데 원문이 한글로 되어 있으며 현대어 표기와 일치할 때, 해당 한자를 표시하고 필요한 경우 그 뜻을 풀이하였다.
  예) 명문거족: 名門巨族. 이름나고 크게 번창한 집안.
3) 한자어인데 원문이 한글로 되어 있으며 현대어 표기와 일치하지 않을 때, 현대어 한글과 한자를 병기하고 필요한 경우 그 뜻을 풀이하였다.
  예) 급제: 급제(及第). 과거에 합격하던 일.
5. 문장 부호의 사용은 다음과 같다.
"   ": 대화
'   ': 생각
「   」: 장계, 상소, 편지 등의 글

주석 교감

1면

洪桂月傳 卷之單

却1)說2) 大明3) 성화4) 年間의 荊州 九溪村의 흔 스람이 잇스되 姓은 洪이요 名은 무라. 世代 명문거족5)으로 少年 급제6)ᄒ여 베살7)이 니부8) 시랑9)의 잇셔 忠孝 강직ᄒ니 天子 스랑ᄒᄉ 國事을 議論ᄒ시니, 만조10) 百官이 시긔ᄒ여 모함ᄒ민 無罪11)이 삭탈관직12)ᄒ고 故鄕의 도라와 農業을 힘스니 家勢13)는 요부14)ᄒ나 膝下의 일15) 졈 혈육16) 읍셔 每日 설어ᄒ더니,17)

일〃18)은 夫人 梁氏로 더부러 츄연19) 嘆 曰,

---

1) 却: 저본에는 '吝'으로 되어 있음.
2) 却說: 각설. 원래 말이나 글에서 이제까지 다루던 내용을 그만두고 화제를 다른 쪽으로 돌릴 때 쓰이나, 고전소설에서는 소설의 첫머리에서도 쓰임.
3) 大明: 대명. 주원장(朱元璋. 생몰 1328~1398. 재위 1368~1398)이 세운 중국의 명(明)을 높여 부르는 말.
4) 성화: 성화(成化). 중국 명나라 헌종(憲宗: 1465~1487)의 연호.
5) 명문거족: 名門巨族. 이름나고 크게 번창한 집안.
6) 급제: 급제(及第). 과거에 합격하던 일.
7) 베살: 벼슬.
8) 니부: 이부(吏部). 문관 계통 벼슬아치의 인사 문제나 봉급을 사정하는 일을 맡아보던 관아.
9) 시랑: 侍郎. 옛 중국의 벼슬 이름. 육부(六部)의 차관(次官)을 이름.
10) 만조: 滿朝. 조정에 가득함.
11) 無罪: 무죄. 죄가 없음.
12) 삭탈관직: 削奪官職. 죄를 지은 자의 벼슬과 품계를 빼앗고 벼슬아치의 명부에서 그 이름을 지움.
13) 勢: 저본에는 '世'로 되어 있음.
14) 요부: 饒富. 넉넉함.
15) 일: 저본에는 '랄'로 되어 있음.
16) 혈육: 저본에는 '혈뉵'으로 되어 있음.
17) 설어ᄒ더니: 서러워하더니.
18) 일〃: 저본에는 '日〃'로 되어 있음. '어느 날'을 뜻하는 한자는 '一日'이므로 이와 같이 고침.
19) 츄연: 추연(惆然). 슬퍼함.

"年長20) 四十의 男女 간 子息이 읍셔 우리 죽은 後의 後嗣21)을 뉘계 傳ᄒ며 地下의 도라가 祖上을 읏지 뵈오리오?"

夫人이 피셕22) 對 曰,

"不孝 三千의 無後23) 위ᄃ24)25)라 ᄒ오니, 妾26)이 尊門27)의 依託28)ᄒ온 지 이십여 년이라 ᄒ 낫 子息이 읍셔오니 何 面目으로 相公을 뵈오잇가? 伏願 상공은 다른 家門의 어진 淑女을 취ᄒ여 後孫을 보올진ᄃ 첩도 칠거지악29)을 면홀가 ᄒ나

2면

이다."

侍郞이 위로 曰,

"이는 다 나의 팔자라 읏지 夫人의 罪라 ᄒ리요? 此後난 그런 말슴 마으소셔."

하더라.

이ᄢ는 秋九月 望間30)이라. 부인이 侍婢을 다리고 望月樓의 올나 月

20) 年長: 연장. 나이 많음.
21) 嗣: 저본에는 '事'로 되어 있음.
22) 피셕: 피석(避席). 공경이나 사죄의 뜻을 나타내기 위하여 자리에서 일어남.
23) 後: 저본에는 '后'로 되어 있음.
24) 위ᄃ: 위대(爲大). 큼.
25) 不孝三千의 無後위ᄃ: 불효삼천의 무후위대. 불효 3천 가지 중에 후사가 없는 불효가 가장 큼. 『맹자(孟子)』에 유사한 구절이 나옴. "不孝有三, 無後爲大"(불효에는 세 가지가 있는데, 후사 없는 것이 가장 크다.) 『맹자(孟子)』, 「이루(離婁) 상(上)」
26) 妾: 첩. 아내가 남편에게 자신을 낮추어 부르는 말.
27) 尊門: 존문. 남의 가문이나 집을 높여 부르는 말.
28) 依託: 저본에는 '依탁'으로 되어 있음.
29) 칠거지악: 七去之惡. 예전에, 아내를 내쫓을 수 있는 이유가 되었던 일곱 가지 허물. 시부모에게 불손함, 자식이 없음, 행실이 음탕함, 투기함, 몹쓸 병을 지님, 말이 지나치게 많음, 도둑질을 함 따위.
30) 望間: 망간. 음력 보름께.

色을 구경ㅎ더니 忽然 몸이 곤ㅎ여 난간의 〃지ㅎ미 非夢[31] 간의 仙女 ㄴㅣ려와 부인계 再拜 曰,

"小妾는 上帝 侍女옵더니 上帝계 得罪ㅎ고 人間의 ㄴㅣ치시미 갈 바을 모로더니 帝尊이 부인 宅으로 지시ㅎ옵기로 왓나이다."

ㅎ고 품속의 들거늘 놀나 ㅆㅣ다르니 平生 듸몽[32]이라.

부[33]인이 大喜ㅎ여 侍郞을 청ㅎ여 夢事을 일으고 貴子 보기을 바라더니 과연 그달브틈 틔긔[34] 잇셔 十朔이 츠미, 일〃[35]은 집안의 향취[36] 진동ㅎ며 夫人이 몸이 곤[37]ㅎ여 枕席의 누어더니 과연 ㅇㅑ희을 탄싱ㅎ미 女子라. 仙女 하늘노 ㄴㅣ려와 옥병을 기우려 아기을 싯겨 ㄴㅣ이고 曰,

"夫人은 이 아기을 잘 길너 後福[38]을 바드쇼셔."

ㅎ고 인ㅎ여 나가며

3면

曰,

"오ㄹㅣ지 안이ㅎ여 뵈올 날이 잇ㅅ오리다."

ㅎ고 문을 열고 나가거늘, 부인 侍郞[39]을 청ㅎ여 아희을 뵈인듸 얼골이 桃花 갓고 향ㄴㅣ 진동ㅎ니 진실노 月宮 항아[40]라. 깃부미 측냥 읍

---

31) 非夢: 저본에는 '비몽'으로 되어 있음.
32) 듸몽: 대몽(大夢). 크게 좋은 일이 생길 징조로 보이는 길한 꿈.
33) 부: 저본에는 '분'으로 되어 있음.
34) 틔긔: 태기(胎氣). 아이를 밴 기미.
35) 일〃: 저본에는 '日〃'로 되어 있음.
36) 향취: 향취(香臭). 향내.
37) 곤: 困. 피곤함.
38) 後福: 후복. 뒤에 오는 복.
39) 侍郞: 저본에는 '시郞'으로 되어 있음.

서나 男子 아니물 한ᄒ더라. 일홈을 계월이라 ᄒ고 掌中寶玉41)갓치 ᄉ 랑ᄒ더라.

桂月이 졈〃 ᄌ라미 얼골이 桃花 갓고 쏘흔 영민흔지라. 侍郞이 桂月 이 향여42) 단명43)헐가 ᄒ여 江湖 쌍의 郭 道士라 ᄒ난 스람을 請ᄒ여 桂月의 상을 뵈인딕 도ᄉ 이윽키 보다가 曰,

"이 아희 상을 보니 五 歲의 父母을 이별ᄒ고 十八 歲의 父母을 다시 만나 公侯爵祿44)을 눌일 거시요 명망45)이 天下의 가득할 거시니 가장 吉ᄒ도다."

侍郞이 그 말을 듯고 놀나며 曰,

"明白히 가으치쇼셔."

道士 曰,

"그 박계는 아는 일이 읍고 천긔46)을 누셜치 못ᄒ긔로 딕강 셜 화47)ᄒᄂ이다."

ᄒ고 ᄒ직ᄒ고 가는지라.

시랑48)이 道士의 말을 듯고 도로여 안이 들름만 갓지 못

---

40) 항아: 姮娥. 달 속에 산다는 전설상의 선녀. 『회남자(淮南子)』 등에 등장함. "羿請不死之藥於西王母, 姮 娥竊以奔月."(예(羿)가 서왕모(西王母)에게 불사약(不死藥)을 청했는데, (그의 아내) 항아가 불사약을 훔쳐 달로 도망갔다.)『회남자(淮南子)』, 「남명훈(覽冥訓)」
41) 掌中寶玉: 저본에는 '長쥼보옥'으로 되어 있음. 장중보옥. 손바닥 안의 보석.
42) 향여: 저본에는 '향유'로 되어 있는데, 단국대 103장본(5면)에 의거해 고침. 행여.
43) 단명: 短命. 명이 짧음.
44) 公侯爵祿: 저본에는 '功后爵녹'으로 되어 있음. 공후작록. 공이나 후와 같은 높은 벼슬을 하고 봉록을 많 이 받음.
45) 명망: 名望. 명성(名聲)과 인망(人望)을 아울러 이르는 말.
46) 천긔: 천기(天機). 하늘의 기밀.
47) 셜화: 설화(說話). 말함.
48) 랑: 저본에는 '낭'으로 되어 있음.

ᄒ여 夫人을 되ᄒ여 이 말을 일으미 염여 무궁ᄒ여 桂月을 男服을 입펴 草堂의 두고 글을 가으치니 一覽輒記[49]라 시랑이 自嘆 曰,

"너가 만일 男子 되야던들 우리 門戶의 더욱 빗닐 것슬 이달도다."

ᄒ더라.

歲月이 如流ᄒ여 桂月의 나희 五 歲가 當ᄒ지라.

이ᄶᅥ 시랑이 親旧 鄭 士道을 보랴고 츠ᄌᆞ갈식, 元來 鄭 士道는 皇城의셔 ᄒᆞᆫ가지 벼살할[50] 제 극진ᄒᆞᆫ 벗시라. 小人 참쇼[51]을 만나 베슬을 하직ᄒ고 故鄕 會溪村의 나여온 지 二十 年이라. 侍郎이 〃날 ᄶᅥᄂᆞ 楊州로 向ᄒ여 會溪村을 츠져갈식 三百五十 里라. 열어 날 만의 다 〃르니 鄭 士道, 侍郎을 보고 당의 ᄂᆡ여 손을 잡고 되희ᄒ여 坐을 定ᄒᆞᆫ 後의 積年 회포[52]을 위로[53]ᄒ며,

"이 몸 베살을 하직ᄒ고 이곳의 와 草木을 의지ᄒ여 歲月을 보ᄂᆡ되 다른 벗시 읍서 寂寞ᄒ던니 千萬意外의 侍郎이 不遠千里[54]ᄒ고 일어틋 ᄇᆞ린 몸을 츠져와 위로ᄒ니 감격ᄒ여이다."

ᄒ며 질겨 ᄒ더니 시랑이 三 日 後

의 하직ᄒ고 ᄯᅥ날식 셥〃ᄒᆞᆫ 情을 읏지 충양ᄒ리오.

---

49) 一覽輒記: 저본에는 '일남쳑긔'로 되어 있음. 일람첩기. 한 번 보고 곧 기억함.
50) 할: 저본에는 이 앞에 'ᄒ'가 있음.
51) 참쇼: 참소(讒訴). 남을 헐뜯어 없는 죄를 있는 것처럼 꾸며 고해 바침.
52) 포: 저본에는 '표'로 되어 있음.
53) 로: 저본에는 '노'로 되어 있음.
54) 不遠千里: 불원천리. 천리를 멀게 여기지 않음.

侍郎이 〃날의 南北村의 와 즛고 이튿날 鷄鳴의 써나랴55) ᄒ더니 멀이셔 징북 쇼릭 들이더니 鼓角 셩이 진동ᄒ여 쌍이 울이거늘, 시랑이 놀닉 나셔 바라본니 얼어 百姓이 쪽겨 오거날 시랑이 무르니 答 曰,

"北方 졀도ᄉ 張使郎이 楊州 牧使 周道와 合力ᄒ여 군ᄉ 十萬을 거나이고 荊州 九十餘 城을 항복밧고 긔주56) 즈ᄉ 張氣을 베희고 至今 皇城을 범ᄒ여 作亂이 太57)甚58)ᄒ여 빅셩을 무슈이 죽이고 가산59)을 노냑ᄒ믹 살긔을 도모ᄒ여 避亂60)ᄒ나이다."

ᄒ거날, 시랑이 그 말 듯고 天地가 아61)득ᄒ여 山中으로 들어62)가며 夫人과 桂月을 싱각ᄒ고 슬피 우니 가련ᄒ더라.

이씩 부63)인은 시랑64) 도라오심을 기다리더니, 이날 밤의 문득 들이는 쇼릭 搖亂65)ᄒ거늘 잠결의 놀닉 씩다르니 侍婢66) 양뉸이 急告 曰,

"北方 盜賊이 千兵萬馬67)을 모라 들여오며 빅셩을 無數이 죽이고 노약68)ᄒ니 避亂ᄒ느라고 요난ᄒ온니 이

---

55) 랴: 저본에는 '냐'로 되어 있음.
56) 긔주: 저본에는 '긔州'로 되어 있음.
57) 太: 저본에 잘 보이지 않아 이와 같이 추정함.
58) 太甚: 태심. 매우 심함.
59) 가산: 家産. 한 집안의 재산.
60) 避亂: 저본에는 '폐亂'으로 되어 있음. 피란. 난리를 피하여 옮겨 감.
61) 아: 저본에는 '야'로 되어 있음.
62) 어: 저본에는 '여'로 되어 있음.
63) 부: 저본에는 '분'으로 되어 있음.
64) 랑: 저본에는 '랑'으로 되어 있음.
65) 搖亂: 저본에는 '요亂'으로 되어 있음.
66) 侍婢: 저본에는 '시婢'로 되어 있음.
67) 千兵萬馬: 천병만마. 천 명의 군사와 만 마리의 군마라는 뜻으로, 아주 많은 수의 군사와 군마를 이르는 말.
68) 노약: 노략(擄掠). 떼를 지어 돌아다니며 사람을 해치거나 재물을 강제로 빼앗음.

6면

일을 웃지ᄒᆞ오잇가?"

夫人, 디경[69]ᄒᆞ여 桂月을 안고 痛哭 曰,

"이졔는 시랑[70]이 中路의셔 盜賊의 모진 칼의 쥭어쏘다."

ᄒᆞ며 ᄌᆞ결코ᄌᆞ ᄒᆞ니 시비 냥눈이 위로 曰,

"아직 시랑[71]의 存亡을 몰으옵고 일어틋 ᄒᆞ시니잇가?"

夫人 그러이 여[72]겨 진졍ᄒᆞ여 울며 계월을 楊允이 등의 업피고 南方을 向ᄒᆞ여 가더니, 十里를 다 못 가셔 泰山이 잇거날 그 山中의 들어가 의지코ᄌᆞ ᄒᆞ여 밧비 가며 도라본니 도젹이 발셔 즛쳐[73] 오난지라 楊允이 아기를 업고 ᄒᆞᆫ 숀으로 부인 숀을 쓸고 진심[74] 竭力[75]ᄒᆞ여 계오 十里를 가민 大江이 막키거날 부인이 망극ᄒᆞ여 앙쳔 통곡 왈,

"이졔 도젹이 급ᄒᆞ니 ᄎᆞ라이 〃 江水의 ᄲᅡ져 쥭으리로다."

ᄒᆞ고 계월을 안고 물의 ᄲᅱ여들여 ᄒᆞ더니 문득 北海로셔 쳐양[76]ᄒᆞᆫ져[77] 쇼리 들이거날 바라보니 ᄒᆞᆫ 仙女 一葉舟을 타고 급피 오며 曰,

"夫人은 잠간 참으쇼셔."

ᄒᆞ며 슌식간의 비을 디이고 오르기을 請ᄒᆞ거날, 부인이 황감[78]ᄒᆞ여 楊[79]允과 桂月을 다리고 밧비 오으니 仙女 비을 져으며 曰,

---

69) 디경: 대경(大驚). 크게 놀람.
70) 랑: 저본에는 '량'으로 되어 있음.
71) 랑: 저본에는 '량'으로 되어 있음.
72) 여: 저본에는 '어'로 되어 있음.
73) 즛쳐: 짓쳐. 함부로 마구 쳐.
74) 진심: 盡心. 마음을 다함.
75) 竭力: 저본에는 '갈力'으로 되어 있음. 갈력. 힘을 다함.
76) 쳐양: 처량(凄凉). 마음이 구슬퍼질 정도로 외롭거나 쓸쓸함.
77) 져: 저 가로로 볼게 되어 있는 관악기를 통틀어 이르는 말.
78) 황감: 惶感. 황송하고 감격스러움.
79) 楊: 저본에는 '梁'으로 되어 있으나 앞부분의 표기와 통일하기 위해 이와 같이 고침. 이하 같음.

"夫人은

7면

小女을 알어 보시나이가? 쇼녀는 夫人 히복80)ㅎ실 쩍의 救安81)ㅎ던
仙女로쇼이다."

부인이 정신을 슈습ㅎ여 ᄌ셰이 보니 그졔야 씬다라 曰,

"우리는 人世 미물82)이라 눈이 어두어 몰나 보와쏘다."

ㅎ며 치ᄉ83) 曰,

"그쩍 누지84)의 왓다가 총〃85) 이별흔 后로 싱각이 간졀ㅎ여 이즐
날이 옵더니 오늘날 의외 만나온니 만행86)87)이오며 쏘흔 水中 孤魂88)
을 救89)ㅎ시니 감ᄉ무지90)ㅎ와이다. 은혜을 웃지 갑푸리가?"

仙女 曰,

"小女는 동빈91) 先生을 모시여 가옵더이 만일 늣계 왓던들 구치 못
할 번ㅎ엿도소이다."

凌波曲92)을 부르며 져여 가니 빅 쌔르기 살 갓튼지라. 슌식간의 언

---

80) 히복: 해복(解腹). 곧 해산(解産). 아이를 낳음.
81) 救安: 저본에는 '求安'으로 되어 있음. 구안. 도와서 편안하게 함.
82) 미물: 微物. 변변치 못한 사람.
83) 치ᄉ: 치사(致謝). 고맙다는 뜻을 나타냄.
84) 누지: 陋地. 누추한 곳.
85) 총〃: 悤悤. 몹시 급하고 바쁜 모양.
86) 행: 저본에는 '항'으로 되어 있음.
87) 만행: 萬幸. 매우 다행함.
88) 孤魂: 저본에는 '古魂'으로 되어 있음. 고혼. 외로운 넋.
89) 救: 저본에는 '求'로 되어 있음.
90) 감ᄉ무지: 감사무지(感謝無地). 그지없이 감사함.
91) 동빈: 여동빈(呂洞賓). 이름은 여암(呂嵒). 동빈은 그의 자(字), 호는 순양자(純陽子). 중국 신화에 나오는
    도교의 8선(八仙) 가운데 한 명.
92) 凌波曲: 저본에는 '陵巴曲'으로 되어 있음. 능파곡. 중국 당나라의 악곡 이름.

덕의 딕이고 닉리기을 직쵹ᄒ니 夫人이 빅의 닉여 치ᄉ 무궁ᄒᄆᆡ 仙
女 曰,

"夫人은 千萬 保重93)94)ᄒ옵쇼셔."

ᄒ고 빅을 져어 가는 바을 아지 못할너라.

夫人이 空中을 向ᄒ여 無數이 謝禮ᄒ고 갈밧 속으로 들어가며 살펴
보니 楚水滿谷95)이요 吳山는 千峯이라. 夫人과 楊96)允이 桂月을 다리고
강변의 안치97)고 두루

8면

단이며 葛根도 카야 먹고 버들기아지도 훌터 먹고 계오 人事을 차여
졈졈 들어가니 ᄒᆞᆫ 졍ᄌᆞ각이 잇거늘 나아가 보니 현98)판의 '엄ᄌᆞ능99)
의 조딕100)'라 ᄒ여더라.

졍ᄌᆞ각의 올나 잠간 쉴시 양눈은 밥을 빌너 보닉고 桂月을 안고 홀노
안겨더니 문득 바라보니 江上의 ᄒᆞᆫ 大汎船이 졍ᄌᆞ을 向ᄒ여 오거늘 夫人
이 놀닉 桂月을 안고 딕슈풀로 들어가 숨어더니 그 빅 갓가이 와 졍ᄌᆞ

---

93) 重: 저본에는 '中'으로 되어 있음.
94) 保重: 보중. 몸의 관리를 잘해서 건강하게 유지함.
95) 楚水滿谷: 저본에는 '草水萬谷'으로 되어 있으나 의미가 분명하지 않아 이와 같이 고침. '草'를 '楚'로 고
    친 것은, 뒤의 구절에 '吳山'이 등장하는데 '吳'와 대구가 되기 위해서는 '楚'가 타당할 듯해서임. 아울러
    단국대 103장본에도 해당 장면에 '웃(오)초지경'(15면)이라는 표현이 등장함. 초수만곡. 초나라 물은 계곡
    에 가득함.
96) 楊: 저본에는 '梁'으로 되어 있음.
97) 강변의 안치: 저본에 이 부분이 잘 보이지 않아 단국대 103장본(15면)을 따름.
98) 현: 저본에는 '션'으로 되어 있음.
99) 엄ᄌᆞ능: 엄자릉(嚴子陵). 후한(後漢) 광무제(光武帝) 때의 인물로 본명은 엄광(嚴光)이고 자릉은 그의 자
    (字). 광무제(光武帝)의 친한 친구로 알려져 있음. 광무제가 황제가 된 후 은거하고 있던 엄자릉을 불러 함
    께 대궐에서 머물게 되었는데 엄자릉은 광무제에게 황제에 대한 예의를 갖추지 않고 함께 자면서 그의
    배에 다리를 올려놓을 만큼 허물없이 대했다 함. 광무제가 엄자릉에게 간의대부라는 벼슬을 주었으나 그
    는 사양하고 산에 돌아가 은거하였다고 함.
100) 조딕: 조대(釣臺). 낚시터.

옵펴 디이고 흔 놈이 일으되,

"앗가 江上의셔 바라보니 女人 ᄒ나 슈플로 갓시니 춫지리라."

ᄒ고 모든 스람이 일시[101]의 닉다라 딕밧 속으로 달어드어 가 夫人을 잡아 갈시 夫人이 쳔지 아득ᄒ여 楊[102]允을 부르며 痛哭흔덜 밥 빌너 간 楊[103]允이 웃지 알리요. 盜賊이 夫人의 등을 밀며 줍아다가 빅머리의 쑬리고 無數이 실난[104)]ᄒ는지라. 원닉 이 빅는 水賊의 무리라. 水上으로 떠다[105)]이며 財物을 탈취[106)]ᄒ여더니 夫人을 쏘 겁칙[107)]ᄒ더니 맛춤 이곳의 지닉다가 夫人을 만난지라 水

9면

賊 張孟吉이라 ᄒ는 놈이 夫人의 화용월티[108)] 보고 마음의 흠모ᄒ여 왈,

"닉 平生 天下一色을 웃고ᄌ ᄒ여더니 하늘니 지시ᄒ심이라."

깃거ᄒ거늘 夫人이 仰天[109)] 嘆 曰,

"이제 侍郞의 存[110)]亡을 아지 못ᄒ고 목슘 保存[111)]ᄒ여 오다가 이곳의 와 이런 변을 만늘 쥴을 알아슬리요."

---

101) 시: 저본에는 '지'로 되어 있음.
102) 楊: 저본에는 '梁'으로 되어 있음.
103) 楊: 저본에는 '梁'으로 되어 있음.
104) 실난: 힐난(詰難). 트집을 잡아 거북할 만큼 따지고 듦.
105) 떠다: 저본에는 이 부분이 잘 보이지 않아, 이와 같이 추정함.
106) 탈취: 탈취(奪取). 빼앗아 가짐.
107) 겁칙: 劫勅, 겁탈(劫奪). 위협하여 정조를 빼앗음.
108) 화용월티: 화용월태(花容月態). 꽃 같은 얼굴과 달 같은 자태라는 뜻으로, 여인이 매우 아름다움을 비유한 말.
109) 仰天: 저본에는 '앙天'으로 되어 있음.
110) 存: 저본에는 '尊'으로 되어 있음.
111) 保存: 저본에는 '보存'으로 되어 있음.

ㅎ며 痛哭ㅎ니, 草木禽獸도 다 슬어ㅎ난 듯ㅎ더라. 孟吉이 夫人의 셜어
ㅎ을 보고 諸人계 분부 曰,

"져 夫人을 手足을 놀이지 못ㅎ계 비단으로 동여미고 그 아히는 즈리
의 싸셔 江水의 너흐라."

ㅎ니 諸卒이 슈을 듯고 江水의 너희야 ㅎ니 夫人이 손을 놀이지 못ㅎ
미 몸을 기우려 입으로 桂月이 옷슬 물고 놋치 안니ㅎ고 통곡ㅎ니 孟吉
이 달려들어 桂月이 옷기셜 칼로 베희고 桂月을 물의 더지니 그 망극ㅎ
말이야 읏지 다 층양ㅎ리요.

桂月이 물의 써 가며 울어 曰,

"어맘임! 이거시 읏지ㅎ 일이요. 어만임.112) 나는 죽니. 밧비 살어
쥬옵쇼셔. 물의 써 가는 子息

10면

은 萬頃蒼波113)의 고기밥이 될야 ㅎ느잇가? 어맘임 얼골이나 다시 봅
시다. 죽어도 눈을 감고 못 죽거니."

ㅎ며 우름 쇼리 졈〃 멀어 가니 夫人이 掌中寶玉114)갓치 스랑115)ㅎ
던 子息을 目前의 물의 죽는 양을 보미 읏지 안이 정신이 온전ㅎ리요.

"桂月아. 〃〃〃. 날과 함긔 죽주."

ㅎ며 仰天116) 통곡 氣絶ㅎ니 水中117) 스람이 비록 盜賊이나 落淚 아

---

112) 임: 저본에는 '암'으로 되어 있음.
113) 萬頃蒼波: 만경창파. 만 길이나 되는 푸른 파도.
114) 掌中寶玉: 저본에는 '장즁보玉'으로 되어 있음.
115) 랑: 저본에는 '랑'으로 되어 있음.
116) 仰天: 저본에는 '양天'으로 되어 있음.
117) 水中: 저본에는 '수中'으로 되어 있음.

이흐리 읍더라. 슬푸다.

楊118)允이 밥을 빌어 가지고 오다가 바라보니 졍즈각의 스람이 無
數흔되 부인의 哭聲이 들이거날 밧비 가 보니 夫人을 동여민고 분쥬흐
거날 楊119)允이 〃 거동을 보고 으든 밥을 그릇치 닉던지고 夫人을 붓
들고 大聲痛哭 曰,120)

"이것시 어인 일이요? 추라리 올 쩍의 그 물의셔나 쌔져 죽어던들 일
언 환을 아이 당헐 거슬 이 일을 웃지 할가. 아기는 어듸 잇나이가?"

楊121)允이 아기 믈의 너흘 말을 듯고 가슴을 두다리며 물의 쩌어들
야 흐니 뎡길이 쏘흔 賊卒을 號令흐야,

"져 게집을 마즈 동이라."

흐니

11면

賊卒이 다라들어 楊122)允을 마즈 동여민니 죽지도 못흐고 仰天 痛哭할
쑨일너라.

孟吉이 賊黨123)을 직촉흐어 빅을 급피 져 집으로 도라와 夫人과
楊124)允을 침방125)의 가두고 졔 게집을 불너 왈,

"늬 이 부인을 다려와스니 너 조흔 말노 달닉야 夫人의 마음을 슌케

---

118) 楊: 저본에는 '梁'으로 되어 있음.
119) 楊: 저본에는 '梁'으로 되어 있음.
120) 曰: 저본에는 이 글자가 없으나 문맥을 고려하여 보충함.
121) 楊: 저본에는 '梁'으로 되어 있음.
122) 楊: 저본에는 '梁'으로 되어 있음.
123) 賊黨: 저본에는 '賊당'으로 되어 있음.
124) 楊: 저본에는 '梁'으로 되어 있음.
125) 침방: 寢房. 침실.

ᄒ라."

ᄒ니 春娘126)이 夫人게 들어가 문 曰,

"夫人은 무슴 일노 이곳의 왓나이가?"

夫人이 對 曰,

"부127)인은 쥭게 된 인싱을 살리쇼셔."

ᄒ며 前後 首末128)을 일으거날 춘낭이 曰,

"부인의 정상129)을 보니 참혹ᄒ어이다."

ᄒ고 曰,

"쥬인 놈이 본듸130) 水賊으로 스람을 만이 쥭이고 ᄯᅩ흔 용밍 잇셔 日131)行千里132)ᄒ오니 도망ᄒ기도 어렵고 쥭ᄌ ᄒ여도 쥭지 못할 거시니 아모리 싱각ᄒ여도 불상ᄒ어이다. 妾도 본듸133) 盜賊의 게집이 안이라. 大國 번양134) 자 梁江道의 女息으로 일직 喪夫135)ᄒ고 홀로 잇습던니 〃 놈의게 잡펴 와셔 목슘 도모ᄒ여 이 놈 게집이 되야ᄉ오니 모진 목슘 쥭지 못ᄒ고 故鄕을 싱각ᄒ면 정신이 아득ᄒ여이

---

126) 娘: 저본에는 '郎'으로 되어 있으나, 여기에서는 여자 이름에 쓰였으므로 이와 같이 고침.
127) 부: 저본에는 이 앞에 '즛'이 있으나 불필요하다고 판단해 생략함.
128) 首末: 저본에는 '數말'로 되어 있음.
129) 정상: 정상(情狀). 인정상 차마 볼 수 없는 가련한 상태.
130) 본듸: 저본에는 '本듸'로 되어 있음. 어원을 감안하면 이처럼 표기할 수 있으나 어휘 사용의 관습을 고려하여 이와 같이 고침.
131) 日: 저본에는 '一'로 되어 있음.
132) 日行千里: 일행천리. 하루에 천 리를 감.
133) 본듸: 저본에는 '本듸'로 되어 있음.
134) 번양: 저본에는 '변陽'으로 되어 있는데, 구체적인 지명을 확인할 수 없으므로 이와 같이 고침. 참고로 중국에서 잘 알려진 '번양'으로 '繁陽'과 '蕃陽'이 있음.
135) 喪夫: 상부. 남편을 잃음.

다. 글어나 잠간 싱각ᄒ온 즉 흔 뫼쵝이 잇스되 天幸으로 그 計巧[136)
되로 뫼ᄒ면 妾도 부인과 흔가지 도망ᄒ어이다."

ᄒ고 즉시 나와 당유[137) 모인 곳의 가 보니 초불을 발키고 賊黨이
左右의 갈나 안고 잔치을 빈셜ᄒ고 酒肉을로 질길ᄉ 각〃 酌을 들어
孟吉이게 치하 曰,

"오늘날 將軍이 美人을 으드사오니 흔 잔 슐노 위로ᄒ나이다."

ᄒ고 각〃 흔 잔식 권ᄒ니 밍길이 大醉ᄒ어 쓰려지고 모든 당유도
다 자는지라 春娘[138)이 밧비 들어와 夫人다러 曰,

"즉금 盜賊[139)드리 잠을 깁피 드러스니 밧비 西門을 열고 도망ᄒ
ᄉ이다."

ᄒ고 즉시 수건의 밥을 쓰셔 가지고 부인과 楊[140)允을 다리고 이날
밤의 도망ᄒ어 셔으로 向ᄒ여 갈ᄉ 정신이 아득ᄒ여 寸步[141) 가기 어
려온지라. 東方이 발가는듸 江天[142)의 외기려기 우는 쇼릭는 슬푼 마
음을 돕는지라. 문득 바라보니 흔편[143)은 泰山이요 쏘 흔편는 大江이
라 바다가의 갈밧 속으로 도망ᄒ여 가며 부인은 기운이 쇠진[144)ᄒ여
春娘[145)을 도라보와 曰,

---

136) 計巧: 저본에는 '計敎'로 되어 있음.
137) 당유: 당류(黨類). 같은 무리에 드는 사람들.
138) 娘: 저본에는 '郞'으로 되어 있음.
139) 盜賊: 저본에는 '도賊'으로 되어 있음.
140) 楊: 저본에는 '梁'으로 되어 있음.
141) 寸步: 저본에는 '寸보'로 되어 있음. 촌보. 몇 발짝 안 되는 걸음.
142) 江天: 저본에는 '강天'으로 되어 있음.
143) 흔편: 저본에는 'ᄒ편'으로 되어 있음.
144) 쇠진: 衰盡. 다함.
145) 娘: 저본에는 '郞'으로 되어 있음.

"날은 임

13면

의 발고 긔운이 쇠ᄒ여 갈 기리 읍스니 웃지ᄒ잔 말고?"

ᄒ며 仰天 痛哭ᄒ더니 문득 갈밧 속의셔 흔 女僧이 나와 夫人게 再拜 曰,

"어디 게신 夫人이완디 이련 험지146)의 왓나잇가?"

부인 曰,

"尊師147)는 어디 게신지 잔명148)을 구ᄒ쇼셔."

ᄒ며 前後수말을 일으고 간쳥ᄒ니 그 女僧이 나와 曰,

"夫人의 졍상을 보니 가궁ᄒ여이다. 小僧은 高蘇臺 一峯菴의 잇셔더니 寒山寺의 가 穀食149)을 실이고 오난 길의 쳐양흔 哭聲이 들이기로 뭇잡고자 와 빅을 江邊의 미고 츳져 왓스오니 小僧을 ᄯᅡ라가 급흔 환을 면150)ᄒ쇼셔."

ᄒ고 빅의 오르기을 직촉ᄒ니 부인이 감ᄉᄒ여 춘낭과 楊151)允을 다이고 그 빅의 오르니라.

이찍 밍길이 잠을 씨야 침방의 들어가니 부인과 춘낭, 楊152)允이 간 곳지 읍거날 분을 이기지 못ᄒ여 諸卒을 거나리고 두로 찻다가 江上을 바라보니 女僧과 女人 三 人이 빅의 안져거늘 밍길이 쇼릭을 크게 질으며 將卒을 직촉ᄒ여 달여오거날 女僧이 빅을 밧비 져어 가니

---

146) 험지: 險地. 험한 곳.
147) 尊師: 저본에는 '尊寺'로 되어 있음. 존사. 승려를 높여 이르는 말.
148) 잔명: 殘命. 쇠진한 목숨.
149) 穀食: 저본에는 '곡食'으로 되어 있음.
150) 면: 저본에는 '먼'으로 되어 있음.
151) 楊: 저본에는 '梁'으로 되어 있음.
152) 楊: 저본에는 '梁'으로 되어 있음.

孟吉이 바라보다가 헐 길 읍셔 탄식만 ᄒ고 도라가더라.

이쩍 女僧이

14면

빅을 聖教門 박게 딕이고 닉리라 ᄒ니 부인이 빅의 닉려 女僧을 좃ᄎ 고소딕을153) 나가니 山明水麗154)ᄒ고 花草는 滿155)發흔딕 各色 금슈 슬피 우난 쇼릭 스람의 心懷을 돕난지라.

근〃이 行ᄒ여 僧堂의 올나가 諸僧게 再拜ᄒ고 안지니 그 즁의 흔 老僧이 문 曰,

"夫人은 어딕 게시며 무삼 일로 이 순즁의 드어오시나잇가?"

夫人이 對 曰,

"荊州 쩍의 사옵더니 兵難156)의 피란하와157) 지힝 읍시 가옵다가 天158)幸으로 존ᄉ을 만ᄂ 이곳의 왓ᄉ오니 존ᄉ의게 의탁ᄒ와 삭 발159)爲僧160)ᄒ옵고 後生 길이나 닥고ᄌ ᄒ나이다."

노승이 그 말을 듯고 曰,

"소승의게 상ᄌ161) 읍셔온니 夫人의 所願이 글어ᄒ시면 원딕로 ᄒ ᄉ이다."

---

153) 소딕을: 저본에는 이 부분이 잘 보이지 않아 단국대 103장본(28면)을 따름.
154) 山明水麗: 산명수려. 산과 물이 맑고 깨끗하다는 뜻으로, 산수의 경치가 아름다움을 이르는 말.
155) 滿: 저본에는 '万'으로 되어 있음.
156) 兵難: 저본에는 '兵난'으로 되어 있음.
157) 피란하와: 저본에는 '펴亂爲臥'로 되어 있음. '펴亂'은 '피란'이고, '爲臥'는 이두식 표현으로, '하와' 즉 '하여'의 뜻임.
158) 天: 저본에는 '千'으로 되어 있음.
159) 삭발: 削髮. 머리를 깎음.
160) 爲僧: 위승. 중이 됨.
161) 상ᄌ: 상자. 곧 상좌(上佐). 스승의 대를 이을 여러 제자 가운데 제일 높은 사람.

ᄒᆞ고 즉시 沐浴저게[162]ᄒᆞ고 삭발ᄒᆞ여 夫人은 老僧의 상ᄌᆞ 되고 春
娘[163]과 楊[164]允은 夫人의 상ᄌᆞ 되야 이날브틈 佛前의 祝願ᄒᆞ되,

"侍郞과 桂月을 보게 ᄒᆞᆸ쇼셔."

ᄒᆞ며 셰월을 보닉더니라.

却[165]說. 이쩍 桂月은 물의 쩌 가며 우는 말이,

"나는 님의 죽거니와 어만임은 아모쪼록 목슘을 보존ᄒᆞ와 아바임
을 만나옵거든 桂月이 죽은

15면

쥴이나 알게 ᄒᆞᆸ쇼셔."

ᄒᆞ며 슬피 울고 쩌나더니, 이젹의 武陵村의 스는 呂公이라 ᄒᆞ는 사람
이 빅을 타고 西蜀으로 가다가 江上을 바라보니 웃던 스람이 자리의 싸
이여 쩌 가며 우는 쇼릭 들이거날 그곳의 일으러 빅을 딕고 ᄌᆞ리을 건져
보민 어린 아희라. 그 아희 모양을 보니 인물이 쥰슈ᄒᆞ고 아음다오나 人
事을 차리지 못ᄒᆞ거날 呂公이 약으로 구ᄒᆞ니 이윽ᄒᆞ여 끼야나며 어미을
부르는 쇼릭 참아 듯지 못헐너라.

여공이 그 아희을 싯고 집으로 도라와 물어 曰,

"네 웃던 아희관딕 萬頃蒼波 中의 일언 익을 당ᄒᆞ여는야?"

게월이 울며 曰,

"나[166]는 어만임과 흔가지 가옵다가 웃던 스람이 어만임을 동여믹

---

162) 沐浴저게: 목욕재계(沐浴齋戒). 부정(不淨)을 타지 않도록 깨끗이 목욕하고 몸가짐을 가다듬는 일.
163) 娘: 저본에는 '郞'으로 되어 있음.
164) 楊: 저본에는 '梁'으로 되어 있음.
165) 却: 저본에는 '各'으로 되어 있음.
166) 나: 저본에는 '난'으로 되어 있음.

고 나는 주리의 싸여 물의 던지기로 여기 왓나이다.”

묘公이 그 말을 듯고 닉심167)의,

‘필연 水賊을 만나쏘다.’

호고 다시 문 曰,

“너 나희 몃치며 일홈이 무어시야?”

對 曰,

“나희 五 歲읍고 일홈은 桂月이로쇼이다.”

쏘 問 曰,

“너 父親 일홈

16면

은 무엇시며 수던 地名은 무엇시야?”

桂月이 對 曰,

“아바임 일홈는 모로읍건와 남이 부리기을 홍 侍郎이라 호읍고 수던 지명은 모로나이다.”

묘公이 헤오딕,

‘洪 侍郎이라 호니 分明 냥반의 子息이노다.’

호고,

‘이 아희 나희 닉 아들과 동갑이요 쏘흔 얼168)골이 비범호니 잘 길너 未來169)의 영화을 보리라.’

호고 親子息갓치 예기더라. 그 아들 일홈은 輔國이라. 상도 쏘흔 비

---

167) 닉심: 내심(內心). 마음속.
168) 얼: 저본에는 ‘열’로 되어 있음.
169) 未來: 말래. 늘그막.

범호고 奇男子170)더라. 맛츰 桂月을 보고 반가호기을 친동싱갓치 호더라.

歲月이 如流호여 두 아희 나희 七 셰의 일으미 호는 일이 비범호니 뉘 안이 층찬호리. 呂公이 두 아희 글을 가으치고즈 호여 江湖 짱의 郭 道士 잇단 말을 듯고 두 아희을 다리고 강호 짜의 가니 道士 草堂의 안저거날 들어가 禮畢171) 後의 엿즈 왈,

"生은 武陵浦의 스는 呂公이옵던니 늘게야 子息을 두어스온바 영민호기로 도스의 덕퇵으로 스람이 될가 호와 왓나이다."

도스 曰,

"아희을 부르라."

호니 呂

17면

公이 두 아희을 불너 뵈인되 도스 이윽키 보다가 曰,

"이 아희 상을 보니172) 동싱173)은 아니 〃 글어할시 分明호지 기이지 말나."

여공이 그 말 듯고,

"先生의 知人之鑑174)은 鬼神갓도쇼이다."

---

170) 奇男子: 저본에는 '기男子'로 되어 있음.
171) 禮畢: 예필. 인사를 마침.
172) 보니: 저본에는 이 뒤에 '호'가 있으나 문맥이 자연스럽지 않아 생략함. 생략된 '호'는 다른 이본을 참고하면 '어찌'로 보는 것이 타당한데 그럴 경우 뒤의 구절과 호응이 되지 않음. 참고로 단국대 103장본에는 이를 포함한 부분이 '엇지호야 동싱이라 호난요 얼골리 다르니 나를 속이지 말나.'(34면)라 하여 의미 파악이 분명하도록 표현되어 있음.
173) 동싱: 동생(同生). 같은 어머니에게서 난 사람.
174) 知人之鑑: 저본에는 '知人지감'으로 되어 있음. 지인지감. 사람을 알아볼 줄 아는 감식안.

道士 曰,

"이 아희 잘 가르쳐 일홈을 竹帛175)의 빗닉게 ᄒ리라."

ᄒ거날 여공이 하직ᄒ고 도라오니라.

却176)說. 이ᄶᅥ 洪 侍郎은 山中의 몸을 감츄고 잇더니 盜賊이 그 山中의 들어와 百姓의 財物을 노략ᄒ고 스람을 붓더려 軍士을 솜더니 맛춤 洪 侍郎을 으든지라 위인이 비범ᄒ믹 참아 죽이지 못ᄒ고 諸賊과177) 의논ᄒ되,

"이 스람을 軍中의 두미 웃더ᄒ요?"

諸賊이 樂對178)ᄒ니 張仕郎이 즉시 洪 侍郎을 불너 曰,

"우리와 ᄒᆞᆫ가지 同心 謀議ᄒ여 皇城을 치자."

ᄒ니 홍 시랑179) 싱각ᄒ되,

'만일 듯지 안이ᄒ면 죽임180)을 면181)치 못ᄒ리라.'

ᄒ고 마지못ᄒ여 거짓 降伏182)ᄒ고 皇城으로 向ᄒ니라.

이ᄶᅥ 天子 劉 丞183)相으로 大元帥을 삼고 軍士을 거나여 임치 ᄶᅥ의셔 盜賊을 破ᄒ고 張仕郎을 잡어 압셔우고 皇城으로 갈ᄉᆡ,

---

175) 竹帛: 저본에는 '쥭白'으로 되어 있음. 죽백. '대나무와 비단'이라는 뜻으로 역사책을 이름. 예전에 책을 대나무나 비단으로 만든 데서 유래함.
176) 却: 저본에는 '졈'으로 되어 있음.
177) 과: 저본에는 '果'로 되어 있으나, 한자로 써 줄 필요가 없는 조사이므로 이와 같이 고침
178) 樂對: 낙대. 기꺼이 대답함.
179) 랑: 저본에는 '량'으로 되어 있음.
180) 임: 저본에는 '이'로 되어 있음.
181) 면: 저본에는 '만'으로 되어 있음.
182) 降伏: 저본에는 '항伏'으로 되어 있음.
183) 丞: 저본에는 '承'으로 되어 있음.

18면

洪 侍郎도 陣中의 잇다가 잡펴여는지라 천자 장원각[184]의 젼좌ᄒ시고
반젹[185]을 다 數罪[186]ᄒ시고 베흘ᄉᆡ 洪 侍郎도 쏘ᄒᆞᆫ 죽게 되야는지라
洪 侍郎이 크게 쇼라ᄒ여 曰,

"小人은 폐난ᄒ여 山中의 잇습다가 도젹의 잡펴노라."

ᄒ며 前後 首末[187]을 다 알뢴딕, 이쩍 楊州 ᄌᆞᄉᆞ ᄒᆞ야던 역덕희 이
말을 듯고 伏地 奏 曰,

"져 罪人은 시랑[188] 베슬ᄒ여던 洪武로쇼이다."

上이 그 말을 듯고 ᄌᆞ셔이 보시다가 曰,

"너는 일즉 베슬ᄒᆞ어스니 ᄎᆞ라리 죽을지언졍 도젹의 물이의 예 들
어난요? 罪을 議論ᄒ면 죽일 거시로되 옛일을 싱각ᄒ여 원찬[189]ᄒ노
라."

ᄒ시고 律官을 命ᄒ여 즉시 홍 시랑[190]을 碧波島[191]로 정빅[192]ᄒ시
니, 벽파도로 向할ᄉᆡ 一萬 八千 里라 시랑[193]이 故鄕의 도라가 夫人과
桂月을 보지 못ᄒ고 萬里他國으로 정빅 가니 일언 팔ᄌᆞ 어딕 잇시리요.
슬피 痛哭ᄒ니 보는 ᄉᆞ람이 안이 슬펴ᄒᆞ리 읍더라.

길을 쩌는 지 八 朔 만의 벽파도의 다〃르니 그 ᄯᅡᆼ은 吳楚之間[194]이

---

184) 장원각: 저본에는 '帳原각'으로 되어 있으나 의미가 명확하지 않아 이와 같이 고침.
185) 반젹: 반적(叛賊). 자기 나라를 배반한 역적.
186) 數罪: 수죄. 범죄 행위를 들추어 세어 냄.
187) 首末: 저본에는 '數말'로 되어 있음.
188) 랑: 저본에는 '량'으로 되어 있음.
189) 원찬: 遠竄. 귀양 보냄.
190) 랑: 저본에는 '량'으로 되어 있음.
191) 碧波島: 저본에는 '碧波도'로 되어 있음.
192) 정빅: 정배(定配). 귀양살이할 곳을 정해 죄인을 유배시킴.
193) 랑: 저본에는 '량'으로 되어 있음.
194) 吳楚之間: 저본에는 '吳楚지간'으로 되어 있음.

라. 元來 벽파도은 人跡이 不到

處라 이곳의 닉기는 洪武[195])을 쥬려 죽게 ᄒ밀너라.

律官이 시랑[196])을 그곳의 두고 도라가니 시랑[197])이 쳔지 아득ᄒ여 晝夜로 운일며[198]) 飢渴[199])을 견듸지 못허여 물기의 단이며 죽은 고기와 바회 위의 부튼 굴만이을 쥬여 먹고 세월을 보닉니 衣服은 남누ᄒ여 형용이 괴이ᄒ고 一身의 털[200])이 나스니 김싱의 모양일너라.

각셜. 이젹의 양 부인은 춘낭과 양윤 다리고 山中의 잇셔 눈물노 歲月을 보닉더니, 일〃은 夫人이 흔 쑴을 으드니 흔 즁이 六環杖[201])을 집고 압피 와 졀ᄒ고 曰,

"부인은 無情흔 山中의 風景만 죠화ᄒᆢᆸ고 시랑과 계월을 ᄎᆞᄌ 반가니 보지 안니허시잇가? 지금 시랑이 말 니 변방 젹쇼의 와 부인과 계월을 싱각ᄒ여[202]) 病入骨髓[203])ᄒ여스오니 밧비 가ᆢᆸ쇼셔. 가시다가 벽파도을 물어 그곳의 잇난 스람을 차ᄌ 故鄕[204]) 消息을 물으면 시랑은 그곳의셔 만나이다."

ᄒ고 간 듸 읍거날, 부인이 쑴을 씌고 듸경ᄒ여 양눈과 춘낭을 불너

---

195) 洪武: 저본에는 '洪무'로 되어 있는데, 앞에서 이름이 洪武로 나온 바 있으므로 이와 같이 고침.
196) 랑: 저본에는 '량'으로 되어 있음.
197) 랑: 저본에는 '량'으로 되어 있음.
198) 운일며: 우닐며. 울고 다니며.
199) 飢渴: 저본에는 '飢갈'로 되어 있음.
200) 털: 저본에는 '텰'로 되어 있음.
201) 六環杖: 저본에는 '뉵환杖'으로 되어 있음. 육환장. 중이 짚는, 고리가 여섯 개 달린 지팡이.
202) 죠화ᄒᆢᆸ고~싱각ᄒ여: 이 부분이 저본에는 'ᄒ여 시랑과 桂月만 싱각ᄒ고'로 되어 있으나, 문맥이 자연스럽지 않아 한중연 49장본(22면)을 따름.
203) 病入骨髓: 저본에는 '病入骨슈'로 되어 있음. 병입골수. 병이 골수에 사무침.
204) 故鄕: 저본에는 '故향'으로 되어 있음.

夢事을 일으고 왈,

"가다가 路中 孤魂이 될지라도 가리라."

ᄒᆞ고 곳 힝장205)을 ᄎᆞ여 노승게 하직ᄒᆞ여 왈,

"妾이 萬里他國의 와 尊師의 은혜을 입어

20면

三 年을 지ᄂᆡ오니 은혜는 빅골난망206)이오나 간밤의 夢事 如此〃〃ᄒᆞ
오니 부쳐임이 인도ᄒᆞ시미라 하직을 고ᄒᆞ나이다."

ᄒᆞ며 落淚ᄒᆞ니 老僧이 ᄯᅩ 涕泣207) 曰,

"나도 부인 만난 후로 百事을 夫人의게 부탁ᄒᆞ여더니 至今 離別ᄒᆞ니
슬푼 心事208)을 장ᄎᆞ 웃지ᄒᆞ리요?"

ᄒᆞ고 銀 봉지 ᄒᆞ나을 쥬며 왈,

"일로 情을 푀ᄒᆞ오니 구ᄎᆞᄒᆞᆫ ᄶᅵ 쓰옵쇼셔."

부인 감ᄉᆞᄒᆞ여 바다 楊209)允을 쥬고 下直210)ᄒᆞ고 ᄉᆞ문211)의 ᄶᅥ날
ᄉᆡ, 老僧212)과 諸僧이 나와 셔로 落淚ᄒᆞ며 ᄶᅥ나는 정을 못ᄂᆡ 아언213)
ᄒᆞ더라.

부인이 츈랑214)과 양윤을 다리고 동녁을 향ᄒᆞ여 ᄂᆡ여 올ᄉᆡ 천

---

205) 힝장: 행장(行裝). 길을 떠나거나 여행할 때에 사용하는 물건과 차림.
206) 빅골난망: 백골난망(白骨難忘). 죽어서도 은혜를 잊지 않음.
207) 涕泣: 저본에는 '涕泣'으로 되어 있음. 체읍. 눈물을 흘림.
208) 心事: 저본에는 '深事'로 되어 있음. 심사. 마음속으로 생각하는 일.
209) 楊: 저본에는 '梁'으로 되어 있음.
210) 下直: 저본에는 '下직'으로 되어 있음.
211) ᄉᆞ문: 사문(寺門). 절의 문.
212) 老僧: 저본에는 '노僧'으로 되어 있음.
213) 아언: 미상. 문맥상 '아쉬움'의 뜻으로 보임.
214) 랑: 저본에는 '랑'으로 되어 있음.

봉215)은 눈 압피 버려 잇고 草木은 울〃흔듸 無心흔 두견 접동216) 聲
은 스람의 슈회 돕눈지라. 눈물을 금지치 못ᄒ고 어듸로 갈 쥴 몰나
ᅳ〃217) 전진218)ᄒ여 나가더니, 흔 곳을 바라보니 北便219)의 쇼로220)
길이 잇거날 그 길로 가며 보니 압피 大江이요 그 우의 樓閣이 잇거날
나가 보니 현221)판의 쎠시되 岳陽樓222)라 ᄒ여더라. 四面을 살펴보니
洞庭湖 七百 里는 눈 압피 둘너 잇고 巫223)山 十二 峯은 구름 속의 소소

21면

잇다 各色 風景을 이로 측양치 못할너라. 夫人이 愁懷을 익이지 못ᄒ여
한심 짓고 쏘 흔 곳의 다〃르니 大橋224)가 잇눈지라 그곳의 스람더러
무르니 장판교라 ᄒ니 쏘 문 왈,

　"이곳의 皇城이 얼마나 ᄒ요?"

　듸 曰,

　"一萬 八千 里오니 져 다리을 그너 百 里만 가면 玉門官이 잇스니 그곳
의 가 무르면 즈셰이 알이라."

　ᄒ니 쏘 問 曰,

---

215) 천봉: 천봉(千峰). 온갖 봉우리.
216) 두견 접동: 저본에는 '樓中'으로 되어 있으나 미상이므로 한중연 35장본(20면)을 따름.
217) ᅳ〃: 저본에는 '村〃'으로 되어 있음. 여기에서는 '조금씩'의 의미가 강하므로 이와 같이 고침. 촌촌.
　　'한 치 한 치'의 뜻으로 '조금씩'의 의미임.
218) 진: 저본에는 '至'로 되어 있음.
219) 北便: 저본에는 '北편'으로 되어 있음.
220) 쇼로: 소로(小路). 작은 길.
221) 현: 저본에는 '션'으로 되어 있음.
222) 岳陽樓: 저본에는 '鄕易樓'로 되어 있으나, 오기로 보이므로 이와 같이 고침. 단국대 103장본(42면), 한
　　중연 35장본(20면) 등에도 '악양루'로 되어 있음.
223) 巫: 저본에는 이 글자가 뫼 산(山) 아래에 무당 무(巫)가 있는 글자로 되어 있으나 고유명사 '무산'은 '巫
　　山'으로 쓰이므로 이와 같이 고침.
224) 大橋: 저본에는 '듸橋'로 되어 있음.

"벽225)파도라 ᄒ᷒는 셤이 〃 근쳐의 잇나잇가?"

"그난 즈셔이 모로나이다."

ᄒ거날 할 일 읍셔 옥문관을 ᄎ᷒져가 ᄒᆞᆫ 사람을 만나 무르니 그 사람이 벽226)파도을 갈르치거늘 그 셤을 ᄎ᷒져가며 살펴보니 슈로는 머지 안이ᄒ나 근너갈 길 읍셔 망연227)ᄒᆞᆫ지라. 물가의 안져 바라보니 바회 우의 ᄒᆞᆫ 사람이 안져 고기를 낙구거날 楊228)允이 나가 졀ᄒᆞ고 문 왈,

"져 셤은 무슨 셤이라 ᄒ᷒는잇가?"

漁229)翁 曰,

"그 셤이 벽230)파도라."

ᄒ거날 ᄯᅩ 문 曰,

"그곳의 인가231) 잇나잇가?"

어옹 왈,

"自古로 人跡이 읍더니 數三 年 前의 荊州 ᄯᅡᆼ의셔 졍ᄇᆡ 온 사람이 잇셔 草木으로 울을 짓고 금슈로 벗슬 삼아 잇셔 그 形容이 춤혹ᄒ᷒더이다."

ᄒ거날 양윤이 도

22면

라와 부인게 고ᄒ니 夫人 曰,

---

225) 벽: 저본에는 '벅'으로 되어 있음.
226) 벽: 저본에는 '벅'으로 되어 있음.
227) 연: 저본에는 '언'으로 되어 있음.
228) 楊: 저본에는 '梁'으로 되어 있음.
229) 漁: 저본에는 '魚'로 되어 있음.
230) 벽: 저본에는 '벅'으로 되어 있음.
231) 인가: 人家. 사람 사는 집

"졍빅 왓단 스람이 荊州 스람이라 ᄒ니 侍郞의 존망 알리로다."

ᄒ며 그 셤을 바라보니 忽然 江上의 一葉 小船이 오거날, 楊[232]允이 빅을 향ᄒ여 왈,

"우리ᄂ 고쇼듼 일봉암의 스난 즁이압더니 벽[233]파도을 근너고ᄌ ᄒ되 근지 못ᄒ고 이곳의 안져삽더니 天幸[234]으로 션인을 만나ᄉ오니 바옵건듼 一時 슈고을 싱각지 말으옵쇼셔."

ᄒ며 이걸ᄒ니 船人이 빅을 듸고 오르라 ᄒ니 양윤과 츈랑[235]이 부인을 모시고 빅의 오르니 슌식간의 듸이고 닉리라 ᄒ니 百拜 致謝ᄒ고 빅예 닉려 벽[236]파도로 가며 살펴보니 슈목이 창쳔[237]ᄒ고 인젹이 부도쳐[238]라.

강기로 단이며 두로 살피더니 문득 ᄒ 谷의 衣服이 남누ᄒ고 一身의 털이 도다 보기 참혹ᄒ 스람이 江邊의 단이며 고기을 쥬어 먹다가 ᄒ 골로 들러가거날 楊[239]允이 그 스람을 ᄯᅡ라가 보니 ᄒ 초막으로 들어가거날 양윤이 쇼릭을 크게 ᄒ여 曰,

"相公은 조곰도 놀닉지 마르쇼셔."

시랑[240]이 그 말을 듯고 초막

232) 楊: 저본에는 '梁'으로 되어 있음.
233) 벽: 저본에는 '벅'으로 되어 있음.
234) 天幸: 저본에는 '千幸'으로 되어 있음.
235) 랑: 저본에는 '랑'으로 되어 있음.
236) 벽: 저본에는 '벅'으로 되어 있음.
237) 창천: 창천(漲天). 하늘에 퍼져 가득함.
238) 부도처: 부도처(不到處). 닿지 않는 곳.
239) 楊: 저본에는 '梁'으로 되어 있음.
240) 랑: 저본에는 '랑'으로 되어 있음.

23면

박긔 나셔며 曰,

"이 흠즁241)의 날 츠즈오리 읍거날 도스는 무슴 말을 뭇고즈 ᄒ여 찻나이가?"

양윤이 曰,

"小僧은 姑蘇臺 일봉암의 잇습더니 이곳의 오옵기는 간졀이 뭇즈올 일이 잇습기로 相公을 츠즈왓나이다."

ᄒ니 侍郞 曰,

"무슴 말슴을 뭇고즈 ᄒ난요?"

楊242)允이 伏地 對 曰,

"小僧의 고향은 荊州 九溪村이온바 장스랑243)의 난을 만나 폐난ᄒ 여습더니 前日의 듯스온 즉 샹244)공이 荊州셔 이 셤으로 정비 왓다 ᄒ 기로 故鄕 消息을 뭇고즈 왓나이다."

시랑245)이 〃 말을 듯고 눈물을 흘여 曰,

"荊州 九溪村의 산다 ᄒ니 뉘 집의 잇더요?"

양윤이 딕 왈,

"小僧은 洪 侍郞 宅 시비 양윤이온바 부인을 모시고 왓나이다."

ᄒ니 시랑246)이 〃 말을 듯고 如狂如醉247)ᄒ여 밧비 달여들려 양윤 의 손을 잡고 딕셩통곡 曰,

---

241) 흠즁: 험중(險中). 험한 가운데.
242) 楊: 저본에는 '梁'으로 되어 있음.
243) 랑: 저본에는 '랑'으로 되어 있음.
244) 샹: 저본에는 '샹'으로 되어 있음.
245) 랑: 저본에는 '랑'으로 되어 있음.
246) 랑: 저본에는 '랑'으로 되어 있음.
247) 如狂如醉: 여광여취. 미친 듯하고 취한 듯함.

"양윤아. 너는 나을 모르난야? 늬가 洪 侍郎이로다."

흐니 양윤이 洪 시랑248)이란 말을 듯고 이윽키 기졀흐다가 게오 인스을 추여 울며 왈,

"至수 江邊의 夫人이 안져나이다."

시랑249)이 그 말을 듯고 一喜一悲

24면

흐여 앙천250) 통곡흐며 강변의 밧비 나가니, 이젹의 부인이 우음 쇼릭을 듯고 눈을 들어 보니 털251)이 무셩흐여 곰 갓튼 스람252)이 가슴을 두다리며 夫人을 向흐여 오거날 夫人이 보고 밋친 스람253)인가 흐여 도망흐니 시랑254)이 曰,

"부인은 놀닉지 말쇼셔. 나는 홍 侍郎255)이로쇼이다."

부인은 모르고 황256)겁257)흐여 고쌀을 버셔 들고 닷더니 楊258)允이 워여 왈,

"부인은 닷지 마으쇼셔. 홍 시랑259)이로쇼이다."

부인이 양윤의 쇼릭을 듯고 황260)망261)이 안지니, 洪 侍郎이 울며

---

248) 랑: 저본에는 '량'으로 되어 있음.
249) 랑: 저본에는 '량'으로 되어 있음.
250) 천: 저본에는 '젼'으로 되어 있음.
251) 털: 저본에는 '텰'로 되어 있음.
252) 람: 저본에는 '람'으로 되어 있음.
253) 람: 저본에는 '람'으로 되어 있음.
254) 랑: 저본에는 '량'으로 되어 있음.
255) 侍郎: 저본에는 '시郎'으로 되어 있음.
256) 황: 저본에는 '항'으로 되어 있음.
257) 황겁: 惶怯 당황하고 두려워함.
258) 楊: 저본에는 '梁'으로 되어 있음.
259) 랑: 저본에는 '량'으로 되어 있음.
260) 황: 저본에는 '항'으로 되어 있음.

달여와 가로딕,

"부인은 그다지 의심ᄒ나잇가? 나는 桂月의 아비 洪 시랑262)이로쇼이
다."

부인이 듯고 인수을 ᄎ리지 못ᄒ여 셔로 븟들고 통곡ᄒ다가 기졀ᄒ거
날 양눈이 ᄯᅩᄒᆫ 통곡ᄒ며 위로ᄒ니 그 졍상은 참아 보지 못할너라.
춘랑263)은 외로온 ᄉ람이라 혼ᄌ 안져 슬피 우니 그 졍상이 ᄯᅩᄒᆫ 참
혹ᄒ더라. 시랑이 부인을 붓덜고 초막으로 도라와 졍신을 진졍ᄒ여
무어 왈,

"져 부인은 웃더ᄒᆫ 부인이잇가?"

부인이 嘆 曰,

"避亂ᄒ여 가옵다가 水賊 孟吉

25면

을 만나 게월은 물의 ᄌᆨ고 盜賊의게 잡펴 갓더니 져 춘랑264)의 구함
을 입엇사옵니다.265)"

그날 밤의 도망ᄒ여 고쇼딕의 가 즁 된 말이며 부쳐님이 현몽266)
ᄒ여 벽267)파도로 가라 ᄒ던 말이며 前後 首末268)을 다 고ᄒ니 시
랑269)이 게월이 죽어단 말을 듯고 긔졀ᄒ여다가 게오 人事을 ᄎ여 曰,

---

261) 황망: 慌忙. 급하고 당황하여 어리둥절함.
262) 랑: 저본에는 '랑'으로 되어 있음.
263) 랑: 저본에는 '랑'으로 되어 있음.
264) 랑: 저본에는 '랑'으로 되어 있음.
265) 입엇사옵니다: 저본에는 '입여'로 되어 있어 대화가 이어지게 되나. 이후의 구절을 보면 대화가 끊기지
않은 채 서술자의 서술이 이어지므로 이 부분에서 끊음.
266) 현몽: 現夢. 꿈에 나타남.
267) 벽: 저본에는 '벅'으로 되어 있음.
268) 首末: 저본에는 '數말'로 되어 있음.

"나도 굿쩌 뎡 수도 집의 쩌나오다가 도적 장수랑270)의게 잡펴 진 중의 잇다가 天子 도적을 잡을식 나도 〃 적과 갓치 잡펴더니 동심 謀 議흔다 흐시고 이곳스로 정빅 왓소.271)"

인흐여 춘랑272) 압펴 나가 졀흐고 致謝273) 曰,

"부인의 구흐신 은헤는 죽어도 갑풀 기리 읍나이다."

흐여 치하을 무슈이 흐더라.

이져의 부인이 노승이 쥬던 銀子을 션인274)의 파라 양식을 이으며 桂月을 싱각흐고 안이 우는 날이 읍더라.

각셜. 이젹의 桂月은 輔國과 흔가지로 글을 빅올식 흔 쥬을 가르치면 열 쥬을 알고 흐는 거동이 비상흐니 도스 충춘 曰,

"하날이 너을 닉신 바는 명졔275)을 위함이라 읏지 天下을 근심 흐리요?"

用兵之才와 각식 술법276)을 가르치니

26면

금술277)과 지략이 당셰의 익이리 읍실지라. 桂月이 일홈을 곤쳐 平國 이라 흐다.

---

269) 랑: 저본에는 '량'으로 되어 있음.
270) 랑: 저본에는 '량'으로 되어 있음.
271) 왓소: 저본에는 이 부분이 '온 말을 다 일고'로 되어 있음. 대화가 끊기지 않은 채 서술자의 서술이 이어지므로 이 부분에서 끊음.
272) 랑: 저본에는 '량'으로 되어 있음.
273) 致謝: 저본에는 '치事'로 되어 있음.
274) 션인: 선인(船人). 뱃사람.
275) 명졔: 명재(明帝). 명나라 황제.
276) 법: 저본에는 '볍'으로 되어 있음.
277) 금술: 검술(劍術). 칼을 쓰는 기술.

셰월이 여유278)호여 두 아희 나희 十三 歲 되야는지라. 도亽 두 아희을 불너 曰,

"用兵之才는 다 비와스나 風雲變化之術279)을 비우라."

호고 칙을 혼 권식 쥬거날 보니 이는 젼후의 읍던 슐법이라. 平國과 輔國이 쥬야 不撤280)호고 비온딕 평국은 三 朔 만의 비와 닉고 보국은 一 年을 비와도 通치 못호니 도亽 왈,

"平國의 지조는 今世의 第一이라."

호더라.

이적의 두 아희 나희 十五 歲 되야는지라. 이쩍 國家 泰平호여 百姓이 擊壤歌281)을 일삼더라. 天子 어진 신하을 웃고亽 호여 天下의 行官호여 萬科282)을 뵈일식, 이젹의 도亽 이 쇼문을 듯고 즉시 平國, 輔國을 불너 왈,

"至今 皇城의셔 과거을 뵈인다 호니 부딕 일홈을 쥭빅의 빗닉라."

호고 呂公을 請호여 왈,

"이 두 아희 과힝283)을 추여 쥬라."

호니 여공이 즉시 行裝284)을 추려 쥬되 千里 駿285)馬 두 匹과 下人 정호여 쥬거날 두 아희 하직호고 길을 쪄나 皇城의 다〃르니 天下 선비]286)

---

278) 여유: 여류(如流). 흐르는 물과 같음.
279) 風雲變化之術: 풍운변화지술. 바람과 구름을 움직이게 하는 술법.
280) 不撤: 저본에는 '不쳘'로 되어 있음.
281) 擊壤歌: 격양가. 풍년이 들어 농부가 태평한 세월을 즐기는 노래. 격양(擊壤)을 놀이의 일종으로 보는 설도 있음.
282) 萬科: 만과. 많은 사람을 뽑던 과거. 대개 무과(武科)를 가리킴.
283) 과힝: 과행(科行). 과거를 보러 차리는 행장(行裝).
284) 裝: 저본에는 '杖'으로 되어 있음.
285) 駿: 저본에는 '俊'으로 되어 있음.
286) 선비: 저본에는 '先비'로 되어 있는데, '선비'는 순우리말이므로 이와 같이 고침.

구름 뫼이듯 ᄒᆞ여더라.

과거 날이 당ᄒᆞᄆᆡ 平國과 輔國이 大明殿287)의 들어가니 天子 殿288) 座289)ᄒᆞ시고 글졔을 넙피 거러거날 경각의 글 지여 일필휘지ᄒᆞ니 龍蛇290)飛騰291)ᄒᆞ지라. 션장292)의 밧치고 쏘ᄒᆞᆫ 보국은 이쳔293)의 밧치고 쥬인 집의 도라와 쉬던니, 이ᄯᅥ 天子 글을 친이 쏜ᄒᆞ시드니294) 평국의 글을 보시고 대찬ᄒᆞ사 왈,

"늬 글을 만이 보와시되 이 글은 진실노 처엄이라."

ᄒᆞ시고 귀〃마당 관쥬295)ᄒᆞ시고 장원급직을 직수ᄒᆞ시고 피봉을 쓰여보신이, '무릉표의 사는 홍평국이요 연이 십뉵 식라.' ᄒᆞ여그날 일변 실늬296)을 부르사 쏘 한 장을 보신이 평국의 글마는 못ᄒᆞ나 만 장 즁의 나흔지라 부장원을 직수ᄒᆞ시고 피봉을 쎠여보신이, '무릉표 사는 여보국이라.' ᄒᆞ여그늘 쳔자 딕히하사 실늬을 부르신이 션젼관이297) 황경문의 방을 붓쳐 呼名298)ᄒᆞ거날, 노복이 문 박게 딕방299)ᄒᆞ

---

287) 大明殿: 저본에는 '大明젼'으로 되어 있음.
288) 殿: 저본에는 '典'으로 되어 있음.
289) 殿座: 전좌. 임금이 정전(正殿)에 나와 앉음.
290) 蛇: 저본에는 '巳'로 되어 있는데, 일반적인 용례를 따라 이와 같이 고침.
291) 龍蛇飛騰: 용사비등. 용이 살아 움직이는 것같이 아주 활기 있는 필력을 비유적으로 이르는 말.
292) 션장: 선장(先場). 과거를 볼 때, 문과 과거장에서 가장 먼저 글장을 바치던 일.
293) 이쳔: 이천(二天). 과거나 백일장 따위에서 또는 여럿이 모여서 한시 따위를 지을 때 두 번째로 글을 지어서 바치던 일. 또는 그 글.
294) 쏜ᄒᆞ시드니: 꼰하시더니. 잘잘못을 따져서 평가하시더니.
295) 관쥬: 관주(貫珠). 예전에 글이나 시문을 끊어서 잘된 곳에 치던 동그라미.
296) 실늬: 신래(新來). 과거에 급제한 사람.
297) 글을 친이 쏜ᄒᆞ시드니~션젼관이: 이 부분이 저본에는 분명하지 않게 되어 있으므로 한중연 47장본(30 ~31면)을 따름. 저본에는 다음과 같이 되어 있음. '이 글 보시고 좌우을 도라보와 曰 이 글을 보니 그 직조을 가히 알지로다 ᄒᆞ시고 비봉을 키탁ᄒᆞ시니 平國과 보국이라 장원을 ᄒᆞ이실식 보국은 부장원을 ᄒᆞ시고'
298) 呼名: 저본에는 '호名'으로 되어 있음.
299) 딕방: 대방(待榜). 방이 붙기를 기다림.

다가 급피 도라와 엿주온디,

"도련임 두 분이 至수 참방300)ㅎ여 밧비 부르시니 급피 들려가스이다."

平國과 輔國301)이 딕희ㅎ여 급피 황경문의 들어가 玉階 下의 伏地ㅎ딕 天子 두 신원302)을 引見303)ㅎ시고 두 스람의 손을 잡으시고 충찬 曰,

"너희을 보니 忠心이 잇고 眉間의 천지 조화을 가져스며 말 쇼릭 玉을 쎡치는 듯ㅎ니 天下 英俊이라. 朕이 〃졔는 천하을 근심304) 아이ㅎ리로다. 盡心 竭305)力ㅎ여

28면

朕을 도으라."

ㅎ시고 평국으로 한임 學士을 ㅎ이시고 보국으로 부졔후을 ㅎ이시고 유지306) 御賜花307)을 쥬시며 千里 駿驄馬308) 흔 필식 수급309)ㅎ시니 한임과 부졔후 스은슉비310)ㅎ고 나오니 下人 等이 문 박긔 딕

---

300) 참방: 參榜. 과거에 급제하여 방목에 오르던 일.
301) 輔國: 저본에는 '보國'으로 되어 있음.
302) 신원: 미상이나, 새로 장원이 된 사람의 뜻으로 쓴 듯함. 이에 해당할 법한 한자어로는 '新元'이 있는데, 이 글자에는 '새로운 연호' 또는 '설날'의 뜻만 있음.
303) 引見: 저본에는 '인見'으로 되어 있음.
304) 심: 저본에는 '산'으로 되어 있음.
305) 竭: 저본에는 '룡'로 되어 있음.
306) 유지: 유지(柳枝). 버들가지.
307) 御賜花: 어사화. 문무과(文武科)에 급제한 사람에게 임금이 하사하던 종이꽃. 다홍색·보라색·노란색의 세 가지 빛으로 된 꽃종이를 비틀어 꼰 나뭇가지에 꿰는 방식으로 만듦. 한 끝을 모자의 뒤에 꽂아 붉은 명주실로 잡아매고 다른 한 끝을 머리 위로 휘어 앞으로 넘겨 실을 입에 물도록 함. 나뭇가지는 회화나무를 위주로 하는데, 이 작품에서는 버들가지를 재료로 한 것으로 설정됨.
308) 駿驄馬: 저본에는 '俊총馬'로 되어 있음.
309) 수급: 사급(賜給). 나라나 관청에서 금품을 내려 줌.
310) 스은슉비: 사은숙배(謝恩肅拜). 예전에, 임금의 은혜에 감사하며 공손하고 경건하게 절을 올리던 일.

위311)ᄒᆞ여다가 시위312)ᄒᆞ여 나올시 紅袍玉帶의 청홍기313)을 밧쳐 일광을 가리고 압피ᄂᆞᆫ 어전풍유314)의 쌍옥져을 부르며 뒤예은 티학관 풍유의 錦衣315)花童이 ᄭᅩᆺ밧치 되야 長安 大道 上으로 두렷시 나오니 보ᄂᆞᆫ 스람이 층찬ᄒᆞ여 왈,

"天上 仙官이 ᄒᆞ강ᄒᆞ엿다."

ᄒᆞ더라.

三日유가316)ᄒᆞᆫ 然後의 한임원의 들어가셔 明賢洞317)의와 武陵浦 呂公 宅의 기별을 傳ᄒᆞ고 한임이 눈물을 흘너 왈,

"그ᄃᆡ는 父母 兩親이 게시니 영화을 뵈련이와 나는 父母 읍ᄂᆞᆫ 人生이라 영화을 웃지 뵈리요?"

ᄒᆞ며 슬피 체읍318)ᄒᆞ니 보ᄂᆞᆫ 스람이 뉘 안이 낙루319)ᄒᆞ리요.

이젹의 한임과 부져후 탑젼320)의 들어가 父母 前의 영화 뵈올 말을 쥬달ᄒᆞ니 天子 曰,

"卿 等은 朕의 手足이라 즉시 도라와 朕을 도으라."

ᄒᆞ신ᄃᆡ 한임과 부제후 하즉 숙

---

311) 디위: 미상. '대위(待衛)'로 볼 수도 있으나 이러한 한자어는 존재하지 않음. 문맥상 '모시기 위해 기다림'의 뜻으로 보임.
312) 시위: 侍衛. 모시어 호위함.
313) 청홍기: 저본에는 '쳔홍긔'로 되어 있으나 문맥이 자연스럽지 않으므로 단국대 103장본(55면)을 따름. 청홍개(靑紅蓋). 푸른 색과 붉은 색의 두 일산.
314) 어전풍유: 어전풍류(御殿風流). 대궐에서 풍류를 돋우기 위해 두었던 창기(唱妓)와 천동(倩童).
315) 錦衣: 저본에는 '금衣'로 되어 있음.
316) 三日유가: 저본에는 '三日유과'로 되어 있음. 三日遊街. 과거에 급제한 사람이 사흘 동안 시험관과 선배 급제자와 친척을 방문하던 일.
317) 明賢洞: 명현동은 이 부분에 처음 나오는데, 뒤의 내용을 감안해 볼 때 곽 도사가 있는 곳을 가리킴.
318) 체읍: 체읍(涕泣). 눈물을 흘리며 슬피 욺.
319) 낙루: 落淚. 눈물을 흘림.
320) 탑젼: 탑전(榻前). 임금의 자리 앞.

비ᄒ고 집을 向ᄒ여 도라올식 각읍지경 나와 餞送[321]ᄒ더라.

열어 날 만의 武陵浦의 득달ᄒ여 呂公 兩位[322]게 뵈온딕 그 질검을 층양치 못ᄒ여 보는 ᄉ람이 뉘 안이 층찬ᄒ리오. 輔國은 喜色 滿顔ᄒ나 平國은 喜色 읍셔 얼골의 눈물 흔젹이 마르지 아이ᄒ거날 여공이 위로 曰,

"莫非天數[323][324]라 前事을 너무 설어 말라. 하날이 도으스 日後[325]의 다시 父母 만나 영화을 뵈일 거시니 웃시 설어ᄒ리오?"

흔딕 平國이 부복[326] 체읍 曰,

"海上 孤[327]魂을 건지어 이쳐로 귀히 되오니 냥뇩ᄒ신 은혜 빅골난망이라 갑풀 바을 아지 못ᄒ나이다."

呂公과 諸人이 층찬불이[328]ᄒ더라.

잇튼날, 명현동의 가 道士게 뵈인딕 도亽 딕희ᄒ여 평국, 보국을 압피 안치고 遠路의 영화로 도라옴을 층찬ᄒ시고 〃금 歷代와 나라 셤길 말을 경계ᄒ더라.

일〃은 도亽 쳔긔을 살피 보니 北方 盜賊이 강승[329]ᄒ여 主星[330]과 모든 익셩이 ᄌ미셩을 둘어거날 놀나 평국, 보국을 불너 쳔문[331] 말

---

321) 餞送: 저본에는 '젼送'으로 되어 있음.
322) 兩位: 저본에는 '兩위'로 되어 있음.
323) 數: 저본에는 '壽'로 되어 있음.
324) 莫非天數: 막비천수. '천수'는 곧 천명(天命). 천명 아닌 것이 없음.
325) 日後: 일후. 뒷날.
326) 부복: 俯伏. 고개를 숙이고 엎드림.
327) 孤: 저본에는 '故'로 되어 있음.
328) 층찬불이: 칭찬불이(稱讚不已). 칭찬이 그침이 없음.
329) 강승: 강성(强盛). 힘이 강하고 번성함.
330) 主星: 저본에는 '쥬星'으로 되어 있음.
331) 천문: 천문(天文). 천체에서 일어나는 현상.

삼을 일으며 급피 올나가 天子의 위틱

함을 救ᄒ라 ᄒ고 봉셔332)을 平國을 쥬며 왈,

"戰場의 나가 만일 죽을 곳의 당ᄒ거든 이 봉셔을 쎄어 보라."

ᄒ며 밧비 가기을 직촉ᄒ니 平國이 쳬읍 왈,

"先生의 익훈333)ᄒ신 은혜 빅골난망이오나 일흔 부모을 어ᄂᆡ 곳의가 츠지익가? 伏願 先生은 명빅키 가르치쇼셔."

도ᄉ 曰,

"쳔긔을 누셜치 못ᄒ니 다시는 뭇지 말나."

ᄒ시니 평국이 다시 뭇지 못ᄒ고 두 ᄉ람이 하즉ᄒ고 匹馬334)로 晝夜 行ᄒ여 皇城르로 오나가니라.

이ᄯᅦ 玉門關 직키는 金敬談이 장계335)을 올이거날 天子 즉시 기탁336)ᄒ여 보시니 ᄒ여스되,

「徐官과 徐達이 비스 將軍 惡大와 飛龍 將軍 쳘통골 두 장슈로 先鋒을 삼고 軍士 十 万과 將帥 千餘 원을 거나이고 北州 七十餘 城을 항복밧고 刺史 梁基德을 베희고 皇城을 범코ᄌ ᄒ오니 小將의 힘르로는 당치 못ᄒ오니 伏願 皇上은 어진 名337)將을 보ᄂᆡᄉ 盜賊을 막으쇼셔.」

ᄒ여거날 天子 보시고 딕경ᄒᄉ 졔신을 도라보와 曰,

---

332) 봉셔: 봉서(封書). 겉봉을 봉한 편지.
333) 익훈: 애훈(愛訓). 사랑하고 훈계함.
334) 匹馬: 저본에는 '필馬'로 되어 있음.
335) 장계: 狀啓. 왕명을 받고 지방에 나가 있는 신하가 자기 관하(管下)의 중요한 일을 왕에게 보고하던 일. 또는 그런 문서.
336) 기탁: 개탁(開坼). 봉한 서류나 편지를 뜯음.
337) 名: 저본에는 '明'으로 되어 있음.

"卿 等은 밧비 대원수을 증ᄒ여338) 防賊339)할 모칙을 의논ᄒ

31면

라."

ᄒ시며 龍淚을 흘이시거날 諸臣이 奏 曰,

"平國이 비록 年少ᄒ오나 天地 造化을 胸中의 품은 듯ᄒ오니 이 스람을 都元帥을 定ᄒ와 도젹을 방비할가 ᄒ나이다."

천ᄌ 딕희ᄒᄉ 즉시 스관340)을 보닉라 할 지음의 황경문 슈문장이 急告341) 왈,

"한임과 부졔후 문 박긔 딕령ᄒ여나이다."

ᄒ거날 天子 드르시고 하교ᄒᄉ 급피 입시342)ᄒ라 ᄒ시니 平國과 輔國이 쌀이 玉階 下의 복지ᄒ딕 천ᄌ 인견ᄒ시고 曰,

"朕이 어지〃 못ᄒ여 도젹이 강셩ᄒ여 北州 七十여 셩을 치고 皇城을 범코ᄌ ᄒ니 놀나온지라. 졔신과 의논ᄒ 직 卿 等을 천거ᄒ믹 스관을 보닉여 부르ᄌ ᄒ여던이 明天이 도오ᄉ 경 등이 의외예 臨ᄒ여스니 社稷을 安保할지라. 忠誠을 극진이 ᄒ여 朕의 근심을 덜고 도탄 즁의 인난 百姓을 건지라."

ᄒ시니 平國, 輔國이 복지 쥬 曰,

"쇼신 등이 직조 천단343)ᄒ오나 흔 번 북 쳐 도젹을 破ᄒ와 陛下 셩

---

338) 대원수을 증ᄒ여: 저본에는 이 부분이 '大元帥 한임을 請ᄒ와'로 되어 있으나 자연스럽지 않으므로 한 중연 35장본(28면)을 따름.

339) 防賊: 방적. 도적을 방비함.

340) 스관: 사관(使官). 사명을 띠고 가는 관원.

341) 急告: 저본에는 '급告'로 되어 있음.

342) 입시: 入侍. 대궐에 들어가 왕을 알현하던 일.

343) 천단: 淺短. 지식이나 생각 따위가 얕고 짧음.

은을 万分지일이나 갑고亽 ㅎ오니 복원 폐하는 넘너치 마옵쇼셔."

32면

천亽 뒤희ㅎ亽 平國으로 大元帥을 封ㅎ시고 輔國으로 大司馬344) 中軍
뒤장을 봉ㅎ시고 將帥 千餘 원과 군亽 八十万을 쥬시며 曰,

"諸將 軍卒을 웃지 〃훠ㅎ랴 ㅎ난요?"

도원슈 평국이 쥬 曰,

"心中의 다 졍ㅎ여亽오니 行軍 時의 각〃 所任을 定ㅎ야 ㅎ나이다."

ㅎ고 卽時345) 將帥 千餘 원과 軍士 八十萬을 聚346)軍ㅎ여 癸丑 甲子日
의 行軍할亽, 원슈 슌금투고의 백운갑347) 입고 허리의 寶弓과 비용348)
을 츠고 左手의 산호편349)과 右手의 슈긔350)을 들어 군즁의 호령ㅎ여
諸 軍卒351)을 지휘ㅎ니 위풍이 엄슉ㅎ더라. 天子 뒤희 曰,

"元首의 用兵之才 일어ㅎ니 웃지 도적을 근심ㅎ리요?"

ㅎ시고 뒤장긔예 어필노 '한임학亽 겸 뒤원슈 洪平國'이라 쓰시고
층찬불이352)ㅎ시더라.

元帥 行軍할亽 긔치창금353)은 日月을 희롱ㅎ고 〃각함셩354)은 山川

---

344) 大司馬: 대사마. 병조 판서'를 달리 이르던 말. 중국 주(周)나라 때에, 군사와 군대를 맡아보던 벼슬 이름
　　　에서 유래함.
345) 卽時: 저본에는 '즉時'로 되어 있음.
346) 聚: 저본에는 '取'로 되어 있음.
347) 백운갑: 저본에는 '白布銀甲'으로 되어 있으나 의미가 분명하지 않아 한중연 35장본(29면)을 따름. 白
　　　雲甲. 갑옷의 일종.
348) 비용: 비룡(飛龍). 화살의 일종.
349) 산호편: 珊瑚鞭. 산호로 꾸민 채찍.
350) 슈긔: 수기(手旗). 행진할 때에 장수가 손에 들어 그 직책을 표시하던 군기(軍旗). 글자를 새겼고, 직책에
　　　따라 기의 넓이와 색깔이 달랐음.
351) 軍卒: 저본에는 '군쭈'로 되어 있음.
352) 층찬불이: 칭찬불이(稱讚不已). 칭찬이 그침이 없음.
353) 긔치창금: 기치창검(旗幟槍劍) 예전 군대에서 쓰던 깃발, 창, 검 등.

이 振動ㅎ여 위엄 百 里 外의 버려더라. 장졸을 직촉ㅎ여 玉門關의 向
할시 天子 元帥의 行軍을 구경코즈 ㅎ여 졔신을 거나리고 거동홀시 陣
박긔 일으니 수문장이 진문

33면

을 구지 닷거날 젼두관355)이 웨여 曰,

"天子 이곳의 거동ㅎ여스니 진문을 밧비 열나."

ㅎ니 슈문장이 曰,

"군즁의 문장군지영356)이요 不聞天子之詔357)라 ㅎ니 將슈 읍시 문
을 열이요?"

흔듸 격셔358)을 젼ㅎ시니 元帥 天子 오신 줄을 알고 진문을 크게 열
고 천즈을 마질시 守門將이 알뢰되,

"진즁의 말을 달이지 못ㅎ나이다."

天子 단긔359)로 장딘360) 아리 일으시니 원슈 급피 장딘의 ㄴ리려 지
리 읍ㅎ고 曰,

"갑옷 입은 군스는 졀을 못ㅎ나이다."

ㅎ고 복지흔듸 上이 층스ㅎ시고 좌우을 도라보와 曰,

"元帥의 진법361)362)이 옛날 周亞夫363)을 본바다스니 무슴 념녀 잇

---

354) 고각함성: 고각함성(鼓角喊聲). 전투에서 돌격 태세로 들어갈 때, 사기를 북돋우기 위하여, 북을 치고 나
  발을 불며 아우성치는 소리
355) 젼두관: 전두관(殿頭官). 임금의 명령을 큰소리로 대신 전달해 주는 임무를 주로 맡은 시종(侍從).
356) 군즁의 문장군지영: 군중(軍中)의 문장군지령(聞將軍之令). 군대 안에서는 장군의 명령을 들음.
357) 不聞天子之詔: 불문천자지조. 천자의 조서를 듣지 않음.
358) 격셔: 미상. 조서(詔書)의 뜻으로 보임.
359) 단긔: 단기(單騎). 혼자 말을 타고 감.
360) 장딘: 장대(將臺). 장수가 올라서서 명령·지휘하던 대. 성(城), 보(堡) 따위의 동서 양쪽에 돌로 쌓아 만
  들었음.

스리요?"

ᄒ시고 빅모황월364)과 인검365)을 쥬시니 軍中이 더욱 엄슉ᄒ더라.
天子 遠路의 功을 일우고 도라옴을 당부ᄒ시고 還宮ᄒ시니라.

이쩌366) 元帥 향군흔 지 三 朔 만의 옥문관의 일으니 관슈367) 셕탐
이 皇城 大兵이 온 쥴 알고 딕희ᄒ여 셩문을 열고 元帥을 마져 〃장을
군례 바들시 군즁이 엄슉ᄒ더라. 元帥 關首368)을 불너 大賊의 형셰을
물르니,

34면

셕탐이 딕 曰,

"도젹의 형셰 쳘통갓도쇼이다."

ᄒ니 이튼날 쩌나 벽원의 다〃라 留陣ᄒ고 젹진을 바라보니 平原 廣
野의 살긔 충쳔ᄒ고 긔치금극이 日光을 희롱369)ᄒ더라. 元帥 賊陣을
바라보고 안져 군즁의 호령 曰,

"쟝령370)을 어긔ᄂᆫ 쟈면 군법371)을 시힝ᄒ리라."

---

361) 법: 저본에는 '볍'으로 되어 있음.
362) 진법: 陣法. 진을 치는 법.
363) 周亞夫: 주아부. 중국 한나라 때의 장군. 문제 때에는 흉노를 물리치고 경제 때에는 오초칠국의 난을 평
　　정하여 공을 세움. 후에 누명을 써 하옥되자 음식을 먹지 않아 목숨을 끊음.
364) 빅모황월: 백모황월(白旄黃鉞). 백모는 털이 긴 쇠꼬리를 장대 끝에 매달아 놓은 기(旗)이고, 황월은 황
　　금으로 장식한 도끼를 이름.
365) 인검: 引劍. 임금이 병마를 통솔하는 장수에게 주던 검. 명령을 어기는 자는 보고하지 않고 죽일 수 있
　　는 권한을 주었음.
366) 쩌: 저본에는 '짜'로 되어 있음.
367) 관슈: 관슈(關首). 관문을 지키는 우두머리.
368) 首: 저본에는 '壽'로 되어 있음.
369) 롱: 저본에는 '룡'으로 되어 있음.
370) 쟝령: 將令. 장수의 명령.
371) 법: 저본에는 '볍'으로 되어 있음.

滿372)陣 將卒이 황겁 안이ᄒ리 웁더라.

이튼날 平明373)의 원슈 純金374) 투고의 白雲甲 입고 三尺 長釰을 들고 준총마 上의 두렷시 안져 진문을 크게 열고 나셔며 딕호375) 왈,

"젹장은 들으라. 天子의 聖德이 어지ᄉ 天下 百姓이 擊壤歌376)을 부르며 萬歲 층호ᄒ거날 너희 놈이 叛心을 두어 황성을 범코ᄌ ᄒ니 天子 百姓을 건지랴 ᄒ시고 나을 명초377)ᄒ여 보닉시니 너희 등은 목을 드리여 닉 칼을 바드라. 두렵거던 쌀이 와 향복ᄒ라."

ᄒᄂᄂ 쇼릭378) 泰山이 움지긔ᄂ 듯ᄒ니 飛巳 장군 악딕 이 말을 듯고 딕로ᄒ여 匹馬 단창으로 진문 박긔 나셔며 웨여 왈,

"너ᄂ 口尙379)乳臭380)라 웃지 나을 딕젹ᄒ리요? 닉 칼을 바드라."

ᄒ고 달여들거날 元帥 웃고

35면

장검을 놉펴 들고 마을 치치381) 달여들러 십여 합의 승부을 졀치 못ᄒ더니 徐達이 장딕의셔 보다가 악딕 칼 빗치 졈〃 쇠진ᄒ고 平國의 劍光382) 노숑 속의 번기갓치 더욱 식〃 ᄒ지라 급피 징을 쳐 군ᄉ을 거두거날 元帥 분함을 먹음고 본진으로 도라오니 져장 군졸이 元帥

---

372) 滿: 저본에는 '万'으로 되어 있음.
373) 平明: 저본에는 '평明'으로 되어 있음. 평명. 해가 뜨는 시각.
374) 純金: 저본에는 '슌金'으로 되어 있음.
375) 딕호: 대호(大號). 크게 호령함.
376) 擊壤歌: 저본에는 '계양歌'로 되어 있음.
377) 명초: 命招. 임금의 명령으로 신하를 부름.
378) 릭: 저본에는 '라'로 되어 있음.
379) 尙: 저본에는 '生'으로 되어 있음.
380) 口尙乳臭: 구상유취. 입에서 아직도 젖비린내가 남.
381) 치치: 채쳐. 채찍 따위로 휘둘러 세게 쳐.
382) 劍光: 저본에는 '검光'으로 되어 있음.

충찬 曰,

"원슈의 變化之術[383]과 좌충우돌ᄒᆞᄂᆞᆫ 법[384]은 春三月 楊柳 가지 바람 압피 노이난 듯 秋九月 初生달이 흑운을 혀치ᄂᆞᆫ 듯ᄒᆞ더이다."

ᄒᆞ더라.

이젹의 中軍將 보국이 아뇌되,[385]

"明日은 ᄂᆡ가 나가 악ᄃᆡ의 머리을 베혜 휘ᄒᆞ의 올이〃다."

元帥 말을 듯고 말유ᄒᆞ여 왈,

"악ᄃᆡ는 범상치 안이ᄒᆞᆫ 장ᄉᆞ니 中軍은 물너 잇스라."

ᄒᆞ니 종시 듯지 안이ᄒᆞ고 간청ᄒᆞ거날 元帥,

"中軍[386]이 ᄌᆞ청ᄒᆞ여 공을 세우고ᄌᆞ ᄒᆞ건이와 만일 如意[387]치 못ᄒᆞ면 군법[388]을 시ᄒᆡᆼᄒᆞ리라."

ᄒᆞ니 즁군이 왈,

"그이 ᄒᆞ옵쇼셔."

元帥 曰,

"군즁은 ᄉᆞ졍이 읍난니 軍律노 다짐 두라."

ᄒᆞ니 즁군이 투고을 벗고 다짐을 올이니라.

잇튼날 平明의 보국이 갑쥬을 갓초고 용춍마 上의

383) 變化之術: 저본에는 '變化之술'로 되어 있음.
384) 법: 저본에는 '볍'으로 되어 있음.
385) 아뇌되: 아뢰되.
386) 中軍: 저본에는 '中군'으로 되어 있음.
387) 如意: 저본에는 '여意'로 되어 있음.
388) 법: 저본에는 '볍'으로 되어 있음.

36면

올나 안고,

"원슈는 친이 북치을 들어 만일 위틱ᄒᆞ거던 징을 쳐 퇴군ᄒᆞ옵쇼셔."

ᄒᆞ고 진문 박긔 나셔며 딕호 曰,

"어제날 우리 원슈 너희을 베희긔 불상이 여겨 그져 도라왓스나 今日은 날로 ᄒᆞ야금 너을 베히라 ᄒᆞ시믹 ᄲᆞᆯ이 나와 닉 칼을 바드라."

ᄒᆞ니 賊敵 大忿ᄒᆞ여 졍셔 장군 무길을 명ᄒᆞ여 輔國의 머리을 베혀 드리라 ᄒᆞ니 무길이 영을 듯고 장창 出馬ᄒᆞ여 合戰389)ᄒᆞ더니 슈합이 못 ᄒᆞ여 보국의 칼이 빗나며 무길의 머리 馬下의 닉려지는지라 칼 긋틱 씌여 들고 크게 불너 曰,

"젹장은 익믹390)ᄒᆞᆫ 장슈만 죽이지 말고 ᄲᆞᆯ이 나와 항복ᄒᆞ라."

ᄒᆞᆫ니 총셔 將軍 충관이 거짓 픠ᄒᆞ여 본진으로 다라나니 보국이 승셰ᄒᆞ여 ᄶᅡ로더니 젹진이 일시의 고함ᄒᆞ고 둘어ᄊᆞ니 보국이 千餘 겹의 싸여는지라 할 슈 읍셔 죽게 되야거날 슈긔를 놉피 들고 元帥을 向ᄒᆞ여 탄식ᄒᆞ더니, 이ᄯᅢ 元帥 즁군의 급ᄒᆞᆷ믈 보고 북치을 더지고 준총마을 급피 모라 크게 웨여 曰,

"敵391)將은 닉의 즁

37면

군을 헤치 말나."

---

389) 合戰: 저본에는 '합戰'으로 되어 있음. 합전. 서로 싸움.

390) 믹: 저본에는 '마'로 되어 있음.

391) 敵: 저본에는 '賊'으로 되어 있음. '적장(賊將)'은 '도적의 우두머리'이고 '적장(敵將)'은 '적군의 장수'라는 뜻인데, 여기에서는 후자의 의미로 쓰였으므로 이와 같이 고침.

ᄒᆞ고 슈다흔 군즁의 좌츙우돌ᄒᆞ여 고함을 지르고 헤쳐 들어가니 젹진 將卒이 물결 헤여지듯 ᄒᆞᄂᆞᆫ지라. 元帥 보국을 엽피 ᄭᅵ고 敵392)將 五十餘 원을 흔 칼노 버히고 萬軍 中의 橫行ᄒᆞ니 徐達이 악ᄃᆡ을 도라보와 曰,

"平國이 ᄒᆞ나393)흔394) 쥴 알어더니 ᄌᆞᆺ슈 보건ᄃᆡ 슈십도 나문가 ᄒᆞ노라."

악ᄃᆡ 曰,

"大王은 근심치 마ᄋᆞᆸ쇼셔."

〃달이 曰,

"뉘 능히 당ᄒᆞ리요? 즉은395) 슈을 이로 층양치 못ᄒᆞ리노다."

이젹의 元帥 본진의 도라와 쟝ᄃᆡ의 놉피 안져 보국을 잡아 쟝ᄃᆡ 압피 꿀이니 元帥 ᄃᆡ질 曰,

"中軍은 드르라. ᄂᆡ 말유ᄒᆞ되 ᄌᆞ원ᄒᆞ여 다짐 두고 出戰ᄒᆞ더니 敵將396)의 ᄭᅬ의 ᄲᅡ져 ᄃᆡ국의 슈치함을 ᄭᅵ치니 ᄂᆡ 구치 안이ᄒᆞ랴다가 더려온 盜賊의 손의 안이 죽이고 法으로 ᄂᆡ가 죽여 諸將을 효측397)고ᄌᆞ ᄒᆞ여 구ᄒᆞ미니 죽기을 셜어 말나."

ᄒᆞ며 武士을 號令ᄒᆞ여 원문398) 박긔 ᄂᆡ야 베히라 ᄒᆞ니 諸將이 一時의 伏地ᄒᆞ여 曰,

"中軍의 罪은 軍法을 시힝이 맛당ᄒᆞ오나 勇力을 다ᄒᆞ여 敵399)將 三十餘

---

392) 敵: 져본에는 '賊'으로 되어 있음.
393) 나: 져본에는 '니'로 되어 있음.
394) ᄒᆞ나흔: 하나인.
395) 즉은: 죽은.
396) 敵將: 져본에는 '젹將'으로 되어 있음.
397) 효측: 효측(效則). 본받아서 법으로 삼음.
398) 원문: 院門. 관아의 문.
399) 敵: 져본에는 '賊'으로 되어 있음.

38면

원을 베히옵고 의긔양〃ᄒ여 젹진을 경이 어기다가 敗을 보와ᄉ오니 흔 번 勝敗[400]는 일시 샹ᄉ[401]라. 伏願 大元帥는 용셔ᄒ옵쇼셔."

ᄒ며 一時의 頓首 謝拜ᄒ니 元帥 이윽키 싱각ᄒ다가 속으로 웃고 曰,

"그디을 베어 져장을 본밧게 ᄒᄌ ᄒ여던니 諸將의 면을 보와 용셔ᄒ거니와 ᄎ후는 그리 말나."

ᄒ며 우스니 보국이 百拜 謝禮ᄒ고 물너가니라.

잇튼날[402] 平明의 元帥 갑쥬을 갓초고 말게 올나 칼을 들고 나셔며 디ᄒ 왈,

"어졔는 우리 즁군이 픽ᄒ여건니와 오날은 늬 친이 ᄊ와 너히을 함몰ᄒ리라."

ᄒ며 졈〃 나아가이 젹진이 황겁ᄒ여 아모리 할 쥴 모로더니, 이젹의 악디 분을 익기지 못ᄒ여 달여들어 十餘 합의 일으러 元帥의 釼光이 빗나며 악디 머리 마하의 쪄려지거날 칼긋히 ᄶ여 들고 ᄯ또 즁군장 마하의 영을 베히고 칼춤 츄며 本陣으로 도와와 악디 머리을 함의 봉ᄒ여 皇城의 올니〃라.

잇쎠[403] 셔달이 악디 죽음을 보고 仰天 痛哭 曰,

"이졔 악디을 죽여스니 平國을 뉘 잡으리요?"

ᄒ니 쳘

---

400) 勝敗: 저본에는 '승敗'로 되어 있음.
401) 샹ᄉ: 샹사(常事). 늘 있는 일.
402) 날: 저본에는 '랄'로 되어 있음.
403) 쎠: 저본에는 'ᄽᅡ'로 되어 있음.

통골이 엿즈오딕,

"平國을 잡을 계교 잇스오니 근심치 마읍쇼셔. 제 아모리 용밍이 잇스오나 이 계교의 쌔질 거시니 보읍소셔."

흐고 이날 밤의 장졸을 명흐여,

"군스 三千식 거나려 天門洞 어구의 미복흐여다가 平國을 유인흐여 골 어구의 들거든 스면의 불을 질으라."

흐고 보닉니라.

이튼날 平明의 쳘통골이 갑쥬을 갓초고 진문 박긔 나셔며 도전할시 크게 웨여 曰,

"명장 平國은 쌸이 나와 닉 칼을 바드라."

흐거날 元帥 大怒흐여 달여들어 슈십여 합의 승부을 결치 못흐더니 쳘통골이 거짓 픠하여 투고을 벗셔 들고 창을 쓸고 말머리을 두루여 천문동으로 들어가거날 元帥 쫏추 갈시 날이 임의 져물어ᄂᆞᆫ지라 元帥 적장 쐬의 쌔진 쥴 알고 말을 두루려 할 지음의 스면의 난듸읍ᄂᆞᆫ 불이 일어나 火光이 충천흐거날 元帥 아모리 싱각흐되 피할 길이 읍셔 앙천 탄 曰,

"나 흐나 죽으면 天下 江山이 오랑키 놈의 世上이 되리노다. 흐물며 일흔 父母을 다시 보지 못할 거시니 웃지흐리요?"

흐다가

문득 싱각흐고 先生의 쥬시던 봉셔을 닉야 급피 쩨여 보니 흐여스되,

「봉셔 속의 부작을 쎠 너허스니, 天門洞404) 火災을 만나거든 이 부

작을 각방405)의 날이고 龍 字406)을 세 번 부르라.」

ᄒᆞ여거날 元帥 듸흐407)ᄒᆞ여 하날게 츅슈408)ᄒᆞ고 부작을 四方의 날이고 용 ᄌᆞ을 셰 번 부르니 이윽고 西風이 大作ᄒᆞ더니 北方으로셔 黑雲이 일어나며 뇌셩벽역이 진동ᄒᆞ며 소낙비가 나리더니 火光이 일시의 실어지거날409) 元帥 바라보니 비 긋치며 月色이 東天의 걸여는지라. 본진으로 도라오며 살피보니 셔달의 十万 兵도 간 듸 읍고 明國 大兵도 다 읍거날 원슈 싱각ᄒᆞ되,

'셔달이 나 죽은 쥴 알고 진을 파ᄒᆞ여 皇城으로 가쏘다.'

ᄒᆞ며 너룬 沙場410)의 홀노 셔〃 갈 곳슬 몰나 탄식ᄒᆞ더니 이윽고 玉門關으로 함411)셩이 들이거날 元帥 말을 치쳐 함412)셩을 좃ᄎᆞ 가니 금고 쇼릭 진동ᄒᆞ며 쳘통골이 웨여 曰,

"明國 中軍은 닷지413) 말고 늬 칼을 바드라. 너희 大元帥 平國은 天門洞414) 火災의 죽어스니 네 읏지 나을 듸젹ᄒᆞ리요?"

ᄒᆞ며

---

404) 天門洞: 저본에는 '천문洞'으로 되어 있음.
405) 각방: 各方. 각 방향.
406) 字: 저본에는 '子'로 되어 있음. 문맥을 감안할 때, '龍'이라는 글자를 세 번 부르는 것으로 보는 것이 타당하므로 이와 같이 고침.
407) 듸흐: 대희(大喜). 크게 기뻐함.
408) 슈: 츅슈(祝手). 두 손을 모아 빎.
409) 실어지거날: 스러지거늘.
410) 場: 저본에는 '傷'으로 되어 있음.
411) 함: 저본에는 '항'으로 되어 있음.
412) 함: 저본에는 '항'으로 되어 있음.
413) 지: 저본에는 이 뒤에 '고'가 있으나 생략함.
414) 天門洞: 저본에는 '千門洞'으로 되어 있으나, 앞 부분에서 이미 '天門洞'으로 나와 있으므로 이와 같이 고침.

41면

橫行ᄒ거날 元帥 듯고 디분ᄒ여 웨여 曰,

"적장은 ᄂ] 즁군을 히치 말나. 天415)門洞 火災의 죽은 平國이 예 왓다."

ᄒ며 번기갓치 달여드니 셔달이 쳘통골을 도라보와 曰,

"平國이 죽은가 ᄒ여더니 이 일 웃지ᄒ리요?"

쳘통골이 엿ᄌ 曰,

"이제 밧비 도망ᄒ여 본진으로 도라갓다가 다시 起兵함만 갓지 못ᄒ여이다. 이제 아모리 싸호ᄌ ᄒ여도 셰궁416) 力盡ᄒ여 픽할 거시니 밧비 軍卒417)을 거나려 벽파도로 가ᄉ이다."

ᄒ고 제장 三十餘 원을 거나리고 江邊의 나가 漁418)父 빅을 쎅셔 타고 벽파도로 가니라.

이ᄯᅵ 元帥 匹馬 단창으로 짓쳐 들어가니 칼빗치 번기 갓고 죽엄 邱山 갓튼지라. 元帥 ᄒᆞᆫ 칼로 十萬 大兵 파ᄒ고 셔달 등을 ᄎ지야 ᄒ고 살펴보니 약간 나믄 군ᄉ 다라나며 우난 말이

"셔달아! 너만 도망ᄒ여 살야."

ᄒ고,

"우리ᄂ 외로온 고혼이 되야?"

ᄒ고,

"도망ᄒ ᄂ야?"

---

415) 天: 저본에는 '千'으로 되어 있음.
416) 셰궁: 세궁(勢窮). 형세가 다함.
417) 軍卒: 저본에는 '군졸'로 되어 있음.
418) 漁: 저본에는 '魚'로 되어 있음.

ᄒ며 슬피 운니 도로여 쳐양ᄒ더라.

元帥 셔달 등을 추지야 할 제 문득 옥문관으로 들닉는 쇼릭 나거날 원슈 싱각ᄒ되,

'젹장이 그리로 갓도다.'

ᄒ고 급피 말을 치쳐 가니라.

이쎅 보국은 일언 쥴은 몰로고 가삼을 두다리며 희미흔 칼빗희 보고

42면

젹장이 오난가 ᄒ여 다라나더니 後軍419)이 奏 曰,

"뒤의 오나니가 天420)門 火災의 죽은 우리 元帥의 혼빅인가 뵈외다."

ᄒ니 즁군이 딕경 曰,

"읏지 아는다."

후군이 쥬 왈,

"희미흔 칼빗희 뵈외니 타신 말이 쥰총마요 투고와 갑옷 빗치며 거동이 元帥의 힝싁인가 ᄒ나이다."

보국이 그 말 듯고 반겨 군ᄉ을 머무르고 셔〃 기다리니, 元帥의 音聲이어날 輔國이 딕희421)ᄒ여 크계 웨여 曰,

"小將은 中軍 보국이오니 긔운을 허비치 마옵쇼셔."

元帥 듯고 크계 웨여 曰,

"네 分明 보국이면 군ᄉ로 ᄒ야 칼 보닉라."

---

419) 後軍: 저본에는 '後군'으로 되어 있음.
420) 天: 저본에는 '千'으로 되어 있음.
421) 희: 저본에는 '호'로 되어 있음.

ᄒ니 보국이 딕흐ᄒ여 칼과 슈긔을 보닉니 원슈 보고 달여와 말게 나려 보국의 손을 잡고 帳中의 들어가 喜〃樂〃ᄒ여422) 天423)門洞 화지의 죽게 되야더니 션싱의 봉셔을 보고 이리〃〃ᄒ여 버셔난 말과 본진으로 오다가 적진을 파ᄒ고 셔달 등은 도망ᄒ여 잡지 못ᄒᆫ 말이 며 셰〃이 셜화ᄒ고 쉬더니, 날이 발그며 군ᄉ 보ᄒ되,

"셔달이 도망ᄒ여 벽파도로 갓다 ᄒ오니 도적을 잡게 ᄒᆞᆸ쇼셔."

元帥 이 말 듯고 딕흐ᄒ여 직시 군ᄉ을 거나리고 江邊의 일으어 漁船을 잡아 타고 근너갈ᄉᆡ 빅마다 긔치창검을 셰우고

43면

元帥는 中軍의 단을 놉피 모고 갑쥬을 갓초고 三尺 長釖을 놉피 들고 中軍의 호령ᄒ여 빅을 져어 벽파도로 향할ᄉᆡ 식〃흔 위풍과 늠〃흔 거동이 일셰 영웅일너라.

이ᄶᅵ 洪 侍郎은 夫人으로 더부려 桂月을 싱각ᄒ고 每日 셜워ᄒ더니, ᄯᅳ박긔 들닉ᄂ 쇼릭 나거날 놀나 급피 초막 박긔 나셔 보니 무슈ᄒ 盜賊이 들닉거날 侍郎이 夫人을 다리고 쳔방지방424) 도망ᄒ여 山谷으로 들어가 바회 틈의 몸을 감초고 통곡ᄒ더니, 그튼날 平明의 江上을 바라보니 빅의 군ᄉ을 싯고 긔치창검이 셔리 갓고 함셩 진동ᄒ며 벽425)파도로 향ᄒᄂ지라. 侍郎이 더욱 놀나 몸을 감초고 잇더니라.

元帥 벽426)파도의 다달나 빅을 강변의 믹고 진을 치며 號令 曰,

---

422) 저본에는 이 뒤에 '曰'이 있으나, 대화보다는 서술자의 서술 위주로 전개되므로 이 글자를 생략함.
423) 天: 저본에는 '千'으로 되어 있음.
424) 천방지방: 천방지방(天方地方). 너무 급하여 허둥지둥 함부로 날뛰는 모양.
425) 벽: 저본에는 '벅'으로 되어 있음.
426) 벽: 저본에는 '벅'으로 되어 있음.

"徐達 等을 밧비 잡우라."

ㅎ니 諸將이 一時의 고함ㅎ고 벽427)파도을 둘너쓰니 셔달이 할 일 읍셔 ㅈ결코ㅈ ㅎ더니 元帥 將卒의게 잡피는지라 元帥 장되의 놉피 안져 셔달 등을 되하의 쑬이고 호령 曰,

"이 도젹을 추례로 군문 박긔 늬야 베히라."

ㅎ니 무ㅅ 일시의 달여들어 쳘통골을 먼져

44면

잡아 늬야 베희고 그 나문 제장은 추례로 베히니라.

이쩍 軍卒428)이 元帥게 엿ㅈ오되,

"웃던 ㅅ람이 女人 三 人을 다리고 山中의 슘어기로 잡아 되령ㅎ여나이다."

ㅎ거날 元帥 잠간 머무르고 그 네 ㅅ람을 잡아 드리라 ㅎ니 武士 늬다라 결429)박ㅎ여 되하의 쑬리고 罪目을 물을시 이 네 ㅅ람이 넉슬 일어더라. 元帥 書案을 치며 왈,

"네히을 보니 大國 服色이라 賊兵이 네희을 응ㅎ여 同心合力ㅎ여던다? 바로 아뢰라."

侍郎이 황급ㅎ여 정신을 진정ㅎ여 曰,

"小人이 前日 되국셔 侍郎 베슬ㅎ옵다가 쇼인 참쇼의 고향의 도라와 農業을 일삼다가 張使郎 亂의 잡펴 이곳스로 정비 온 罪人이오니 죽어 맛당ㅎ여지다."

---

427) 벽: 저본에는 '벅'으로 되어 있음.
428) 軍卒: 저본에는 '군쭐'로 되어 있음.
429) 결: 저본에는 '졀'로 되어 있음.

元帥 이 말 듯고 딕질430) 曰,

"네 天子 聖恩 빅반ᄒ고 녁젹 장ᄉ랑의게 부탁ᄒ여다가 성상이 어지
ᄉ 너을 죽이지 아니ᄒ시고 이곳스로 졍빅ᄒ시니 그 은혜을 싱각ᄒ
면 빅골난망이여날 이졔 또 젹장의 닉응431) 되야다가 일어틋 잡펴스
니 네 웃지 발명ᄒ리요?"

ᄒ고 잡아 닉야 베히라 ᄒ니 양 부인이 앙쳔 통곡 曰,

"익고 이것시 어인 일인가? 桂月아. 〃〃〃. 너와

45면

흔가지 강432)물의 ᄲᅡ져 그쩌나 죽어더면 일언 욕을 아니 볼 것슬 하
날이 미워 예기ᄉ 모진 목슘이 살아다가 이 거동을 보는쏘다."

ᄒ며 기졀ᄒ거날, 元帥 이 말을 듯고 문득 先生 일으시 말을 싱각ᄒ고
딕경ᄒ여 압피 각가 안져 물어 曰,

"악가 들르니 桂月과 흔가지 죽·지 못ᄒ믈 한ᄒ니 桂月은 뉘며 그딕 성
명은 뉘라 ᄒ난요?"

夫人이 對 曰,

"小女는 딕국 九溪村의 ᄉ는 梁 處士의 女息이오며 家君은 洪 侍郎이옵
고 저 게집은 시비 양윤이요 桂月은 小女의 쌀이로쇼이다."

ᄒ며 前後 슈말을 낫〃치 고ᄒ니 元帥 이 말을 드르민 天地 아득ᄒ
고 世上事가 쏨 갓튼지라 급히433) 夫人의 손을 붓들고 통곡 曰,

---

430) 딕질: 대질(大叱). 크게 꾸짖음.
431) 닉응: 내응(內應). 내부에서 몰래 적과 통함.
432) 강: 저본에는 '江'으로 되어 있는데, 뒤에 한글인 '물'이 옴을 감안하여 이 글자도 한글로 고침.
433) 급히: 저본에는 이 뒤에 '쥐여닉려'라는 어구가 있으나, 홍계월이 이미 부인의 곁에 가 앉아 있던 상태
이므로 이 어구는 모순된 행동을 표현한 것임. 따라서 이 어구를 생략함.

"어마임! 늬가 물의 들던 桂月이로쇼이다."

흐며 기절흐니 夫人과 侍郎이 〃 말을 듯고 셔로 통곡 기절흐니 쳔여 원 제장과 八十萬 軍兵[434]이 〃 광경을 보고 웃젼 일인지 아지 못흐고 셔로 도라보며 공논흐여 或 눈물을 흘이며 千古의 드문 일이라 흐며 영 늬리기을 기다리더라. 보국은 이왕 平國이 父母 일은 쥴을 아는지라 원슈을 위로흐여 장듸로 모신듸,[435] 元帥 정신을 진졍흐

46면

여 부모을 장듸의 뫼시고 엿즈오듸,

"그쩌예 물의 써 가다가 武陵浦 呂公을 만나 건져 집으로 도라가 親子息갓치 길너 그 아들 보국과 흔가지 어진 先生을 갈흐여 同門[436] 受學흐와 先生의 덕퇴으로 皇城의 올나가 두리 다 同榜[437][438] 급제흐여 할임학ᄉᆞ로 잇다가 셔달이 반흐오믹 小子은 元帥가 되ᄋᆞᆸ고 보국은 中軍이 되야 이번 쏫홈의 젹진을 파흐고[439] 쏘 徐達 等이 도망흐여 이곳스로 오ᄋᆞᆸ기에 잡어 왓ᄉᆞᆸ더니 天[440]幸으로 父母을 만나 〃이다."

흐며 젼후 말을 낫〃치 고흐니 시랑[441]과 夫人이 듯고 〃상흐던 말을 일〃이 다 셜화흐며 슬피 통곡흐니 山川草木이 다 含淚흐ᄂᆞᆫ 듯흐더라.

---

434) 軍兵: 저본에는 '군병'으로 되어 있음.
435) 원슈을 ~모신듸: 저본에는 이 부분이 없음. 문맥상 이 부분이 있어야 자연스러우므로 연세대 41장본 (49면)을 따름.
436) 門: 저본에는 '問'으로 되어 있음.
437) 榜: 저본에는 '房'으로 되어 있음.
438) 同榜: 동방. 과거에 같이 급제하여 방목(榜目)에 함께 적히던 일.
439) 파흐고: 저본에는 '파흐 말슴이며'로 되어 있음. 홍계월이 부모에게 계속 말을 하는 장면이므로 이와 같이 고침.
440) 天: 저본에는 '千'으로 되어 있음.
441) 랑: 저본에는 '량'으로 되어 있음.

元帥 정신을 진정ᄒᆞ여 부인의 졋슬 만지며 시로 통곡ᄒᆞ다가 楊442) 亢을 어로만지며 曰,

"너 네 등의 ᄶᅥ나지 아니ᄒᆞ던 정곡과 물의 들 ᄶᅥ예 울며 이별ᄒᆞ던 싱각ᄒᆞ면 칼노 베히는 듯ᄒᆞ도다. 너는 부인을 모시고 죽을 익을 열어 번 지ᄂᆡ다가 일어틋 만나니 이 웃지 질거우리요?"

ᄒᆞ며 春娘443) 압피 나가 졀ᄒᆞ고 공경 치사 曰,

"黃泉444)의 가 만날 父母을 이싱의 다시

47면

만나 뵈오기는 夫人의 덕틱이라 이 은혜을 웃지 다 갑푸릿가?"

춘랑이 회사445) 曰,

"미쳔ᄒᆞᆫ 사람을 이다지 관딕446)ᄒᆞ시니 황공ᄒᆞ와 알릴 말슴이 읍나이다."

元帥 붓들어 딕상의 안치고 더옥 恭敬ᄒᆞ더라.

이ᄯᆡ 中軍將 輔國이 장딕 압피 들어와 문후ᄒᆞ고 元帥게 父母 相逢함을 치하ᄒᆞ니 元帥 딕하447)의 ᄂᆡ려 보국의 손을 잡고 딕상의 올나가 侍郎게 뵈와 왈,

"이 사람은 小子와 同門448) 受學ᄒᆞ던 呂公의 아들 보국이로쇼이다."

ᄒᆞ니 侍郎이 듯고 급피 일어나 보국의 손을 잡고 流涕449) 曰,

---

442) 楊: 저본에는 '梁'으로 되어 있음.
443) 春娘: 저본에는 '춘郎'으로 되어 있음.
444) 黃泉: 저본에는 '황天'으로 되어 있음.
445) 회사: 회사(回謝). 사례하는 뜻을 표함.
446) 관딕: 관대(款待). 친절히 대하거나 정성껏 대접함.
447) 하: 저본에는 '히'로 되어 있음.
448) 門: 저본에는 '問'으로 되어 있음.

"그딕 父親 덕퇴으로 죽어던 주식을 다시 보니 이는 결초보은ᄒ여도 못 갑풀가 ᄒ니 무어스로 갑푸리요?"

흔딕 보국이 충수하고 물너나니 만진450) 장졸이 쏘흔 元帥451)게 부모 相逢함을 치하 분〃ᄒ더라.

이튼날 평명의 군즁의 좌긔452)ᄒ고 군수을 호영ᄒ여 셔달 등을 쓸니고 항셔을 바든 후의 장딕의 올여 안치고 도로여 치수ᄒ여 曰,

"그딕 만일 이곳의 오지 아이ᄒ여던덜 웃지 늬의 부모을 만나스리요? 이후로붓틈은 〃인이 되야도다."

ᄒ니 셔달 등이 그 말 듯고

48면

감수ᄒ여 복지 수은 曰,

"無道흔 盜賊이 元帥의 손의 죽을가 ᄒ여던이 도로여 치수을 듯사오니 이제 죽수와도 元帥의 德은 갑플 기리 읍나이다."

ᄒ더라.

元帥 셔달 등을 본국으로 돌여보늬고 近邑 首領453)의게 傳令ᄒ여 안마454)와 교주455)을 등딕456)ᄒ니 父親과 母夫人을 뫼시고 千餘 諸將과 八十萬 軍士을457) 거나려 옹위458)ᄒ여 옥문관으로 향할식 거긔치

---

449) 涕: 저본에는 '滯'로 되어 있음.
450) 만진: 滿陣. 진에 가득함.
451) 元帥: 저본에는 '元슈'로 되어 있음.
452) 좌긔: 좌기(坐起). 관아의 우두머리가 출근하여 일을 봄.
453) 首領: 저본에는 '슈슈'으로 되어 있음.
454) 안마: 鞍馬. 등에 안장을 얹은 말.
455) 교주: 교자(轎子). 곧 평교자(平轎子). 신분이 높은 사람이 타던 가마. 조선 시대에는 종일품 이상 및 기로소(耆老所)의 당상관이 탔음. 앞뒤로 두 사람씩 네 사람이 낮게 어깨에 메고 다님.
456) 등딕: 등대(等待). 미리 준비하고 기다림.

중459)이 天子의게 비길너라. 옥문관의 다〃나 이 ᄉ연을 天子게 주
문460)ᄒ니라.

이쩌 天子 악듸의 머리을 바다 보신 후 元帥의 消息을 몰나 주야 염
여ᄒ시더니 황경문 박긔 장졸이 장계461)을 올이거날 天子 開坼ᄒ여
보시니 ᄒ여스되,

「한462)임학ᄉ 겸 되원슈 평국은 돈슈빅비ᄒᆞ옵고 ᄒᆞᆫ 장 글을 탑
하463)의 올이나이다. 셔달 등을 쳐 파할ᄉᆡ 盜賊이 도망ᄒ여 벽파도로
가기로 좃ᄎ 들어가 젹졸을 다 잡은 후의 이별ᄒ여던 父母을 만나ᄉ
오니 하감464)ᄒᆞ옵쇼셔. 아비는 장ᄉ랑과 ᄒᆞᆫ가지 잡펴 벽파도로 졍비
ᄒ여던 洪武로쇼이다. 복원 폐하는 臣의 베슬을 거두어 아비 죄을 쇽
ᄒ와 후

49면

인을 본밧게 ᄒ시면 아비을 다리고 故鄕의 도라가 여년465)을 맛고ᄌ
ᄒ나이다.」

ᄒ여거날 천ᄌᆡ 보시고 되경되희ᄒᆞᄉ 왈,

"平國이 ᄒᆞᆫ 번 가 北方을 平定ᄒ고 쏘흔 부모을 만나다 ᄒ니 이는 하

---

457) 을: 져본에는 이 뒤에 '을'이 있으나 부연된 글자로 보이므로 생략함.
458) 옹위: 擁衛. 좌우에서 부축하며 지키고 보호함.
459) 거긔치즁: 거기치중(車騎輜重). '거기(車騎)'는 수레와 말을. '치중(輜重)'은 말이나 수레에 실은 짐을 의
     미함.
460) 주문: 奏聞. 임금에게 아룀.
461) 장게: 장계(狀啓).
462) 한: 져본에는 '함'으로 되어 있음.
463) 탑하: 榻下. 왕의 자리 앞.
464) 하감: 下鑑. 원래는 '아랫사람이 올린 글을 윗사람이 봄'의 뜻임. 파생되어 '아랫사람의 사정을 윗사람이
     살펴줌'의 뜻도 지님.
465) 여년: 餘年. 곧 여생(餘生). 앞으로 남은 세월.

날이 감동ᄒ시니라.”

ᄒ시고 ᄯᅩ 가로ᄉᄃᆡ,

“大元帥 올나오면 丞466)相이 되리니 읏지 그 父의 베슬이 읍스리요?”

ᄒ시고 洪武을 비ᄒ여 魏國公을 封ᄒ시고 夫人의 봉비467) 직쳡468)과 魏公 封爵469)을 ᄉ관을 명ᄒ여 ᄒ숑470)ᄒ시고 曰,

“朕이 不明ᄒ 타스로 元帥의 父을 정비ᄒ여 積年을 고싱ᄒ다가 天471)幸으로 元帥을 만나 영화로 도라오니 읏지 그 영화을 빗ᄂᆡ지 아이ᄒ리요?”

ᄒ시고 宮女 三百 名을 퇴ᄎᆔ472)ᄒ여 綠衣紅裳을 입피고 부인 모실 금뎡473)과 쌍교474)을 보ᄂᆡ사 시녀로 옹위ᄒ여 皇城ᄭᅡ지 오게 ᄒ시고 御殿 風流와 錦475)衣 花童 千餘 名을 거나려 玉門關으로 向ᄒ니라.

이ᄯᅥ ᄉ관이 봉비 직쳡과 위공 봉작을 元帥게 드리니 시랑과 부인이 바다 北向 四拜ᄒ고 開坼ᄒ니 시랑을 위국공을 봉ᄒ시고 부인으로 貞烈 夫人을 封ᄒ신 직쳡일너라. ᄯᅩ 비답476)이 잇거날 보니

---

466) 丞: 저본에는 ‘承’으로 되어 있음.
467) 봉비: 封妃. 왕비를 봉하여 세움.
468) 직쳡: 직첩(職牒). 조정에서 내리는 벼슬아치의 임명장.
469) 봉작: 封爵. 제후로 봉하고 관작을 줌.
470) ᄒ숑: 하송(下送). 윗사람이 아랫사람에게 물건을 보냄.
471) 天: 저본에는 ‘千’으로 되어 있음.
472) 퇴ᄎᆔ: 택취(擇取). 선택함.
473) 금뎡: 황금으로 호화롭게 장식한 가마.
474) 쌍교: 雙轎. 쌍가마.
475) 錦: 저본에는 ‘紛’으로 되어 있음.
476) 비답: 批答. 상소에 대한 임금의 대답.

ᄒᆞ여스되,

「元帥 ᄒᆞᆫ 번 가 北方을 平定ᄒᆞ고 ᄉᆞ직을 안보ᄒᆞ니 그 공이 적지 아이ᄒᆞ며 ᄯᅩ 일어던 父母을 만나니 일언 일은 千古의 드문지라 ᄯᅩᄒᆞᆫ 朕이 어지 못ᄒᆞ여 卿의 부을 遠地의 정비ᄒᆞ여 多年 고상ᄒᆞ게 ᄒᆞ여스니 朕이 도로여 卿을 볼 面目이 읍도다. 글어나 밧비 올나와 朕의 기다임을 읍계 ᄒᆞ라.」

ᄒᆞ여거날, 위공 부ᄌᆞ 皇恩을 축슈[477]ᄒᆞ고, 이날 길을 ᄯᅥ나야 ᄒᆞ더니 夫人 모실 금덩과 各色 기계[478]을 下送ᄒᆞ여거날 원슈 卽時 위의을 갓초와 부인은 금덩의 모시고 三百 侍女로 옹위ᄒᆞ며 금의 화동을 左右의 갈나 셰우고 어젼풍유을 울이며 ᄭᅩᆺ밧치 되야 오ᄂᆞ듸 춘랑과 楊[479]允은 ᄡᅥ 금 교ᄌᆞ을 틱우고 元帥는 魏公을 모셔 올ᄉᆡ 八十萬 大兵과 諸將 千餘 원을 中軍將이 거나이고 션봉이 되야 승젼고을 울이며 四十 里의 버려 들어오니, 이젹의 天子 百官을 거나이고 元帥을 마질ᄉᆡ 위공과 원슈 말게 ᄂᆡ려 복지흔듸 천ᄌᆞ 반기ᄉᆞ 曰,

"朕이 박지 못ᄒᆞ여 위공을 젹연[480] 고상ᄒᆞ게 ᄒᆞ엿스니 朕이 도로여 부ᄭᅳᆯ업도다."

ᄒᆞ시며 일번 ᄒᆞᆫ 손

으로 위공의 손을 잡고 ᄯᅩ ᄒᆞᆫ 손으로 원슈의 손을 잡으시고 보국을 도라

---

477) 축슈: 축수(祝手). 두 손을 모아 빎.
478) 기계: 미상. 문맥상 '시녀'나 '동자'의 의미로 추정됨.
479) 楊: 저본에는 '梁'으로 되어 있음.
480) 젹연: 적년(積年). 여러 해.

보와 曰,

"朕이 웃지 슈릭을 타고 경 등을 마지리요?"

학시고 三十 里을 쳔직 친이 걸어 오시니, 百官이 쏘흔 걸어 올시 모든 百姓이 옹위학여 딕명전거지 들어오니 보는 사람이 뉘 아이 층찬학리요.

쳔직 전좌[481])학시고 元帥로 左丞[482]相 靑州侯을 봉학시고 보국으로 大司馬 大將軍 吏部[483]尙書을 봉학시고 그 나믄 제장은 추려로 공을 쓰시고 원슈다려 문 曰,

"경이 五 歲의 부모을 일엇다 학니 뉘 집의 가 의탁학여 주라스며 兵書는 뉘게 빅우며 경의 모는 十三 年 고상을 어딕 가 지닉다가 벽파도의셔 위공을 만나느요? 실수을 듯고즈 학로라."

학신딕 元帥 前後 曲折[484][485]을 낫〃치 쥬달학니 天子 층찬학시고 曰,

"이는 古今의 읍는 일이로다."

학시고 쏘 가로스딕,

"卿이 水中 고혼이 될 것슬 呂公의 德으로 살어 成功학여 朕을 돕게 학미니 여공의 공이 읍스리요?"

학시고 여공으로 우복야 긔쥬후을 봉학시고 부인으로 공열 부인을 봉학스 봉비 직첩과 봉후 공작을 스관으로 무릉포[486]

---

481) 전좌: 殿座. 임금이 정전(正殿)에 나와 앉음.
482) 丞: 저본에는 '承'으로 되어 있음.
483) 吏部: 저본에는 '二府'로 되어 있음.
484) 折: 저본에는 '節'로 되어 있음.
485) 曲折: 곡절. 복잡한 사정이나 이유, 까닭.
486) 포: 저본에는 '표'로 되어 있음.

의 보너시니라.

이쩍의 呂公 부〃 그 직첩을 밧주와 北向 四拜 後 卽時 行裝487)을 추려 부인과 황성의 올나와 여공이 榻前488)의 들어가 스은슉비흔디 천주 반기스 층찬 曰,

"경이 平國을 길너 니야 스직을 안보케 흐니 그 공이 젹지 아이흐도다."

흐시니 여489)공이 스은흐고 물너나와 위공과 졍녈 부인게 뵈온디 위공과 부인이 다시 기좌490)흐여 치스 曰,

"어지신 덕퇵으로 桂月을 구흐스 친주식갓치 길너 입신양명흐게 흐시니 은혜 빅골난망이로쇼이다."

흐며 悲懷을 검치 못흐거날 여공이 더옥 감스흐여 공슌 응답흐더라. 平國, 輔國이 쏘흔 복지흐여 원노의 平安이 行次함을 치흐흐니 위공과 졍녈 부인이491)며 긔쥬후와 공열 부인과 츈낭도 좌의 참예흐고 양뉸이 쏘흔 깃거함을 층양치 못흐눈지라.

이날 大讌을 빅셜흐고 三 日 질기니라.

이젹의 쳔주 졔신을 도라보와 曰,

"平國, 輔國을 흔 宮闕492) 안의 살게 흐리라."

흐시고 종남순의 터을 닥가 집을 지을시 千餘 간을 不日成之493)로

---

487) 行裝: 저본에는 '(行+衣)杖'으로 되어 있음. 여기에서 '行+衣'는 '行'이 위에, '衣'가 아래에 있는 글자임.
488) 榻前: 저본에는 '탑前'으로 되어 있음.
489) 여: 저본에는 '어'로 되어 있음.
490) 기좌: 起坐. 사람을 맞을 때에 예의로 일어났다가 다시 앉음.
491) 이: 저본에는 이 글자가 없으나, 문맥을 자연스럽게 하기 위해 보충함.
492) 宮闕: 저본에는 '궁闕'로 되어 있음.
493) 不日成之: 불일성지. 하루가 안 되어 완성함.

지으시니 장함을 층양치 못할너라. 집을 필흔 후의 노비 쳔여

53면

명과 슈셩군494) 百餘 名식495) 賜給ㅎ시고 坐 치단496)과 보침497)을 슈
쳔 바리498)을 상스ㅎ시니 平國, 보국이 황은을 츅슈ㅎ고 흔 궁궐의
각 〃 침쇼을 정ㅎ고 거쳐ㅎ니 그 궁궐 안 長廣499)이 十 里가 나문지
라. 위의 거동이 쳔즈나 다음 읍더라.

이젹의 平國이 전장500)의 단여온 후로 自然 몸이 곤ㅎ여 病이 沈
重501)ㅎ니 가닉 경동502)ㅎ여 쥬야 藥으로 치료ㅎ더니, 天子 이 말을
들으시고 딕경ㅎ스 명의을 급피 보닉여,

"병셰을 즈셔이 보고 오라. 만일 위즁ㅎ면 짐이 친이 가 보리라."

ㅎ시고 御醫503)을 명ㅎ여 보닉시니, 어의 황명을 밧즈와 평국이 침
쇼의 와 병셰을 집믹504)ㅎ니 병셰 위즁치 아이흔지라 쇽히 약을 가르
쳐 쓰라 ㅎ고 도라와 쳔즈게 아뢰되,

"병셰을 보오니 위즁치 안이ㅎ옵기로 쇽흔 약을 갈르쳐 쓰라 ㅎ옵고
왓스오나 坐흔 괴이흔 일이 잇셔 슈상ㅎ여이다."

쳔즈 놀나 문 曰,

---

494) 슈셩군: 수성군(守城軍). 성이나 궁궐을 지키는 군사.
495) 식: 저본에는 '式'으로 되어 있으나 '싹'의 뜻으로 보아 이와 같이 고침.
496) 치단: 채단(綵緞). 온갖 비단의 총칭.
497) 보침: 보자기의 방언.
498) 바리: 마소의 등에 잔뜩 실은 짐을 세는 단위.
499) 長廣: 장광. 길이와 넓이.
500) 전장: 戰場. 전쟁터.
501) 沈重: 저본에는 '침重'으로 되어 있음. 침중. 병세가 심각하여 위중함.
502) 경동: 驚動. 놀라 움직임.
503) 御醫: 저본에는 '女의'로 되어 있음.
504) 집믹: 집맥(執脈). 맥을 잡음.

"무슴 연괴 잇나요?"

ᄒ신ᄃᆡ 어의 복지 쥬 曰,

"평국의 ᄆᆡᆨ을 보오니 남ᄌᆞ의 ᄆᆡᆨ이 아이오ᄆᆡ 이상ᄒ여이다."

쳔ᄌᆞ 그 말을 들으시고 왈,

"평국이 女子면 웃지 전장의 나아가 젹진 十万 군을 消滅ᄒ고 왓스리요?

54면

평국의 얼골이 桃花色이요 體身이 잔약ᄒ니 或 미심ᄒ건이와 아즉 누셜치 말나."

ᄒ시고 환ᄌᆞ로 ᄒ야금 ᄌᆞ로 문병ᄒ시니라.

이젹의 평국이 병셰 차々 나흐니 싱각ᄒᄃᆡ,

'어의가 나의 ᄆᆡᆨ을 보와스니 본ᄉᆡᆨ이 탈로할지라. 이져는 할 일 읍셔 女服을 開着505)ᄒ고 閨中의 몸을 감초어 歲月을 보ᄂᆡᄆᆡ 올타.'

ᄒ고 즉시 男服을 벗고 女服을 입고 부모 前의 뵈온 후 늑기며 兩頰506)의 쌍누507) 용죵508)ᄒ거날 부모도 눈물을 흘이며 위로ᄒ더라. 桂月이 비감ᄒ여 우는 거동은 秋九月 蓮花 꼿시 細雨을 머금은 듯 初生 半月이 岫509)雲510)의 잠긴 듯ᄒ며 天々 貞靜511)ᄒ 틱도는 當世 第一이라.

이젹의 桂月이 天子게 상쇼을 올여거날, 上이 보시니 ᄒ여스되,

---

505) 開着: 저본에는 '開착'으로 되어 있음. 개착. 바꾸어 입음.
506) 兩頰: 저본에는 '兩협'으로 되어 있음. 양협. 두 뺨.
507) 쌍누: 쌍루(雙淚). 두 줄기 눈물.
508) 용죵: 容從. 조용히 흐름.
509) 岫: 저본에는 '繡'로 되어 있음.
510) 岫雲: 수운. 골짜기의 바위 구멍에서 일어나는 것처럼 보이는 구름.
511) 天々 貞靜: 저본에는 '天々丁々'으로 되어 있음. 요요정정. 나이가 젊고 용모가 아름다우며 마음이 올바르고 침착함.

「翰林512)學士 兼 大元帥 左丞513)相 靑州侯 平國은 돈슈빅비ᄒᆞ옵고 아뢰옵나이다. 臣妾이 未滿五歲514)의 張仕郎 亂의 부모을 일어숩고 도적 孟吉이 환을 만나 水中 孤魂이 될 것을 呂公의 德으로 살어낫ᄉᆞ오니 일염의 싱각ᄒᆞ온 즉 女子의 향쇠515)을 ᄒᆞ여셔는 閨中의 늘거 부모의 骸骨을 찻지 못함이 되옵기로 女子의 향실516)을 바이고517) 男

55면

子의 服色을 ᄒᆞ와 황상을 속기옵고 조정의 들어ᄉᆞ오니 臣妾의 죄 만ᄉᆞ무셕518)519)이옵기로 감소딕죄520)ᄒᆞ와 유지521)와 인슈522)을 올이옵나이다. 긔군망상지죄523)을 ᄉᆞ속524)히 쳐참525)ᄒᆞ옵쇼셔.」

ᄒᆞ여거날, 쳔ᄌᆞ 글을 보시고 龍床을 치며 曰,

"평국이 뉘가 女子로 보와스리요? 古수의 읍는 일이노다. 비록 天下 廣大ᄒᆞ나 文武 겸전ᄒᆞ여 갈튱보국526)ᄒᆞ여 충효상장지ᄌᆡ527)는 남ᄌᆞ라도 못 ᄒᆞ리로다. 비록 女子나 볘슬을 웃지 거두리요?"

---

512) 林: 저본에는 '任'으로 되어 있음.
513) 丞: 저본에는 '承'으로 되어 있음.
514) 未滿五歲: 미만오세. 다섯 살이 되기 전.
515) 향쇠: 행색(行色).
516) 향실: 행실.
517) 바이고: 버리고.
518) 셕: 저본에는 '젹'으로 되어 있음.
519) 만ᄉᆞ무셕: 만사무석(萬死無惜). 만 번을 죽어도 아깝지 않음.
520) 감소딕죄: 감소대죄(敢訴待罪). 감히 아뢰어 죄를 기다림.
521) 유지: 諭旨. 임금이 신하에게 내리던 글.
522) 인슈: 인수(印綬). 병권(兵權)을 가진 무관이 발병부(發兵符) 주머니를 매어 차던, 길고 넓적한 녹비 끈.
523) 긔군망상지죄: 기군망상지죄(欺君罔上之罪). 임금을 속이고 윗사람을 속인 죄.
524) ᄉᆞ속: 사속(斯速). 아주 빠름.
525) 쳐참: 처참(處斬). 목을 베어 죽이는 형벌에 처함.
526) 갈튱보국: 갈충보국(竭忠報國). 충성을 다해 나라의 은혜에 보답함.
527) 충효상장지ᄌᆡ: 충효상장지재(忠孝相將之才). 충성과 효도를 다하며, 조정에 들어오면 재상이 되고 나가면 장수가 될 만한 재주.

ᄒ시고 환528)주529)을 명ᄒ여 유지와 인슈을 도로 還送ᄒ시고 비답
ᄒ여거날, 桂月이 황공 감슈ᄒ여 바다 보니 ᄒ여스되,

「경의 상쇼을 보니 놀납고 일변 장ᄒ나 츙효 겸전ᄒ여 반젹을 쇼
멸ᄒ고 슈직 안보ᄒ기난 다 경의 河海 갓튼 덕이라. 朕이 웃지 女子을
허물ᄒ리요? 유지와 인슈을 도로 보나니 츄호도 과염530)치 말고 경
은 갈튱보국ᄒ여 짐을 도으라.」

ᄒ여거날, 桂月이 슈양 못ᄒ여 녀복을 입고 그 우의 조복531)을 입
고 부리던 제장 百餘 名과 군ᄉ 千餘 名을 갑쥬을 갓초와 승상부 문 밧
긔 진을 치고 잇게 ᄒ니

56면

그 위의 엄슉ᄒ더라.

일〃은 쳔주 위국공을 입시ᄒ여 가로ᄉ되,

"짐이 元帥의 상쇼을 본 후로 ᄉ렴532)이 만흔지라. 平國이 閨中의
홀노 늘그면 洪武533)의 혼빅이 의지할 곳시 읍슬 거시니 웃지 슬푸지
안이ᄒ리요? ᄯ흔 평국이 규즁의셔 늘그미 불상ᄒ니 평국의 혼인은
짐이 즁미 되고주 ᄒ니 ᄯᅳᆺ시 웃더ᄒ요?"

위공이 복지 쥬 曰,

"신의 ᄯᅳᆺ도 그어ᄒ오나 쇼신이 나아가 의논ᄒ오련이와 평국의 빅필을

---

528) 환: 저본에는 '황'으로 되어 있으나, 오기로 보이므로 한중연 35장본(51면)을 따름.
529) 환주: 환자(宦者). 곧 내시(內侍).
530) 과염: 괘념(掛念). 마음에 두고 걱정하거나 잊지 않음.
531) 조복: 朝服. 관원이 조정에 나아가 하례할 때에 입던 예복.
532) ᄉ렴: 사념(思念). 생각.
533) 洪武: 저본에는 '洪무'로 되어 있음.

뉘와 定ᄒᆞ시야 ᄒᆞ나잇가?"

천ᄌ 曰,

"평국과 同學ᄒᆞ던 보국과 정코ᄌ ᄒᆞ니534) 경의 마음이 읏더ᄒᆞ요?"

위공이 쥬 曰,

"하교 맛당ᄒᆞ여이다. 평국이 죽을 목슘을 여공의 덕으로 살아삽고 친ᄌ식갓치 길너 영화을 누리고 이별ᄒᆞ여던 부모을 만나게 ᄒᆞ고 쏘ᄒᆞᆫ 보국과 동학ᄒᆞ와 ᄒᆞᆫ방 급제535)536)ᄒᆞ여 폐하 셩덕으로 작녹을 바다 万里 戰場의 死生苦樂을 ᄒᆞᆫ가지 ᄒᆞᆸ고 도라와 ᄒᆞᆫ 집의 거쳐ᄒᆞ오니 천정연분537)인가 ᄒᆞ나이다."

ᄒᆞ고 물너나와 계월을 불너 안치고 천ᄌ 하교ᄒᆞ시던 말슘을 낫〃치 젼ᄒᆞ니 계월이 엿ᄌ오ᄃᆡ,

"쇼녀의 마음은 평싱을 홀노 늘

57면

거 부모 실하의 잇ᄉᆞᆸ다가 죽은 후의 다시 남ᄌ 되야 孔孟의 힝실을 비오고ᄌ ᄒᆞ여ᄉᆞ더니 근본이 탈노ᄒᆞ와 천ᄌ 하교 일어ᄒᆞᆸ시니 부모임도 슬하의 다른 ᄌ식이 읍셔 비회을 품고 션영538)539) 봉ᄉᆞ을 젼할 곳이 읍셔ᄉᆞ오니 ᄌ식이 되야 부모 슘을 읏지 거역ᄒᆞ며 천ᄌ 하교을 읏지 빅반ᄒᆞ오리가? 하교ᄃᆡ로 보국을 셤겨 여공의 은혜을 만분지일이나

---

534) ᄒᆞ니: 저본에는 'ᄒᆞ오니'로 되어 있으나, 임금이 신하에게 하는 말이므로 '오'를 생략함.

535) 제: 저본에는 '게'로 되어 있음.

536) ᄒᆞᆫ방 급제: 저본에는 '도방급제'로 되어 있으나 의미가 분명하지 않아 연세대 41장본(59면)을 따름. 한방 급제 같은 과거에서 급제함.

537) 쳔졍연분: 천정연분(天定緣分). 하늘이 정해준 인연.

538) 영: 저본에는 '연'으로 되어 있으나, 오기로 보이므로 연세대 41장본(60면)을 따름.

539) 션영: 선영(先塋). 조상의 무덤. 곧 선조를 가리킴.

갑ᄉ올가 ᄒ오니 부친은 이 ᄉ연을 천ᄌ 젼의 상달540)ᄒᆞᆸ쇼셔."

ᄒ며 낙누ᄒ고 남ᄌ 못 되믈 한ᄒ더라.

이ᄯᅥ 위공이 즉시 闕內의 들어가 계월 ᄒ던 말을 쥬달ᄒ니, 천ᄌ 깃거 즉시 여공을 불너 ᄒ교ᄒᄉ,

"평국과 보국을 부〃로 정코ᄌ ᄒ니 경의 ᄯᅳᆺ시 웃더ᄒᆞ요?"

여공이 복지 쥬 曰,

"폐하의 덕퇵으로 賢婦을 결친541)ᄒ오니 감ᄉᄒᆞ와 아뢸 말ᄉᆷ 읍나이다."

ᄒ고 물너나와 보국을 불너 천ᄌ 하교을 젼ᄒ니 보국이 부복 츙ᄉᄒ고 부인이며 가ᄂᆡ 상하 다 깃거ᄒ더라.

이ᄯᅥ, 천ᄌ 퇵ᄉ관542)을 불너 퇵일할ᄉᆡ 맛춤 三月 望間543)이라. 퇵 일단544)ᄌ545)와 예단546)할 비단 數千547) 疋548)을 봉ᄒᆞ여 위공의 집으로 ᄉ송549)ᄒ니라.

58면

위공이 퇵일단550)ᄌ을 가지고 계월이 침소의 들어가 젼ᄒ니 桂月

---

540) 상달: 上達. 윗사람에게 말이나 글로 여쭈어 알게 함.
541) 결친: 結親. 친분을 맺음.
542) 퇵ᄉ관: 태사관(太史官). 주로 태사(太史)로 불림. 관직의 이름. 중국의 서주(西周), 춘추(春秋) 시대 때 태사는 역사를 기록하고 사서(史書)를 편찬했으며 문서의 초안을 잡는 일을 했고, 이울러 국가의 전적과 천문, 역법 등을 관장했음.
543) 望間: 망간. 음력 보름께.
544) 단: 저본에는 '관'으로 되어 있으나, 오기로 보이므로 한중연 35장본(53면)을 따름.
545) 퇵일단ᄌ: 택일단자(擇日單子). 혼인 날짜를 정하여 상대편에게 적어 보내는 쪽지.
546) 예단: 禮緞. 예물로 보내는 비단.
547) 數千: 저본에는 '슈干'으로 되어 있음.
548) 疋: 저본에는 '匹'로 되어 있음. '필(疋)'은 '일정한 길이로 말아 놓은 피륙을 세는 단위'임. 참고로 '필(匹)'은 '말이나 소를 세는 단위'임.
549) ᄉ송: 사송(賜送). 임금이 신하에게 물건을 내려 보내던 일.

이 曰,

"보국이 젼일 즁군으로셔 쇼녀의 부리던 스람이라. 늬가 그 스람의 아니 될 쥴을 알어스리요? 다시 군례 못할가 ᄒᆞ오니 이졔 망종 군례[551])나 ᄎᆞ리고ᄌᆞ ᄒᆞ오니 이 ᄯᅳᆺᄉᆞᆯ 상달ᄒᆞ옵쇼셔."

위공이 그 말을 듯고 즉시 쳔ᄌᆞ게 쥬달ᄒᆞ니 쳔ᄌᆞ 즉시 군ᄉᆞ 五千과 將帥 百餘 원을 갑쥬와 긔치창검552)을 갓초와 원슈게 보니니 계월이 女服을 벗고 갑쥬을 갓초고 용봉황월553)과 슈긔을 잡아 힝군ᄒᆞ여 별궁의 좌긔ᄒᆞ고 군ᄉᆞ로 ᄒᆞ야금 보국의게 傳슈554)ᄒᆞ니 보국이 젼영을 보고 분함이 측냥 읍스나 젼일 평국의 위풍을 보와ᄂᆞᆫ지라 군령을 거역지 못ᄒᆞ여 갑쥬을 갓초고 군문의 딕영ᄒᆞ니라.

이젹의 元帥 좌우을 도라보와 曰,

"즁군이 읏지 이다지 거만ᄒᆞᆫ요? 밧비 현신555)ᄒᆞ라."

號令이 秋霜 갓거날 군졸의 딕답 소릭 長安이 쓸ᄂᆞᆫ지라 즁군이 그 위엄을 보고 황겁ᄒᆞ여 갑쥬을 쓸고 국궁556)ᄒᆞ여 들어가니 얼골의 ᄯᅡᆷ이 흘려ᄂᆞᆫ지라. 밧비 나가 장딕 옵펴 복지ᄒᆞᆫ딕 원슈 정식ᄒᆞ고 ᄭᅮ지져

59면

曰,

---

550) 단: 져본에는 '관'으로 되어 있으나, 오기로 보이므로 한중연 35장본(53면)을 따름.
551) 망종 군례: 亡終 軍禮. 마지막으로 하는 군대에서의 예식.
552) 긔치창검: 긔치창검(旗幟槍劍).
553) 용봉황월: 龍鳳黃鉞. 용과 봉황이 그려진 황금으로 장식한 도끼.
554) 傳슈: 전령. 명령을 전함.
555) 현신: 現身. 다른 사람에게 자신을 보임. 흔히, 아랫사람이 윗사람에게 예를 갖추어 자신을 보이는 일을 이름.
556) 국궁: 鞠躬. 윗사람이나 위패 앞에서 존경의 뜻으로 몸을 굽힘.

"군법557)이 지중558)커날 그듸가 즁군이 되야거던 즉시 듸령호엿다
가 영559) 닉임560)을 기달 것시여날 장영을 즁이 아이 예기고 틱만흔
마음을 두어 군령을 만홀561)이 아니 즁군의 죄는 만〃 무엄흔지라.
즉시 군법562)을 시힝할 것시로되 십분 용서563)호거이와 그져는 못
두리라."

호고 군亽을 호영호여 즁군을 쌜이 잡아 닉라 호는 소릭 츄상 갓튼지
라 무亽 일시의 고함호고 달여들러 장듸 압펴 쓸이니 즁군이 정신을 일
어다가 게오 진졍호여 아뢰되,

"쇼장이 신병564)이 잇셔 치료호옵다가 밋쳐 당치 못호여亽오니 틱
만흔 죄는 만亽무셕이오나 병든 몸이 즁장565)566)을 당호오면 명을
보젼치 못호것삽고 만일 죽亽오며 부모의게 불효 막심호오니 복원
〃슈는 하히 갓튼 은덕을 닉리亽 前日567) 졍곡568)을 싱각호와 살여
쥬시면 불효을 면할가 호나이다."

호며 무슈이 이걸호니 元帥 內心의는 우슈나 것치로 호령 曰,

"즁군이 신병이 잇스면 웃지 영츈각의 이쳡 영츈으로 더부러 쥬야
풍569)유로 질거ᄂᆞ요? 글어나 亽졍이 읍지 못호여 용셔호거이와 此後

---

557) 법: 저본에는 '볍'으로 되어 있음.
558) 지즁: 지중(至重). 더할 수 없이 무거움.
559) 영: 令. 명령.
560) 닉임: 내임. 내림.
561) 만홀: 漫忽. 한만하고 소홀함.
562) 법: 저본에는 '볍'으로 되어 있음.
563) 용서: 저본에는 '짐작'으로 되어 있으나 문맥을 고려하여 한중연 47장본(61면)을 따름.
564) 신병: 身病. 몸에 생긴 병.
565) 장: 저본에는 '샹'으로 되어 있음.
566) 즁장: 重杖. 몹시 치는 장형.
567) 前日: 저본에는 '젼日'로 되어 있음.
568) 졍곡: 정곡(情曲). 간곡한 정.
569) 풍: 저본에는 '즁'으로 되어 있으나, 문맥을 고려하여 한중연 49장본(66면)을 따름.

60면

는 글이 말라."

분부ᄒᆞ니 보국이 百拜[570] ᄉᆞ려ᄒᆞ고 물너ᄂᆞ이라.

元帥 일어틋 죵일 질기다가 군ᄉᆞ을 물이치고 本宮으로 돌아올ᄉᆡ 보국이 元帥게 하직ᄒᆞ고 도라와 부모게 辱 본 ᄉᆞ연을 낫〃치 고ᄒᆞ니 呂公이 그 말 듯고 大笑ᄒᆞ여 층찬 曰,

"늬 며나리는 千古의 女中君子로다."

ᄒᆞ고 보국다려 일러 曰,

"桂月이 너을 욕 뵈옴이 다름 아니라 御命으로 너을 비필을 定ᄒᆞ민 前日 中軍으로 부리던 연고라. 마음의 다시는 못 부릴가 ᄒᆞ여 희롱ᄒᆞ미니 너는 츄호도 혐의치 말나."

ᄒᆞ더라.

天子 계월이 輔國을 辱 뵈왓단 말을 듯고 大笑ᄒᆞ시니 상ᄉᆞ을 만니 흔이라.

이ᄊᆡ 吉日을 當ᄒᆞ민 行禮할ᄉᆡ 桂月이 綠衣紅裳으로 단장ᄒᆞ고 侍婢 等이 左右의 부익[571]ᄒᆞ여 나오는 거동 엄슉ᄒᆞ고 아음다온 틱도와 天〃貞靜[572]ᄒᆞᆫ 형용은 當世[573] 第一일너라. ᄯᅩᄒᆞᆫ 장막 박긔 諸將 軍卒이 갑쥬을 갓초고 긔치금극을 좌우의 갈나 셰우고 옹위ᄒᆞ여스니 위의 엄슉함을 측양치 못할너라. 輔國이 ᄯᅩᄒᆞᆫ 위의을 갓초고 金鞍駿[574]馬[575]

---

570) 百拜: 저본에는 '빅拜'로 되어 있음.

571) 부익: 扶翼. 도움.

572) 天〃貞靜: 저본에는 '天〃丁〃'으로 되어 있음. 요요정정. 나이가 젊고 용모가 아름다우며 마음이 올바르고 침착함.

573) 世: 저본에는 '歲'로 되어 있음.

574) 駿: 저본에는 '俊'으로 되어 있음.

575) 金鞍駿馬: 금안준마. '금안'은 금으로 된 안장이고, '준마'는 썩 잘 달리는 말임.

上의 두렷시 안져 鳳尾扇576)으로 치면577)ᄒ고 계월이 궁의 들어와 교

61면

빈578)ᄒ는 거동은 션관이 옥황게 반도579) 진상580)ᄒ는 거동일너라. 交拜을 파ᄒ고 그날 밤 同寢581)ᄒ니 원앙비취지낙582)이 극진ᄒ더라.

이튼날 平明의 두 사람 위공과 정녈 부인게 뵈온디 위공 부〃히낙583)을 익이지 못ᄒ더라. 또 긔쥬후와 공녈 부인게 뵈일시 긔쥬후 디희ᄒ여 曰,

"셰상수을 가히 층양치 못ᄒ리로다. 너 늬 며나리 삼을 쥴을 쯧ᄒ여스리요?"

계월이 다시 절ᄒ고 曰,

"쇼부584)의 죽을 命을 구ᄒ옵신 은혜와 十三 年을 기르시되 근본을 아뢰지 아이혼 죄는 萬死無惜이옵고 또혼 하날이 도으스 구고로 섬기게 ᄒ옵시니 이는 妾의 원이로쇼이다."

ᄒ고 종일 말슴ᄒ다가 하직ᄒ고 본궁으로 도라올시 금덩을 타고 시녀로 옹위ᄒ여 中門585)의 나올시 눈을 들어 영츈각을 바라보니 愛妾586) 영츈이 난간의 거러 안져 계월이 힝ᄎ을 구경ᄒ며 몸을 요동치

---

576) 鳳尾扇: 저본에는 '鳳비扇'으로 되어 있음. 봉미선. 봉황의 꼬리 모양으로 만든 부채.
577) 치면: 채면(採面). 얼굴을 가림.
578) 교빈: 교배(交拜). 전통 결혼식에서, 신랑과 신부가 서로 절을 주고받는 예(禮).
579) 반도: 蟠桃. 삼천 년마다 한 번씩 열매가 열린다는 선경에 있는 복숭아.
580) 진상: 進上. 진귀한 물건 따위를 윗사람이나 임금에게 바침.
581) 寢: 저본에는 '枕'으로 되어 있음.
582) 원앙비취지낙: 鴛鴦翡翠之樂. 원앙과 비취새의 즐거움. 부부 사이의 금실이 좋음을 비유하는 말.
583) 히낙: 희락(喜樂). 기쁨과 즐거움.
584) 쇼부: 소부(小婦). 며느리가 자신을 낮추어 부르는 말.
585) 中門: 중문. 가운데 뜰로 들어가는 대문.
586) 愛妾: 저본에는 '익妾'으로 되어 있음.

아니ᄒ거날 계월이 듸로ᄒ여 덩을 머무르고 무ᄉ을 호령ᄒ여 영츈을 잡아 ᄂ야 덩 압퍼 쑬이고 호령 曰,

"네 즁군의 셰로 교만ᄒ여 ᄂ의 힝츳을 보고 감히 난간의 놉ᄑ 거러 안져

요동치 안이ᄒ니 네가 즁군의 힘만 밋고 이갓치 교만ᄒ니 너 갓튼 요망ᄒ 년을 웃지 살여 두리요? 軍法587)을 셰우리라."

ᄒ고 무ᄉ을 호령ᄒ여 베히라 ᄒ니 무ᄉ 영을 듯고 달려들어 영츈을 잡아 ᄂ야 베히니 군졸과 시비 등이 황겁ᄒ여 바로 보지 못ᄒ더라.

이젹의 보국이 영츈을 쥭여단 말을 듯고 분함을 익이지 못ᄒ여 부모게 엿ᄌ오듸,

"계월이 前日은 듸원슈 되야 小子을 즁군으로 부이오믜588) 장막지간589)이라 능멸590)이 여기지 못ᄒ련이와 지금은 쇼ᄌ의 안ᄂ오믜 웃지 쇼ᄌ의 ᄉ랑ᄒᄂ 영츈을 쥭여 심ᄉ을 不平케 ᄒ오릿가?"

ᄒ듸 여공이 〃 말을 듯고 말유ᄒ여 왈,

"계월이 비록 녀 안ᄂ는 되야스나 베슬을 놋치 아니ᄒ고 의긔591) 당 〃ᄒ니 죡히 녀을 불일 ᄉ람이로되 예로쎠 너을 셤기니 웃지 심ᄉ을 그르다 ᄒ리요? 영츈은 네 쳡이라 제 거만ᄒ다가 쥭여스니 뉘을 한ᄒ며 ᄯᅩᄒ 계월이 그릇 宮奴, 宮婢을 쥭인다 ᄒ여도 뉘라셔 그르다

---

587) 軍法: 저본에는 '군法'으로 되어 있음.
588) 부이오믜: 부리오니.
589) 장막지간: 將幕之間. 장막의 사이. '장막'은 장수와 그가 거느리는 막하(幕下)를 통틀어 이르는 말.
590) 능멸: 凌蔑. 업신여겨 깔봄.
591) 의긔: 의기(意氣). 무엇을 하고자 하는 적극적인 마음이나 장한 기개.

칙망ᄒᆞ리요? 너는 조금도 과염[592]치 말고 마음을 변치 말나. 만일 영츈을 쥭여다 ᄒᆞ고 혐의을 두면

63면

부〃지의도 변할 것스요 ᄯᅩᄒᆞᆫ 천ᄌᆞ 쥬장ᄒᆞ신 ᄇᆡ라 네게 ᄒᆡ로미 잇슬 거스니 부ᄃᆡ 조심ᄒᆞ라."

ᄒᆞ신ᄃᆡ,

"장부 되야 계집의게 괄시을 당ᄒᆞ오릿가?"

ᄒᆞ고 그 후부틈는 계월이 방의 드지 아니ᄒᆞ니 계월이 ᄉᆡᆼ각ᄒᆞ되,

'영츈의 혐의로 아니 오는ᄯᅩ다.'

ᄒᆞ고 曰,

"뉘라셔 보국을 남ᄌᆞ라 ᄒᆞ리요? 女子의도 비치 못ᄒᆞ리로다."

ᄒᆞ고 남ᄌᆞ 못 됨을 분ᄒᆞ여 눈물을 흘이며 셰월을 뵈ᄂᆡ더니.

각셜. 이젹의 남관장이 장게을 올이거날, 천ᄌᆞ 급피 ᄀᆡ탁ᄒᆞ시니 ᄒᆞ여스되,

「吳王과 楚王이 반ᄒᆞ여 지금 皇城을 범코ᄌᆞ ᄒᆞᄋᆞᆸ난ᄃᆡ 오왕은 구덕지을 으더 ᄃᆡ원슈을 삼고 楚王[593]은 장ᄆᆡᆼ길을 으더 先鋒을 삼어 제장 쳔여 원과 군ᄉᆞ 十萬을 거나여 호쥬 北地 十餘 城을 항복밧고 荊州 刺史 李旺泰을 베히고 짓쳐 오ᄆᆡ 쇼장의 힘으로 능 방비할 기리 읍ᄉᆞ와 감달ᄒᆞ오니 복원 황상은 어진 명장을 보ᄂᆡᄋᆞᆸ셔 防賊ᄒᆞᄋᆞᆸ쇼셔.」

ᄒᆞ여거날, 보시고 ᄃᆡ경ᄒᆞᄉᆞ 滿[594]朝 百官으로 의논ᄒᆞᆫᄃᆡ 右丞[595]相

---

592) 과염: 괘념(掛念). 마음에 걸려 잊지 아니함.
593) 楚王: 저본에는 '초王'으로 되어 있는데, 앞부분에 '楚王'으로 나왔으므로 이와 같이 고침.
594) 滿: 저본에는 '万'으로 되어 있음.

鄭榮泰 奏 曰,

"이 도젹은 左丞595)相 平國을 보닉야 막스올 것시오니

64면

급피 명초597)ㅎ옵쇼셔."

천598)ᄌ 드르시고 良久의 曰,

"平國이 前日599)은 出世ㅎ여기로 불너건이와 지금은 閨中 處子라 참아 웃지 명초ㅎ여 젼장의 보닉리요?"

ㅎ신딕 諸臣 奏 曰,

"平國이 지금 규즁의 쳐ㅎ노나 일홈이 朝野의 잇숩고 쪼흔 爵祿600)을 것지 아이ㅎ여스오니 웃지 규즁을 혐의ㅎ오릿가?"

쳔ᄌ 마지못ㅎ여 급피 平國을 명초ㅎ시니라.

이씩 平國이 규즁의 홀노 잇셔 每日 侍女601)을 다이고 장긔와 바독으로 셰월을 보닉더니, 스관이 나와 명초ㅎ시ᄂ 슈을 傳ㅎ거날 평국이 딕경ㅎ여 급피 女服을 벗고 朝服을 입고 스관을 짜라 탑젼의 복지ㅎ딕, 쳔ᄌ 딕히 曰,

"경이 규즁의 쳐흔 후602)로는 오릭 보지 못ㅎ여 쥬야 스모ㅎ더니, 이제 경을 보믹 깃부기 층양 읍건이와 朕이 德이 읍셔 至수 吳楚 兩國

---

595) 丞: 저본에는 '承'으로 되어 있음.
596) 丞: 저본에는 '承'으로 되어 있음.
597) 명초: 命招. 임금의 명령으로 신하를 부름.
598) 천: 저본에는 '쳔'로 되어 있음.
599) 前日: 저본에는 '젼日'로 되어 있음.
600) 祿: 저본에는 '彔'으로 되어 있음.
601) 侍女: 저본에는 '시女'로 되어 있음.
602) 후: 저본에는 '휴'로 되어 있음.

이 叛ᄒ여 호주603) 北地을 쳐 항복밧고 南關을 헤쳐 皇城을 범코ᄌ ᄒ 다 ᄒ니 경은 ᄌ당쳐ᄉ604)ᄒ여 ᄉ직을 안보케 ᄒ라.”

ᄒ신딕 平國이 부복 奏 曰,

“臣妾605)이 외람ᄒ와 폐하을 속이옵고 公606)侯 爵祿607)이 놉하 영

65면

화로 지닉옵기 惶恐ᄒ온딕 罪을 ᄉᄒ옵시고 이딕도록 ᄉ랑ᄒ옵시니 臣妾이 비록 우미608)ᄒ오나 힘을 다ᄒ여 聖恩을 만분지일이나 갑고ᄌ ᄒ오니 폐하는 근심치 마옵쇼셔.”

ᄒ딕 쳔ᄌ 딕희ᄒ᷇ᄉ 즉시 千兵萬馬을 조발609)ᄒ여 쥬고 벼살을 도〃와 딕원슈을 삼어시니 원수 사은숙빅ᄒ고 위의을 갓초와610) 친 이 붓슬 잡어 보국의계 傳令ᄒ되,

「敵兵611)이 급ᄒ미 즁군은 급피 待令612)ᄒ여 군영을 어기지 말나.」

ᄒ여거날 보국이 傳令을 보고 분함을 익이지 못허여 부모계 엿자오딕,

“桂月이 쏘 小子을 즁군으로 부이야 ᄒ오니 일언 일 어딕 잇ᄉ오릿가?”

---

603) 호주: 저본에는 '胡州'로 되어 있음. '호주'는 고유명사로 보이고 앞에서도 나온 이름이므로 이와 같이 고침.
604) ᄌ당쳐ᄉ: 자당처사(自當處事). 스스로 마땅히 일을 처리함.
605) 臣妾: 저본에는 '신妾'으로 되어 있음.
606) 公: 저본에는 '功'으로 되어 있음.
607) 祿: 저본에는 '象'으로 되어 있음.
608) 우미: 愚迷. 어리석음.
609) 조발: 調發. 강제로 뽑아 모음. 곧 징발(徵發).
610) 쥬고~갓초와: 이 부분이 저본에는 '三南原의 陣을 치고 元帥'로 되어 있는데 문맥이 자연스럽지 않아 한중연 47장본(68면)을 따름. 이 부분에 한해 본다면 이본 가운데 저본과 유사한 것은 한중연 47장본과 한중연 60장본임. 참고로 한중연 60장본에는 '상뇨원의 진을 치고 원수의 직품을 도〃와 유지을 두시니 원수 ᄉ은ᄒ고 ᄂ와 섬〃옥슈로'(79면)로 되어 있음.
611) 敵兵: 저본에는 '젹兵'으로 되어 있음.
612) 待令: 저본에는 '딕슈'으로 되어 있음. 대령. 지시나 명령을 기다림.

여공이 曰,

"前日613) 늬 너더려 무엇시라 일으던야? 계월이을 괄셰ᄒ다 일언 일을 當ᄒ니 읏지 그르다 ᄒ리요? 國事 至614)重ᄒ니 무가닉히615)라."

ᄒ고 밧비 가물 직쵹ᄒ니 보국이 할 일 읍셔 갑쥬을 갓초고 陣中의 나아가 元帥 압퍼 복지ᄒ니 원슈 분부 曰,

"만일 령을 거역ᄒ는 직면 軍法을 시힝ᄒ리라."

ᄒ니 보국이 황겁ᄒ여 즁군 처쇼로 도라와 영 닉리기을 기다리는지라.

元帥 諸將의 所任을 각〃 定

66면

ᄒ고 秋九月 甲子日의 行軍ᄒ여 十一月 初一日의 南關의 당도ᄒ여 三日 留陣ᄒ고 즉시 써나 五日의 쳔쵹산616)을 지나 榮景樓의 다〃르니 敵兵617)이 平原 廣野의 陣을 쳐ᄂᆞ듸 굿기가 쳘통갓튼지라. 元帥 적진을 딕ᄒ여 陣을 치고 下令 曰,

"將令618)을 어기는 ᄌᆞ면 셰워 두고 버히리라."

호령이 츄상갓거날 諸將 軍卒이 황겁ᄒ여 아모리 할 쥴 모로고 보국이 ᄯᅩ 조심이 무궁ᄒ더라.

이튼날 元帥 中軍이계 분부ᄒ되,

613) 前日: 저본에는 '전日'로 되어 있음.
614) 至: 저본에는 '之'로 되어 있음.
615) 무가닉히: 무가내하(無可奈何). 어찌할 수 없음.
616) 쳔쵹산: 저본에는 '쳔쵹山'으로 되어 있음.
617) 敵兵: 저본에는 '젹兵'으로 되어 있음.
618) 將令: 저본에는 '장令'으로 되어 있음. 장령. 장수의 명령.

"수일은 中軍이 나가 쏘호라."

ᄒ니 中軍이 청영619)ᄒ고 말게 올라 三尺 長鈒을 들고 젹진을 가르쳐 웨여 曰,

"나는 明國 中軍大將 보국이라. 大元帥의 命을 바다 너희 머리을 베히라 ᄒ니 너희는 밧비 나와 칼을 바드라."

ᄒ니 젹장 雲平이 〃 쇼릭 듯고 딕로ᄒ여 말을 모라 쏘호더니 三 합이 못ᄒ여 보국의 칼이 빗나며 雲平의 머리 마하의 쎠러지니, 賊將 雲景이 雲平이 죽음을 보고 딕분ᄒ여 말을 모라 달려들거날 보국이 勝氣 등〃ᄒ여 창금을 놉피 들고 셔로

67면

쏘호더니 슈합이 못ᄒ여 보국이 칼을 날여 운경620)의 칼 든 팔을 치니 운경이 밋쳐 손을 놀이지 못ᄒ고 칼 든 칙 馬下의 닉여지ᄂ지라. 보국이 운621)경의 머리을 베혀 들고 本陣으로 도라오더니 賊將 九德至 딕로ᄒ여 長鈒을 놉피 들고 말을 모라 크게 고함ᄒ고 달여들식 난딕 읍ᄂ 賊兵이 쏘 四方으로 달여들거날 보국이 황겁ᄒ여 펴ᄒ고즈 ᄒ더니 경각의 젹장이 함성을 지르고 보국을 千餘 겹의 예워쏘는지라 事勢 위급ᄒ믹 보국이 앙천 탄식ᄒ더니, 이쌔 元帥 將臺622)의셔 북을 치다가 보국의 위급함을 보고 급피 말을 모라 장검을 놉피 들고 좌층우 돌ᄒ여 젹진을 혜치고 구덕지 머리을 베혀 들고 보국을 구ᄒ여 몸을

619) 청영: 청령(聽令). 명령을 주의 깊게 들음.

620) 경: 저본에는 '평'으로 되어 있음. 여기에서 보국과 싸우는 인물은 '운경'이므로 이와 같이 고침.

621) 운: 저본에는 '우'로 되어 있음.

622) 將臺: 저본에는 '帳딕'로 되어 있음. 장대. 장수가 올라서서 명령·지휘하던 대. 성(城), 보(堡) 따위의 동서 양쪽에 돌로 쌓아 만듦.

날여 적진을 츙돌할식 東의 번쯧 西將을 베히고 南으로 가난 듯 북쟝을 베히고 좌우츙돌ᄒ여 賊將 五十餘 員623)과624) 군ᄉ 千餘 名을 한 칼로 消滅ᄒ고 本陣625)으로 도라올식 보국이 원슈 보기을 붓쯔러ᄒ거날 원슈, 보국을 ᄭᅮ지져 왈,

"져러ᄒ고 平日의 男子626)라 층ᄒ리요? 나을

68면

읍슈이 여기더니 인졔도 그리할가?"

ᄒ며 무슈이 조롱ᄒ더라.

이젹의 元帥 장ᄃᆡ의 좌기ᄒ고 구덕지 머리을 함의 봉ᄒ여 皇城으로 보ᄂᆡ이라.

이젹의 吳楚 양국이 相議 曰,

"평국의 용밍을 보니 옛날 趙子龍627)이라도 당치 못할지니 웃지 ᄃᆡ젹ᄒ며 名將 九德至을 죽여스니 이졔 뉠로 더부러 大事을 도모ᄒ리요? 이졔는 우리 양국이 평국이 손의 망ᄒ리로다."

ᄒ며 落淚ᄒ거날 孟吉이 엿ᄌᆞ오ᄃᆡ,

"〃왕은 염여치 마옵쇼셔. 소장이 흔 뫼ᄎᆡᆨ628)이 잇스오니 평국이 아모리 영웅이라도 이 계교는 아지 못할 거시요 ᄯᅩᄒᆞᆫ 쳔ᄌᆞ을 ᄉᆞ로잡을 거시니 근심 마옵쇼셔. 지금 皇城의 侍臣만 잇슬 거시니 평국을 모

---

623) 員: 저본에는 '圎'으로 되어 있음. 원 사람을 세는 단위.
624) 과: 저본에는 '果'로 되어 있는데, 이때의 '果'는 조사이므로 이와 같이 고침.
625) 本陣: 저본에는 '본陣'으로 되어 있음.
626) 子: 저본에는 없으나, 문맥을 고려하여 보충함.
627) 趙子龍: 조자룡. 158~229. 중국 삼국 시대 촉한(蜀漢)의 장수. 본명은 운(雲). 자룡은 그의 자(字)임.
628) 뫼ᄎᆡᆨ: 묘책(妙策). 매우 교묘한 꾀.

로게 군스을 거나려 吳楚 동을 너머 양즈강을 지니려 황성을 엄살629)
호면 천즈 필연 황성을 바리고 도망호여 살기을 바라고 항630)셔을 올
일 거시니 그리 호스이다."

호고 즉시 관평을 불너 曰,

"그딕은 本陣을 직키고 平國이 아모리 쏘호즈 호여도 나가지 말고 나
도라오기을 기다리라."

호고 이날 밤 三更의 제장 빅여 원과 군스 일천 명을

69면

거나이고 황성으로 간이라.

이적의 天子 구덕지 머리을 바다 보시고 딕희호스 諸臣을 보와 평
국의 부"을 충찬호시고 泰平으로 지니시더니, 이썩 吳楚 동문631)
首632)將 장계을 올여스되,

「양즈강 廣野 沙場의 千兵萬馬 들려오며 황성을 범코즈 호나이다.」

호여거날 천즈 딕경호스 만죠633)을 모와 의논호시더니, 젹장 밍길
이 東門을 씨치고 들어오며 빅성을 무수이 죽이고 딕궐의 불을 길너
火光이 츙천634)호며 長安 萬民이 물 쓸틋 호며 도망호는지라.

天子 大驚호스 龍床을 두다리며 氣絶호시거날, 우승상 天喜 천즈을 등

---

629) 엄살: 掩殺. 갑자기 엄습해 죽임.
630) 항: 저본에는 '황'으로 되어 있음.
631) 吳楚 동문: 저본에는 '吳楚洞'으로 되어 있으나, 문맥이 자연스럽지 않으므로 한중연 49장본(78면)을 따름. 참고로 한중연 47장본(72면)에는 '오초 동'으로 되어 있음.
632) 首: 저본에는 '守'로 되어 있음. 한중연 60장본(84면)에 '관슈'로, 한중연 47장본(72면)에 '관수'로 되어 있는 것을 감안하면 '관문의 우두머리'의 뜻에 맞는 글자를 쓰는 것이 적절해 보임.
633) 만죠: 만조(滿朝). 조정에 가득함. 여기에서는 조정의 관료를 의미함.
634) 츙천: 충천(衝天). 하늘을 찌를 듯이 공중으로 높이 솟아오름.

의 업고 北門을 열고 도망ᄒ니 侍臣 百餘 名이 쌀아 天泰嶺을 너머 갈시 젹장 밍길이 쳔즈 도망함을 보고 크계 웨여 曰,

"明皇은 닷지 말고 항635)복ᄒ라."

ᄒ며 쫏거날 시신도 넉슬 일코 죽기로쎠 닷더니 압펴 大江이 막켜거날 天子 仰天 嘆 曰,

"인졔는 죽을이로다. 압펴는 大江이요 뒤의는 젹병이 급ᄒ니 이 일을 웃지ᄒ리요?"

ᄒ시며 즈결코즈 ᄒ시더니 밍길이 발셔 달여들어 창으로 쳔즈을 져우며,636)

"죽기을 악기거든 항637)

70면

셔을 밧비 올이라."

ᄒ니 시신 등이 익걸 曰,

"紙筆이 읍스니 城中의 들어가 항638)셔을 쓸 거시니 장군은 우리 皇上을 살여 쥬쇼셔."

ᄒ니 밍길이 눈을 부읍쓰고 꾸지져 曰,

"네 王이 목슘을 악기거든 숀가락을 끽물고 옷즈락을 쪄여 항639)셔을 쎠 올이라."

---

635) 항: 저본에는 '황'으로 되어 있음.
636) 져우며: 미상. 다른 본을 참조하면 '휘두르며'의 의미로 보임. 한중연 49장본(79면)에는 '두르며'로, 한중연 60장본(85면)에는 '두달리며'로 되어 있음.
637) 항: 저본에는 '황'으로 되어 있음.
638) 항: 저본에는 '황'으로 되어 있음.
639) 항: 저본에는 '황'으로 되어 있음.

ᄒ니 쳔즈 혼비빅산640)ᄒ여 용포641) 쇼미을 ᄶᅦ여 숀가락을 입의 물고 ᄶᅵ무려 ᄒ니 참아 못ᄒ여642) 仰天 痛哭 曰,

"四百 年 社稷이 닉게 와 망할 쥴을 읏지 알어시이요?"

ᄒ시며 大聲痛哭ᄒ시니 白日 無光ᄒ더라.

이ᄯᅥ 元帥 진즁의 잇셔 젹진 파할 모칙을 싱각ᄒ더니 自然 마음이 산란ᄒ여 장막 박긔 나가 天氣을 살펴보니 紫微643)星이 ᄌ리644)을 ᄶᅥ 나고 모든 별이 살긔 등〃ᄒ여 한슈645)의 빗쳐거날 원슈 딕경ᄒ여 즁 군장을 불너 왈,

"닉 天氣646)을 보니 쳔즈 위티ᄒ미 경각647)의 잇ᄂ지라. 닉 필마로 가랴 ᄒ니 장군은 제장 군졸을 거나려 진문을 구지 닷고 나 도라오기 을 기다리라."

ᄒ고 필마단검으로 황셩을 향ᄒ여 갈시, 동방이 발거오거648)날 바 라보니 一649)夜 間의 皇城의 다달나ᄂ지라. 셩안의 들어가 보니 장안 이 비엿고 궁궐이 쇼화ᄒ여 뷔

71면

인 터만 나마거늘 원슈 통곡ᄒ며 두로 단이되 ᄒᆫ 스람도 읍ᄂ지라.

---

640) 혼비빅산: 혼비백산(魂飛魄散). 혼백이 이리저리 날아 흩어진다는 뜻으로 몹시 놀라 넋을 잃음을 이르는 말.
641) 용포: 龍袍. 임금의 옷.
642) ᄶᅵ무려~못ᄒ여: 저본에는 이 부분이 없는데 연세대 41장본(74면)에 의거해 보충함. 참고로 한중연 35 장본(62면)에는 'ᄶᅵ물라 ᄒ니 압패 읏지 ᄶᅵ물니요'로 되어 있음.
643) 微: 저본에는 '未'로 되어 있음.
644) ᄌ리: 저본에는 '신자'로 되어 있으나, 의미가 분명하지 않으므로 단국대 103장본(144면)을 따름.
645) 한슈: 한수(漢水). 은하수를 이름.
646) 天氣: 저본에는 '天긔'로 되어 있음.
647) 경각: 頃刻. 극히 짧은 시간.
648) 거: 저본에는 없으나, 문맥을 고려하여 보충함.
649) 一: 저본에는 '日'로 되어 있음.

천즈 가신 곳슬 아지 못ㅎ고 망극ㅎ여 ㅎ더니, 문득 슈쳐650) 궁기로 셔 흔 노인이 나오다가 원슈을 보고 되경ㅎ여 급피 들어가거날 원슈 밧비 쏫츠 가며,

"나는 도적이 안이라. 되국 되원슈 평국이니 놀나지 말고 나와 천즈의 去處을 일으라."

ㅎ니 노인이 그계야 도로 긔여나와 되셩통곡ㅎ거날 원슈 즈셔이 보니 이는 긔쥬후 呂公이라. 급피 말계 니려 복지 통곡 曰,

"시부임은 무삼 연고로 이 슈쳐 궁긔예 몸을 감초고 잇ᄉ오며 쇼부의 부모와 시모임은 어되로 피난ㅎ여난지 아르시나잇가?"

呂公이 원슈의 옷슬 붓들고 울며 왈,

"의외의 도적이 들어와 되궐의 불을 지르고 노략ㅎ기로 장안 만민이 도망ㅎ여 가믜 나는 갈 길을 몰나 이 궁긔예 들어와 피란ㅎ여스니 婚長任651) 양위와 녜 시모 간 곳슬 아지 못ㅎ노라."

ㅎ고 통곡ㅎ거날, 원슈 위로 曰,

"셜마 만나 뵈올 날이 읍ᄉ오릿가?"

ㅎ고 쏘 문 曰,

"황상은 어되 가 계신잇가?"

답 曰,

"여긔셔 슘어 보니 흔 신하가 천즈을 업고 北門으로 도망ㅎ여 天652) 泰嶺을 너머 가더니 그 뒤의 도적이 ᄯᅡ라갓스니 필연 위급할지라."

ㅎ거

---

650) 수쳐: 수채. 집 안에서 버린 물이 집 밖으로 흘러 나가도록 만든 시설.
651) 婚長任: 미상. '사돈'의 뜻으로 보임.
652) 天: 저본에는 '干'으로 되어 있으나, 앞부분과 통일하기 위해 이와 같이 고침.

72면

날 원슈 ᄃᆡ경ᄒᆞ여 왈,

"천ᄌᆞ을 구할여 가오니 쇼부 도라오기을 기다리쇼셔."

ᄒᆞ고 말게 올나 천ᄐᆡ영을 너머 갈ᄉᆡ 슌식간의 한슈 북편의 다달나 보니 十 里 沙場의 賊兵이 가득ᄒᆞ고 항[653]복ᄒᆞ라 ᄒᆞᄂᆞᆫ 쇼ᄅᆡ 山川이 진동ᄒᆞ거날, 원슈 이 말을 듯고 투고을 곳쳐 쓰고 우뢰갓치 쇼ᄅᆡᄒᆞ며 말을 ᄎᆡ쳐 달려들어 ᄃᆡ호 曰,

"젹장은 ᄂᆡ의 황상을 ᄒᆡ치 말나. 平國이 예 왓로라."

ᄒᆞ니 ᄆᆡᆼ길이 황겁ᄒᆞ여 말을 돌려 도망ᄒᆞ거날 원슈 ᄃᆡ호 曰,

"네가 〃면 어ᄃᆡ로 가리요? 닷지 말고 ᄂᆡ 칼을 바드라."

쳘통갓치 달여갈ᄉᆡ 원슈의 준총마 朱紅 갓튼 입을 버리고 슌식간의 ᄆᆡᆼ길이 말꼴이을 물고 느려지거날 ᄆᆡᆼ길이 ᄃᆡ경ᄒᆞ여 몸을 두루여 장창을 놉피 들고 원슈계 범코ᄌᆞ ᄒᆞ거날 원슈 ᄃᆡ로ᄒᆞ여 칼을 들어 ᄆᆡᆼ길을 치니, 두 팔이 ᄂᆡ려지ᄂᆞᆫ지라. 쏘 좌츙우돌ᄒᆞ여 젹졸을 모도 진멸[654]ᄒᆞ니 피 흘너 成川ᄒᆞ고 죽엄이 邱山 갓더라.

이ᄯᆡ 천ᄌᆞ와 졔신이 ᄂᆡᆨ슬 일코 아모란 쥴을 모르고 천ᄌᆞᄂᆞᆫ 손가락을 ᄭᆡ물야 ᄒᆞ거날 원슈 급피 말계 ᄂᆡ려 복지 통곡ᄒᆞ여 엿ᄌᆞ 왈,

"폐하은 옥체을 안보ᄒᆞᄋᆞᆸ쇼셔. 평국이 왓나이다."

천ᄌᆞ 혼미 즁의 평국이란 말을 듯고 일변 반기며 일변 비감ᄒᆞᄉᆞ 원슈 손을 잡

653) 항: 저본에는 '황'으로 되어 있음.
654) 진멸: 殄滅. 무찔러 모조리 죽여 없앰.

고 눈물 흘이시며 말을 못ᄒ시거날, 원슈 옥체을 보호ᄒ니 이윽고 졍
신을 진졍ᄒ여 원슈게 치스 왈,

"朕이 스655)장 고혼이 될 거슬 원슈의 덕으로 스직을 안보케 되야
스니 원슈의 은혜을 무엇스로 갑푸리요?"

ᄒ시며,

"元帥는 万 里 번방의셔 웃지 알고 와 朕을 구ᄒ여난요?"

元帥 부복 쥬 曰,

"天氣을 보옵고 군스을 中軍의게 부탁ᄒ옵고 즉시 皇城의 득달ᄒ온 즉
長安 뷔엿스오며 폐하의 거쳐을 모로옵고 쥬져ᄒ옵더니 시부 呂公이
슈치 궁긔로 나오거날 뭇잡고 급피 와 젹장 밍길을 스로잡앗나이
다.656)"

말삼을 딕강 아뢰고 나와 젹진 餘卒을 낫낫치 결박ᄒ여 압셰우고 皇城
으로 向할ᄉ 元帥의 말은 쳔즈을 모시고 밍길이 탓쩐 말은 원슈가 타
고 힝군 북을 밍길이 등의 지우고 시신657)으로 북을 울이며 還宮ᄒ실
ᄉ 天子 馬上의셔 龍袍 쇼ᄆᆡ을 드러 츔 추며 질거ᄒ시니 제신과 원슈
도 일시의 팔을 드러 춤 츄며 질겨 天泰658)嶺을 너머 오니 장안이 쇼
죠659)ᄒ고 딕궐이 터만 남머스니 웃지 한심치 아니ᄒ리요. 쳔즈 좌우
을 도라보와 曰,

---

655) 스: 저본에는 '방'으로 되어 있는데 의미가 분명하지 않아 한중연 73장본(129면)을 따름.
656) 스로잡앗나이다: 저본에는 '스로잡은'으로 되어 있는데, 이후 대화가 끝났다는 표지가 보이지 않으므로
　　이와 같이 고침.
657) 시신: 侍臣. 곁에서 모시는 신하.
658) 泰: 저본에는 '太'로 되어 있는데, 앞서 나온 부분과 일치시키기 위해 이와 같이 고침.
659) 쇼죠: 소조(蕭條). 고요하고 쓸쓸함.

"짐이 덕이 읍셔 無罪흔 百姓과 皇后, 皇太子가 火中 고혼이 되야스니 何 面目으로 천위660)을 차지흐리요?"

흐시고 통곡흐시니 원슈 엿즈오딘,

"폐흐는 너무 염려661)치 마옵쇼셔. 하날이 성상을 닌실식 져 무도흔 도적으로 흐야금 익을 당흐게 함이요 둘지는 쇼신을 닌야 환을 평정흐게 함이오니 하날이 정흐신 빈라 읏지 천슈662)을 면흐오릿가? 슬품을 참으시고 천위을 정흐신 後의 皇后와 皇太子 去處을 탐지흐스이다."

흐니 쳔즈 曰,

"딘궐이 빈 터만 나마스니 어딘 가 안정흐리요?"

흐시더니, 이쎡 여공이 수치 궁긔로 나와 쳔즈게 복지 통곡 왈,

"소신이 살기만 도모흐여 폐하을 모시지 못흐여스오니 쇼신을 속히 쳐참흐와 後人을 증게흐옵쇼셔."

쳔즈 曰,

"朕이 경으로 흐야금 변을 당함이 아니라 읏지 경의 죄라 흐리요? 추호도 과렴663)치 말나."

呂公이 쏘 아뢰되,

"폐하 아직 안정흐실 곳이 읍스오니 원슈 잇던 집으로 가스이다."

쳔즈 즉시 종남산664) 下로 와 보시니 외로온 집만 남어난지라. 위

---

660) 천위: 천위(天位). 천자의 자리.
661) 염려: 저본에는 '념녀'로 되어 있음.
662) 천슈: 천수(天數). 하늘이 정한 운수.
663) 과렴: 괘념(掛念). 마음에 걸려 잊지 아니함.
664) 종남산: 저본에는 '죵남山'으로 되어 있음.

공이 잇던 황화졍의 어좌665)을 졍ᄒ시니라.

75면

이튼날 平明의 元帥 아뢰되,

"도젹 베힐 무ᄉ 읍ᄉ오니 쇼신이 나가 베히야 ᄒᆞ오니 폐하는 보시읍쇼셔."

ᄒᆞ고 도젹을 ᄎᆞ려로 안치고 원슈 三尺 釰을 들어 젹졸을 다 베힌 후의 칼을 빗기 들고 쳔ᄌᆞ게 쥬 曰,

"져 도젹은 쇼신의 원슈라. 罪目을 問目커든 보읍쇼셔."

ᄒᆞ고 원슈 놉피 좌긔ᄒᆞ고 밍길을 각가이 ᄭᅮᆯ이고 듸질 曰,

"네가 楚 ᄯᅥ의셔 산다 ᄒᆞ니 그 지명을 ᄌᆞ서이 일오라."

밍길리 아뢰되,

"쇼인 ᄉᆞ옵기난 瀟湘江 近處의 잇나이다."

원슈 曰,

"네 슈젹이 되야 江上으로 단이며 혹 어션을 도젹ᄒᆞᆫ 일이 잇난야?666)"

밍길이 쥬 왈,

"흉년을 당ᄒᆞ여 긔갈을 견듸지 못ᄒᆞ여 젹당을 다리고 水賊이 되야 살히ᄒᆞ여나이다."

원슈 쏘 문 왈,

"아모 ᄒᆡ667) 년분668)의 엄ᄌᆞ릉 죠듸의셔 홍 시랑 부인을 비단으로

---

665) 어좌: 御座. 임금이 앉는 자리.
666) 혹 ~잇난야?: 저본에는 '흠이젼물 탈취ᄒᆞ여 먹어난야'로 되어 있으나 의미가 분명하지 않아 한중연 49장본(87면)을 따름.

동여믹고 그 품의 아른 幼兒을 즈리의 쓰셔 강물의 너흔 일이 잇난야? 바로 아뢰라."

밍길이 그 말을 듯고 숢려 안지며 曰,

"이제는 죽게 되야스오니 웃지 긔망669)ᄒ오리가? 과연 글어ᄒ여나이다."

원슈 뒤질 曰,

"나는 그쩍 즈리의 싸 물의 너흔 계월이로다."

ᄒ니 밍길이 그 말 듯

76면

고 뒤경ᄒ여 정신이 아득ᄒ지라. 원슈 친이 늬려 밍길이 상토을 잡고 목아지을 동여 빅나무의 믹야 달고,

"너 갓튼 놈은 졈〃이 싹가 죽이리라."

ᄒ고 칼을 들어 졈〃이 외려 노코 빅을 갈나 간을 늬야 하날게 사빅670)ᄒ고 천즈게 아뢰되,

"폐하의 널부신 덕틱으로 平生 所願을 다 풀어스오니 이제 죽어도 한이 읍나이다."

천즈 충찬 曰,

"이난 경의 충효을 하날이 감동ᄒ시미라."

---

667) 희: 저본에는 이 부분이 없으나 한중연 35장본(66면)에 의거해 보충함.
668) 년분: 연분(年分). 일 년 중의 어떤 때.
669) 긔망: 기망(欺罔). 속임.
670) 사빅: 저본에는 '포빅'으로 되어 있으나 의미가 분명하지 않아 한중연 35장본(66면)을 따름. 이 구절은 이본별로 편차가 있음. 예를 들어 한중연 73장본(133면)에는 '표빅'로, 한중연 49장본(88면)에는 '표빅'으로, 한중연 47장본(82면)에는 '졈〃이 싹근 후의'로, 단국대 103장본(157면)에는 '조빅'로 되어 있음. 사배(四拜). 네 번 절함.

ᄒ고 질거ᄒ시더라.

이ᄶ 天子 보국의 消息을 몰나 염여ᄒ시거날 원슈 쥬 曰,

"신이 보국을 다려오리다."

ᄒ고 이날 ᄶ나야 ᄒ더니 문득 즁군이 장계을 올려거날 ᄒ여스되,

「원슈 평국이 황셩 구ᄒ려 간 ᄉ이의 쇼신이 ᄒᆫ 번 북 쳐 오초 양국을 항671)복 바다나이다.」

ᄒ여거날 쳔ᄌ 원슈을 보고 曰,

"인졔는 오초 양국을 ᄉ로잡앗다 ᄒ니 일언 긔별을 듯고 웃지 안져셔 마즈리요?"

ᄒ시고 쳔ᄌ 졔신을 거나리시고 거동ᄒᄉ 평국은 션봉이 되고 쳔ᄌ는 스ᄉ로 즁군이 되야 좌우의 옹위ᄒ여 보국의 진으로 갈ᄉᆡ 션봉장 평국이 갑쥬을 갓초고 빅호말을 타고 슈긔을 잡

77면

아 압피 나가니라.

이젹의 보국이 오초 兩王672)을 잡아 압셰우고 황셩으로 향ᄒ여 올ᄉᆡ, 바라보니 ᄒᆫ 장슈 ᄉ장의 들어오거날 살펴보니 슈긔와 칼 빗츤 원슈의 칼과 슈긔로ᄃᆡ 말은 쥰총마가 안이요 빅호마여날 보국이 의심ᄒ여 일변 진을 치며 싱각ᄒ되,

'젹장 밍길이 복병ᄒ고 원슈의 모양을 본바다 나을 유인함이라.'

ᄒ고 크게 의심ᄒ거날 쳔ᄌ 그 거동을 보시고 평국을 불너 曰,

---

671) 항: 져본에는 '황'으로 되어 있음.
672) 兩王: 져본에는 '양王'으로 되어 있음.

"보국이 원슈을 보고 젹장만 여겨 의심ᄒᆞᄂᆞᆫ 듯ᄒᆞ니 원슈는 젹장인 체ᄒᆞ고 즁군 쇠겨 오날 ᄌᆡ죠을 시험ᄒᆞ여 짐을 뵈이라."

ᄒᆞ시니 원슈 쥬 曰,

"폐하 〃교 신의 뜻과 갓ᄉᆞ오니 그리 ᄒᆞᄉᆞ이다."

ᄒᆞ고 갑옷 우의 거문 군복을 입고 ᄉᆞ장의 나셔며 슈긔을 놉피 들고 보국의 진으로 향ᄒᆞ니, 보국이 젹장인 쥴 알고 달여들거날 평국이 곽 도ᄉᆞ의게 빈운 슐법을 베푸니 경각의 大風이 일어나며 흑운 안기 ᄌᆞ옥ᄒᆞ여 咫尺을 분변치 못할너라. 보국이 아모리 할 쥴 몰나 황겁ᄒᆞ여 ᄒᆞ더라. 平國이 고함ᄒᆞ고 달여들어 보국의 창검을 아셔 숀의 들고

78면

산멱673)을 잡어 공즁 들고 천ᄌᆞ 게신 곳ᄉᆞ로 갈ᄉᆡ, 이ᄯᅥ 보국이 평국의 숀의 달여 오며 쇼릐을 크게 ᄒᆞ여 원슈을 불너 왈,

"평국은 어ᄃᆡ 가셔 보국이 죽는 쥴을 모난고?"

ᄒᆞ며 우ᄂᆞᆫ 쇼릐 진즁의 요란ᄒᆞᆫ지라. 원슈 이 말 듯고 우슈며 曰,

"네 웃지 평국의게 달여 오며 평국을 무삼 일로 부르난요?"

ᄒᆞ며 박장ᄃᆡ쇼ᄒᆞ니 보국이 그 말 듯고 정신을 ᄎᆞ려 보니 과연 평국이 여날 슬품은 간 ᄃᆡ 읍고 도로여 부ᄭᅳ러워 눈물을 거두더라.

천ᄌᆞ ᄃᆡ쇼ᄒᆞ시고 보국의 숀을 잡으시고 위로 曰,

"즁군은 원슈의게 욕 봄을 츄호도 과염치 말나. 원슈 ᄌᆞ의로 함이 아니라 짐이 경 등의 ᄌᆡ죠을 보야 ᄒᆞ고 시긴 빈라. 지금은 젼장의셔 보국을 욕 보게 ᄒᆞ여시나674) 平定 後 도라가면 예로쎠 즁군을 셤길 거

___

673) 산멱: 산멱통. 살아 있는 동물의 목구멍.

시니 불상훈지라."

훈시고 그 직죠을 무슈 충찬호시고 보국을 위로호시니, 보국이 그계야 웃고 엿주 曰,

"폐하 〃교 지당호여이다."

훈고 힝군호여 황셩으로 향할시, 오초 兩王675) 등의 힝군 북을 지우고 무수로 호여금 울이며 平原 廣野의 덥퍼 별수곡을 지나 皇城의 다달나 죵남산 하의 들어가 쳔주

79면

황676)화졍의 젼좌호시고 무수을 명호여 오초 兩王677)을 결박호여 계하의 꿀이고 꾸지져 왈,

"너의 반심을 두어 황셩을 침범호다가 天道 無心치 안이호수 너희을 잡으 왓스니 너희을 다 죽여 화즁 혼빅을 위로호리라.678)"

훈고 즉시 무수을 명호여 문 박게 닉야 회시679)호고 쳐참680)호니라.

天子 인호여 皇后와 太子을 위호여 졔문 지여 졔호시고 군수을 호군681)훈 후 졔장을 추례로 공을 쓰이고 식로 國號을 곳쳐 卽位호시고

---

674) 젼장의셔~호여시나: 져본에는 '젼장으로 호야금 욕을 보와스나'로 되어 있으나, 의미가 분명하지 않으므로 한중연 35장본(69면)을 따름.

675) 兩王: 져본에는 '양王'으로 되어 있음.

676) 황: 져본에는 '힝'으로 되어 있으나 앞에 '황'으로 나온 바 있으므로 이와 같이 고침.

677) 兩王: 져본에는 '양王'으로 되어 있음.

678) 화즁~위로호리라: 져본에는 '일國의 빗너리라'로 되어 있으나 의미가 분명하지 않아 단국대 103장본(162면)을 따름. '화중(火中) 혼백(魂魄)'은 '불 속에 죽은 사람의 혼백'으로 여기에서는 황후와 황태자를 이름.

679) 회시: 回示. 죄인을 끌고 다니며 여러 사람에게 보임.

680) 쳐참: 處斬. 목 베어 죽이는 형벌에 처함. 또는 그 형벌.

681) 호군: 犒軍. 호궤(犒饋). 군사들에게 음식을 주어 위로함.

죠셔을 닉려 만과682)을 보야 조졍 위의을 셰우시고683) 보국으로 左丞684)相을 封ᄒ시고 평국으로 大司馬 大都督 위왕685) 직쳡을 쥬시고 못닉 깃거ᄒ시더라.

平國이 쥬 曰,

"신쳡이 외남ᄒ야 폐하의 널부신 덕틱으로 봉작을 입ᄉ고 天下을 平定ᄒ여ᄉ오니 이난 다 폐하의 河海 갓튼 덕이옵고 웃지 신쳡의 공이라 ᄒ오릿가? ᄒ물며 친부모와 시모686)을 일스오니 臣妾 팔ᄌ 긔박ᄒ와 일어ᄒ오니 이졔는 女子의 도리을 ᄎ려 부모 양위을 직키옵고ᄌ ᄒ옵나이다."

ᄒ고 병부와 상장군 졀월과687) 대원슈의 인슈와 슈긔을 밧치며 체읍ᄒ거날 쳔ᄌ 비감ᄒ여 曰,

"이ᄂ 다 朕

80면

의 박덕흔 탓시오믹 경을 보기 부끄럽도다. 글어나 위공 부〃며 공열 부인이 어닉 곳의 펴는688)ᄒ여난지 쇼식이 잇슬 거시니 경은 안심ᄒ라."

ᄒ시고 ᄯᅩ 가로딕,

---

682) 만과: 萬科. 많은 사람을 뽑던 과거. 대개 무과(武科)를 가리킴.
683) 조졍~셰우시고: 저본에는 '죠졍위졍ᄒ시고'로 되어 있으나 의미가 분명하지 않아 단국대 103장본(163면)을 따름.
684) 丞: 저본에는 '承'으로 되어 있음.
685) 위왕: 저본에는 '위王'으로 되어 있음.
686) 시모: 저본에는 '시부모'로 되어 있으나, 시부인 여공은 살아 있음을 확인한 상태이므로 이와 같이 고침.
687) 병부와~졀월과: 저본에는 '병부 열돌과'로 되어 있으나 의미가 분명하지 않아 단국대 103장본(164면)을 따름.
688) 펴는: 피난(避難).

"경이 규중의 쳐흥기을 츙흥고 병부 인신을 다 밧치니 다시 부리지 못할리로다. 글어나 君臣之義을 일치 말고 一朔의 一次식[689] 朝會흥여 짐의 울도지경[690]을 덜나."

흥시고 인슈와 병부을 도로 닉야 쥬시니 평국이 돈슈복지흥여 열어 번 스양흥다가 마지못흥여 인신을 가지고 보국과 흔가지 나오니 뉘 안이 층찬[691]흐리요.

평국이 도라와 女服을 입고 그 우의 朝服을 쏘 입고 여공게 뵈오니, 뮴公이 딕희흥여 일어나 피셕 딕좌흥니 원슈 마음의 미안흥여 흐더라.

元帥 뮴公을 모시고[692] 부모 양위[693]와 시모 신위[694]을 빅셜[695]흥 고 승상 보국으로 더부어 發喪 痛哭흥니 보는 스람이 낙누 안이흐리 웁더라.

이후로부틈은 예로써 승상을 셤기니 일번 깃부고 일번 두려워흥더라.

이써의 위공이 피란흥여 부인과 뮴公의 부인이며 츈냥, 양뉸을 다리고 동을

81면

향흥여 가다가 흔 물가의 다″르니 侍女가 皇后, 皇太子을 모시고 강가의

---

689) 식: 저본에는 '式'으로 되어 있으나, '싹'의 뜻으로 보아 이와 같이 고침.
690) 울도지경: 鬱陶之境. '울도'는 '마음이 근심스러워 답답하고 울적함'의 뜻으로 '울도지경'은 곧 '울적한 마음의 상태'를 말함.
691) 찬: 저본에는 '창'으로 되어 있음.
692) 모시고: 저본에는 이 뒤에 '제신을 다 정흔 후의'라는 구절이 있으나, 문맥상 맞지 않아 보이므로 생략함. 즉 여기에서 '제산'은 '제신(諸臣)'이나 '제신(諸神)'으로 볼 수 있는데 두 경우 모두 맞지 않음. 홍계월이 신하를 정할 수 있는 지위에 있지 않다는 점에서 제신(諸臣)으로 보는 것은 타당하지 않고, 뒷부분에 부모의 신위를 배설하는 내용이 나오므로 제신(諸神)으로 보는 것도 타당하지 않음.
693) 양위: 兩位. 두 사람.
694) 신위: 神位. 신주(神主)를 모셔 두는 자리.
695) 빅셜: 배설(排設). 연회나 의식(儀式)에 쓰는 물건을 차려 놓음.

안져 근너지 못ᄒ여 셔로 붓들고 통곡ᄒ거날, 위공이 급피 나가 복지ᄒ
듸 皇后와 틱ᄌ 보시고 못닉 깃거ᄒ시며 눈물을 흘이시더니, 문득 남듸
로셔 ᄉ람의 쇼릭 나거날 놀닉 살펴보니 泰山이 잇셔 하날의 다흔 듯흔
지라. 위공이 皇后와 틱ᄌ을 모시고 열어 부인과 시녀을 다리고 그 산
즁으로 들어가니 천봉만학696)은 눈 압피 둘너난듸 발셥도 〃697)ᄒ여
들어가며 눈을 들어 보니 흔 초당이 뵈이거날 위공이 들어가 쥬인을
청ᄒ니 도ᄉ 초당의 안져다가 위공을 보고 급피 나와 쇼믹을 잡고,

"무슴 일노 이 깁푼 산즁의 오신잇가?"

위공 曰,

"국운이 불힝ᄒ와 意外의 난시698)을 당ᄒ오믹 황후와 틱ᄌ을 모시
고 와나이다."

ᄒ니 도ᄉ 경문699) 曰,

"어듸 계신잇가?"

"문 막계 〃신이다."

도사 曰,

"황후와 모든 부인은 안으로 모시고 틱ᄌ와 위공은 초당의 계시다가
평정 후의 황셩으로 가시게 ᄒ옵쇼셔."

ᄒ니 위공이 나와 황후와 모든 부인과 시녀는 안으로 모시고 틱ᄌ와
위공은 초당의

---

696) 천봉만학: 천봉만학(千峰萬壑). 천 개의 봉우리와 만 개의 골짜기, 즉 산이 깊음을 뜻함.
697) 발셥도 〃: 발섭도도(跋涉道途). 산을 넘고 물을 건너 길을 감.
698) 난시: 亂時. 어지러운 때.
699) 경문: 驚問. 놀라서 물음.

계셔 쥬야 셜워ᄒ더니,

일〃은 도ᄉ 산의 올나 쳔긔을 보고 ᄂᆡ려와 위공다려 왈,

"이졔는 평국과 보국이 도젹을 쇼멸ᄒ고 本國의 도라와 呂公을 셤기며 상공과 부인 영위을 빈셜ᄒ고 쥬야 통곡으로 지ᄂᆡ며 皇上계옵셔 皇后와 틱ᄌ의 존망을 아지 못ᄒ와 눈물로 지ᄂᆡ오니 급피 나가옵쇼셔."

ᄒ니 위공이 놀나 曰,

"僕이 평국의 아비 되ᄂᆞᆫ 줄을 엇지 아나잇가?"

도ᄉ 曰,

"ᄌᆞ연 아옵건이와 급피 나가옵쇼셔."

ᄒ고 ᄒᆞᆫ 장 봉셔을 쥬며 曰,

"이 봉셔을 平國과 輔國을 쥬옵쇼셔."

ᄒ고 길을 직쵹ᄒ니 魏公이 치하 왈,

"尊公의 덕틱으로 슈다 목700)슘을 보존ᄒ여 도라가오니 은혜 난망701)이압건이와 이 ᄯᅡ 지명은 무어시라 ᄒ나잇가?"

도ᄉ 왈,

"이 ᄯᅡ 지명은 翼州옵고 山名은 쳔명산702)이라 ᄒ옵건이와 生은 定處 읍시 단이난 사람이라 山水을 구경ᄒ여 단이옵다가 황후 틱ᄌ와 상공을 구ᄒᆞ랴 ᄒ옵고 이 山中의 왓습던니 이졔는 生도 ᄒᆞᆫ가지로 ᄯᅥ나 蜀中 名山으로 가랴 ᄒ오니 ᄎᆞ후는 다시 뵈올 날이 읍ᄉ오니 부ᄃᆡ 죠심ᄒ여 平安이 行次ᄒ옵쇼셔."

---

700) 목: 져본에는 '몸'으로 되어 있음.
701) 난망: 難忘. 잊기가 어려움.
702) 쳔명산: 져본에는 '쳔明山'으로 되어 있음.

ㅎ며 길을 직촉ㅎ니 위공이

도스계 하직ㅎ고 황후 퇴즈와 열어 부인을 모시고 졀벽 식이로 닉려
와 白雲洞 어구703) 나오니 젼의 보던 黃河 江이 잇거날 강가로 오며
젼일을 싱각ㅎ고 눈물을 흘이며 白沙場을 지나 龍鳳泰을 너머 富春洞
을 지나 五更樓의 와 一夜을 머무르고 이튼날 힝ㅎ여 波州 셩문 박긔
다〃르니 守門將이 문을 구지 닷고 군스로 ㅎ야금 문 曰,

"너의 힝식이 괴이ㅎ니 너희는 웃던 스람이관딕 힝식이 초〃704)ㅎ
요? 바로 일너 實情705)을 긔지 말나."

ㅎ고 셩문을 여지 안이ㅎ니 侍女와 魏公이 크계 쇼릭ㅎ여 왈,

"우리는 이번 난의 황후와 퇴즈을 모시고 피란ㅎ엿다가 지금 황셩으
로 가는 길이니 너희는 의심치 말고 셩문을 밧비 열나."

ㅎ니 군스 이 말 듯고 관슈706)의계 급피 아뢴딕, 관슈 놀나 급피 나
셩문을 열고 복지ㅎ여 엿즈오딕,

"과연 모로옵고 문을 더딕 열어스오니 죄을 당ㅎ여지이다."

퇴즈와 위공이 왈,

"스셰 글러할 듯ㅎ니 과염치 말나."

ㅎ시고 관으로 들어갈식 관슈 일힝 다 모셔 관딕ㅎ여 일번 황셩으로
장문ㅎ이라.

---

703) 어구: 저본에는 '於口'로 되어 있음. 곧 어귀. 드나드는 목의 첫머리.
704) 초〃: 草草. 갖출 것을 다 갖추지 못하여 초라함.
705) 實情: 저본에는 '실情'으로 되어 있음. 실정. 실제의 사정이나 정세.
706) 관슈: 관슈(關首). 관문의 수장(首長).

이젹의 쳔즈는 황후와 틱즈 죽

은 줄 알고 闕內707)의 神位을 비셜ᄒ고 졔ᄒ시며 쳬읍ᄒ시더니, 이쩍 관장이 장문을 올여거날 ᄶ텨여 보니,

「魏國公 洪武 황후와 틱즈을 모시고 南關의 와 유ᄒ나이다.」

ᄒ여거날 쳔즈 보시고 一喜一悲ᄒᄉ 즉시 계월을 알게 ᄒ니 계월이 〃 말을 듯고 딕희ᄒ여 즉시 죠복을 입고 闕內예 들어가 복지 ᄉ은ᄒ디 쳔즈 반기ᄉ 왈,

"경의 부와 경을 하날이 짐을 위ᄒ여 닉셔쪼다. 이번 위국공이 황후을 보호708)ᄒ여 목슘을 보존케 ᄒ여스니 은혜을 무어스로 갑푸리요?"

ᄒ시니 桂月이 돈슈 쥬 曰,

"이ᄂᆞᆫ 다 陛下의 널부신 덕으로 하날이 살피ᄉ 웃지 신의 아비 공이라 ᄒ오릿가?"

ᄒ고 즉시 위의을 갓초와 승상 보국으로 ᄒ야금 보닉이라.

쳔즈 졔신을 거나여 요지연의 지딕ᄒ시고709) 계월은 大元帥710)의 위의을 ᄎ려 落成關ᄭᅡ지 연졉711)ᄒ랴 ᄒ고 나간나라.

이쩍 보국이 南關의 다〃나 위공 냥위와 모부임게 복지 통곡ᄒ디 위공 이 승상의 손을 잡고 쳬읍 왈,

---

707) 闕內: 져본에는 '궐內'로 되어 있음.
708) 호: 져본에는 '호'로 되어 있음.
709) 지딕ᄒ시고: 미상. 문맥상 '기다리시고'의 뜻으로 보임.
710) 大元帥: 져본에는 '딕元帥'로 되어 있음.
711) 연졉: 연접(延接). 곧 영접(迎接). 나아가 맞이함.

"하마터면 너을 보지 못할 번ᄒ여ᄊᆞ다."

ᄒ고 비창함을 마지 안이ᄒ더라.

이튿날

85면

황후와 틱ᄌᆞ을 옥연712)의 모시고 두 부인은 금덩을 타시고 츈랑 양뉸이며 모든 시여는 교ᄌᆞ을 틱와 좌우의 시위ᄒ고 위공는 金鞍駿713)馬의 두렷시 안져ᄉᆞ며 三千 宮女 녹의홍상ᄒ여 황쵹714)을 들어 연과 덩을 옹위ᄒ고 좌우의 풍유을 세우고 승상은 그 뒤의 군ᄉᆞ을 거나려 오니 그 찰난함을 웃지 층양ᄒ리요.

ᄊᆞ논 지 三 日 만의 落成關의 다〃르니, 이ᄯᅥ 桂月이 낙성관의 와 딕후715)ᄒ엿다가 황후 힝ᄎᆞ 오심을 보고 급피 나가 연졉ᄒ여 모시고 平安이 힝ᄎᆞᄒ심을 문후ᄒ고 물너나와 媤716)母 前의 복지 통곡ᄒ니 위공과 두 부인이 계월의 손을 잡고 체읍ᄒ며 일희일비ᄒ더라.

종야토록 졍의을 셜화ᄒ고 잇튼날 길을 ᄊᆞ나 쳥운관의 다〃르니 쳔ᄌᆞ 딕상717)의 좌긔ᄒ시고 황후을 마질식 상하 일힝이 딕하의 일으려 복지ᄒᆫ딕 쳔ᄌᆞ 눈물을 흘이시며 피란ᄒ던 ᄉᆞ연을 무르시니 황후와 틱ᄌᆞ 고상ᄒ던 ᄉᆞ연을 낫〃치 고달718)ᄒ며 위공이 만나던 말을 ᄌᆞ

---

712) 옥연: 옥련(玉輦). 연을 높여 이르던 말. 연은 임금이 거둥할 때 타고 다니던 가마. 옥개(屋蓋)에 붉은 칠을 하고 황금으로 장식하였으며, 둥근기둥 네 개로 작은 집을 지어 올려놓고 사방에 붉은 난간을 달아 놓았음.
713) 駿: 저본에는 '俊'으로 되어 있음.
714) 황쵹: 黃燭 곧 밀초. 밀랍으로 만든 초.
715) 딕후: 대후(待候). 웃어른의 명령을 기다림.
716) 媤: 저본에는 '侍'로 되어 있음.
717) 딕상: 대상(臺上). 높은 대의 위.
718) 고달: 告達 어떤 사실에 대하여 알려 줌.

셰이 고ᄒᆞ니 쳔ᄌᆞ 들시고 위공계 치ᄉᆞ 曰,

"경곳 안이던들 황

86면

후와 틱ᄌᆞ을 웃지 다시 보오리요?"

ᄒᆞ시며 무슈이 ᄉᆞ례ᄒᆞ시니 위공 부부 층ᄉᆞᄒᆞ고 믈너나오니라.

이날 쩌나 쳔ᄌᆞ 션봉이 되야 환궁ᄒᆞ시고 궁궐을 다시 지어 예와 갓치 번화ᄒᆞ며 무슈이 질기시더라.

일〃은 위공이 계월과 보국을 불너 道士의 봉셔을 쥬거날 쩌여 보니 이ᄂᆞᆫ 先生의 筆跡이라. 그 글의 ᄒᆞ여스되,

「一片 封書을 平國과 보국의게 부치ᄂᆞ이, 슬푸다 명현동의셔 흔가지로 공부ᄒᆞ던 졍이 빅운동것지 밋쳐쏘다.719) 흔 번 이별흔 후로 졍쳐 읍시 바린 몸이 山野 寂寞흔 디 쳐ᄒᆞ여 단이면셔 너희을 싱각ᄒᆞᄂᆞᆫ 졍이야 웃지 다 층양ᄒᆞ랴만은 노인의 갈 길이 万 里의 막켜스니 슬푸다 눈물이 학창의720)예 져〃쏘다. 이후는 다시 보지 못할 거시니 부디 우희로 쳔ᄌᆞ을 셤게 충셩을 다ᄒᆞ고 아리로 부모을 셤겨 효셩을 다ᄒᆞ여 글이던 유한을 풀고 부디 무양이 지니라.」

ᄒᆞ려거날 平國, 輔國이 보기을 다ᄒᆞ민 체읍ᄒᆞ며 그 은혜을 싱각ᄒᆞ여 공즁을 向ᄒᆞ여 무슈이 치하ᄒᆞ더라.

이쩍 쳔ᄌᆞ 위공의 베슬을 승품721)ᄒᆞ

---

719) 빅운동것지 밋쳐쏘다: 저본에는 '빅운갓치 즁ᄒᆞ도다'로 되어 있으나, 문맥이 자연스럽지 않으므로 단국대 103장본(179면)을 따름. 백운동은 위공 등이 피난해 도사를 만난 곳임.

720) 학창의: 鶴氅衣. 소매가 넓고 뒤 솔기가 갈라진 흰옷의 가를 검은 천으로 넓게 댄 옷.

721) 승품: 陞品. 원래는 '직위가 종삼품 이상의 품계에 오르는 것'을 의미하나 여기에서는 '벼슬이 오른 것'의 의미로 쓰임.

실시 洪武로 楚王을 봉ᄒᆞ시고 呂公으로 吳王을 봉ᄒᆞ시고 치단을 만이 상ᄉᆞᄒᆞ시며 가로ᄉᆞ디,

"오초 양국이 政事 폐혼 지 오라오미 급피 치722)힝723)ᄒᆞ여 가 國事을 다ᄉᆞ리라."

ᄒᆞ시고 길을 지쵹ᄒᆞ시니 오초 兩王724)이 황은을 축ᄉᆞᄒᆞ고 물너 나와 치힝을 ᄎᆞ려 ᄯᅥ날ᄉᆡ 부ᄌᆞ 부녀 셔로 이별ᄒᆞᄂᆞᆫ 졍이 비할 ᄃᆡ 읍더라.

이젹의 승상 보국이 나희 四十五 歲 三男一女을 두여ᄉᆞ니 영민725)춍726)혜727)ᄒᆞᆫ지라. 長子로 吳國 ᄐᆡᄌᆞ을 봉ᄒᆞ여 보니고 次子은 姓을 洪이라 ᄒᆞ여 楚國 太子을 봉ᄒᆞ여 보니고 三子는 공문거족728)의 셩췌729)ᄒᆞ여 베슬할ᄉᆡ 츙셩으로 님군을 셤기고 百姓을 仁義로 다ᄉᆞ리넌지라.

이ᄯᅢ 天子 聖德ᄒᆞᄉᆞ 時和730)年豐731)ᄒᆞ고 百姓이 擊壤歌732)을 불르고 함포고복733)ᄒᆞ니 山無도젹ᄒᆞ고 道不拾遺734)ᄒᆞ여 堯之日月이요 舜之乾坤이라.

계월의 子孫이 디 ″ 공후작녹을 누리고 至于万世ᄒᆞ여 傳之無窮ᄒᆞ니 이

---

722) 치: 저본에는 '쳑'로 되어 있음.
723) 치힝: 치행(治行). 길 떠날 여장(旅裝)을 준비함.
724) 兩王: 저본에는 '양王'으로 되어 있음.
725) 영민: 英敏. 영특하고 민첩함.
726) 춍: 저본에는 '츙'으로 되어 있음.
727) 춍혜: 聰慧. 총명하고 슬기로움.
728) 공문거족: 公門巨族. 명망 있는 이름난 집안.
729) 셩췌: 성취(成娶). 장가를 들어 아내를 얻음.
730) 和: 저본에는 '化'로 되어 있음.
731) 時和年豐: 시화연풍. 나라가 태평하고 풍년이 듦.
732) 擊壤歌: 격양가. 풍년이 들어 농부가 태평한 세월을 즐기는 노래. 격양(擊壤)을 놀이의 일종으로 보는 설도 있음.
733) 함포고복: 含哺鼓腹. 잔뜩 먹고 배를 두드린다는 뜻으로, 먹을 것이 풍족하여 즐겁게 지냄을 이르는 말.
734) 道不拾遺: 저본에는 '도부습유'로 되어 있음. 도불습유. 길에 떨어진 물건을 줍지 않는다는 뜻으로, 백성이 순후함을 이르는 말.

련 장ᄒ고 긔이ᄒᆫ 일이 ᄯᅩ 잇스이요. 뒤강 긔록ᄒ여 世上 사람을 뵈이게 함이라.

88면

ᄎ문을 셧틀녀 지식이 츤단735)ᄒ여 오즉 낙셔가 만이 되야스니 보는 남원이 짐작ᄒ여 보시옵

89면

庚戌736) 二月 一五日 終胎封册

경슐 이월 일오일 죵이라.

---

735) 츤단: 촌단(寸斷). 짧음.
736) 戌: 저본에는 '戍'로 되어 있음.

* 교감 대상 이본 목록

한중연 소장 45장본, 국한문혼용 필사본
한중연 소장 35장본, 국문 필사본
한중연 소장 47장본, 국문 필사본
한중연 소장 49장본, 국문 필사본
한중연 소장 60장본, 국문 필사본
한중연 소장 73장본, 국문 필사본
단국대 소장 103장본, 국문 필사본
단국대 소장 113장본, 국문 필사본
연세대 소장 41장본, 국문 필사본

제3부 〈홍계월전〉에 대하여

1. 여성우위형 여성영웅소설 〈홍계월전〉

〈홍계월전〉은 〈정수정전〉과 함께 대표적인 여성영웅소설로 손꼽히는 소설이다.1) 여성영웅소설은 남성에 못지않은 능력을 지닌 여성이 남성을 보조하거나, 남성과 대등한 활약을 하거나, 또는 남성을 압도하는 모습을 그려낸 소설군이다. 이에서 보듯 이 소설군은 서사에서 여성이 남성과 맺는 관계를 전제로 하고 있다. 이 가운데 〈홍계월전〉은 여성이 남성을 압도하며 조롱하는 내용이 대부분인 여성우위형 소설이다.

대개의 다른 여성영웅소설과 마찬가지로 〈홍계월전〉도 작가를 알 수 없고, 19세기경에 지어진 것으로 추측된다. 전쟁터에서 활약하는 모습이나 가문의 몰락을 초래한 인물에 대해 복수를 하는 모티프 등이 남성영웅소설과 흡사한데, 이러한 면을 보면 남성영웅소설의 흥행 성공을 목도한 전문 작가들이 흥행을 노리고 남성 대신 여성을 주인공으로 한 소설을 창작했을 가능성을 조심스레 추정해 볼 수 있다.

〈홍계월전〉은 여성우위형 여성영웅소설의 특징이 잘 드러나 있는 소설이다. 그 특징은 곧, 여복(女服) 대신 남복(男服)을 입는 모티프가 등장한다는 점, 전쟁터에서의 활약이 두드러진다는 점, 배우자인 남자를 압도하며 조롱한다는 점, 천자를 포함한 남자들과의 관계에서 지배적인 위치를 차지한다는 점, 자신이 남자가 되지 못한 것을 분하게 여긴다는 점 등이다.

〈홍계월전〉은 남성영웅소설의 서사 구조를 가져오면서 그 주인공을

---

1) 이 해제는 필자의 기존 글인 「홍계월-남자가 되고팠던 알파걸」(『우리 고전 캐릭터의 모든 것 2』, 휴머니스트, 2008)을 중심으로 하되 해제 체제에 맞도록 대폭 보완한 것임을 밝힌다.

여자로 바꾼 결과 이러한 모습을 보여주는데, 이와 같은 서사적 특징은
독자에게 남성영웅소설과는 또 다른 재미를 선사했을 수 있다. 플롯은 남
성영웅소설과 유사하므로 낯익지만, 남자 대신 여자로, 그것도 강한 여자
로 바뀐 캐릭터는 낯설다. 이처럼 플롯과 캐릭터가 절묘하게 결합됨으로
써 낯익으면서도 낯선 서사가 탄생된 것이다. <홍계월전>을 읽는 묘미는
이런 데서도 찾아볼 수 있을 것이다.

　이 책에서는 <홍계월전>의 이본 가운데 한중연 45장본을 저본으로 하
였다. <홍계월전>의 선본(善本)을 두고 한중연 45장본인지, 단국대 103장
본인지에 대해 연구자들 사이에 논의가 분분하다.2) 그런데 이는 전체 이
본을 대상으로 검토가 수행되지 않은 상태에서 도출된 결과들이다. 따라
서 전체 이본을 대상으로 치밀한 검토가 이루어지기 전에는 선본(善本),
혹은 선본(先本)으로 획정하는 문제는 보류할 수밖에 없다.3)

　다만, 이 책에서 단국대 103장본보다 한중연 45장본을 저본으로 택한
이유는 한중연 45장본이 활자본의 저본이 되었다는 점을 중시한 결과이
다. 활자본은 한중연 45장본을 저본으로 삼고 다른 본을 활용해 제작된
것으로 추정되는데, 한중연 45장본은 활자본에 비해 생략된 곳이 적
다.4) 이 점이 한중연 45장본이 지니는 특장이라 할 수 있다. 활자본은
기존에 유통되던 필사본 등에서 흥미가 있는 소설을 대상으로 하여,
작품 가운데에서도 흥미로운 부분을 중심으로 편집하는 경향이 강하

---

2) 박경원은 14종, 이인경은 11종을 검토한 결과 한중연 45장본을 선본(善本)으로 보았고, 정준식은 16종을
　검토한 결과 단국대 103장본을 선본(善本)으로 보았다. 박경원, 「〈홍계월전〉의 구조와 의미」, 부산대 석사
　논문, 1991; 이인경, 「〈홍계월전〉 연구-갈등 양상을 중심으로」, 『관악어문연구』 17, 서울대 국어국문학과,
　1992; 정준식, 「〈홍계월전〉 이본 재론」, 『어문학』 101, 2008.
3) 해제자는 현재 9종 정도의 이본을 보았는데, 이를 토대로 이본의 관계를 탐색하기에는 무리이다. 추후에 면
　밀한 검토를 할 예정이다.
4) 정준식, 앞의 글, 262면.

다. 이는 즉 독자의 기호에 부합하는 소설을 제작함으로써 상업성을 극대화하려는 의식의 소산이다. 따라서 활자본은 필사본, 방각본보다 많은 사람들이 접하기 쉬웠던 간행 방식이었다. 선본(善本)이나 선본(先本)을 따지는 것은 물론 중요한데 그에 못지않게 중요한 것은 얼마나 대중적으로 선호를 받았는지를 따지는 것도 중요하다. 이러한 면에서 모든 이본 연구자들이 활자본의 선행본으로 한중연 45장본을 지목한 상황에서 한중연 45장본을 저본으로 삼은 것은 의미가 있다 할 것이다.

2. 남장 여자의 삶 - 서사의 전개

<홍계월전>의 서사를 간략하게 소개하면 다음과 같다.

홍계월은 벼슬하다 신하들의 시기를 받아 삭탈관직되어 고향인 형주로 내려온 홍무와 그의 아내 양씨 사이에서 무남독녀로 태어난다. 그녀가 태어날 때 선녀가 내려와 그녀를 씻어 준다. 이후 홍무는 강호 땅의 곽 도사가 계월의 관상을 보고 다섯 살에 부모를 이별하고 열여덟 살에 재회한다고 하자, 걱정이 되어 계월에게 남자 옷을 입힌다.

계월이 다섯 살이 되었을 때 장사랑의 난이 일어나 계월은 친구를 만나러 갔던 아버지 홍무와 헤어지고, 어머니 양씨와 계월은 수적(水賊) 장맹길 일당을 만나 양씨는 붙잡히고 계월은 강물에 빠뜨려진다. 양씨는 도적 소굴에 갔다가 먼저 잡혀와 장맹길의 아내가 되어 있던 춘랑의 도움으로 춘랑과 함께 도망쳐 나와 절에 가 여승이 되고, 계월은 무릉 땅의 여공에게 구조되어 그 아들 보국과 함께 양육되다가 곽 도사 밑에서 보국과 더불어 수학한다.

홍무는 산중에서 장사랑에게 잡혀 그의 강요로 부하가 되어 황성으로 진격하였으나 천군에게 패해 잡혀서 외딴 벽파도로 홀로 귀양 간다. 벽파도에서 짐승처럼 생활하던 홍무는 꿈에 나타난 중의 지시로 벽파도에 온 아내 양씨를 만나 함께 생활하며 계월을 그리워한다.

한편 계월은 곽 도사 밑에서 수학하던 중 스스로 이름을 평국이라 고친다. 두 사람은 동갑이지만 능력의 차이가 있어서 평국이 배운 내용을 훨씬 빨리 터득한다. 열다섯 살에 과거를 보아 평국이 장원으로, 보국이 2등으로 급제한다. 북방 도적이 강성해 나라가 위태로울 것이라는 곽 도사의 말에, 잠시 말미를 얻어 내려왔던 두 사람이 급히 황성으로 향하고 곽 도사는 평국에게 쓸 때가 있을 것이라며 봉서(封書)를 준다.

과연 서관, 서달이 악대, 철통골과 연합해 반란을 일으키자 평국이 대원수에, 보국이 중군 대장에 임명되어 출전한다. 전투 중에 보국이 자청해 적장과 싸우다 죽을 위기에 처한다. 평국이 구해 주고서 보국을 베려 하나 장수들의 청으로 용서한다. 평국이 죽을 위기에 처했다가 곽 도사가 준 봉서 덕에 위기에서 벗어나고 도망가는 적을 쫓아 벽파도에 가 헤어진 부모를 만난다.

평국이 우연히 병이 들었다가 어의의 진맥을 받는데, 어의가 돌아가 임금에게 평국이 여자인 것 같다고 고한다. 평국은 자신의 정체가 드러났을 것으로 짐작하고 부모에게 규중(閨中)에 숨어 부모를 모시고 평생을 보내겠다 하고 비로소 여자 옷으로 갈아입고 눈물을 흘린다. 계월이 상소를 올려 자신의 정체를 밝히고 임금 속인 죄를 다스리라고 하나 임금이 오히려 감탄하고 계월을 칭찬하며 계월의 벼슬을 유지시킨다.

임금이 계월을 보국에게 시집보내려 하자 계월이 부모 앞에서 눈물을 흘리며 마지못해 허락한다. 계월이 혼인 전에 마지막으로 군례를 행하고 싶다는 뜻을 보여 임금에게 허락받고서 군례를 행하면서 보국을 조롱한다. 계월이 혼인을 하고서 자신을 보고도 요동하지 않는 보국의 애첩 영춘을 죽여 버린다. 보국이 이에 화가 나서 여공에게 이르는데 여공은 오히려 보국을 만류하며 타이른다. 보국이 분을 참지 못해 계월의 방에 들지 않고 계월은 보국을 비웃으며 자신이 남자가 되지 못한 것을 한으로 여긴다.

오왕과 초왕이 연합해 반란을 일으키자 계월이 다시 대원수로 출전하게 되고 계월은 보국을 중군장으로 부른다. 보국은 출전하고 싶지 않았으나 마지못해 나아가 평국 앞에 엎드린다. 보국이 전투 중에 죽을 위기에 처하자 평국이 또 구해 돌아와서 보국을 꾸짖고 무수히 조롱한다.

적들이 계교를 부려 장맹길 등이 황성에 들어가 불을 지르고 임금을 쫓아가니 임금이 항서를 쓰게 될 위기에 처한다. 평국이 천기를 살펴보고 임금이 위기에 처한 것을 알고 필마로 달려가 적을 무찌르고 임금을 구해 황성으로 간다. 평국이 적을 차례로 목 베고 장맹길을 자신의 원수라 하여 꾸짖고 살을 서서히 도려내 죽이자 임금이 칭찬을 한다. 보국도 오초 양왕에게 항복을 받고 개선한다. 임금이 계월에게 적장인 것처럼 꾸며 보국을 속이라 한다. 계월이 바로 자신의 뜻이라 하고 기뻐하며 보국을 속여 그를 사로잡자 보국이 우니, 계월과 임금이 모두 웃는다. 한편, 난리 중에 황후와 황태자가 성에서 사라졌는데, 이들은 역시 피란 중이던 홍무와 양씨가 보살피다가 후에 임금 앞에 나오니 임금이 기뻐한다.

이후 보국과 계월의 복록이 무궁하였다.

3. 동갑내기 남자 보국과의 대결 구도

홍계월의 영웅성은 작품에 등장하는 남성인물들과의 대비적 모습에서 주로 구현된다는 점이 특징이다. 그 남성인물들은 임금, 시부인 여공, 동문수학한 보국 등이다. 나이와 신분을 가리지 않고 스펙트럼이 다양함을 알 수 있는데, 이는 그만큼 계월이 어느 남성과 겨루어도 우위에 있음을 잘 보여주는 설정이다. 그 가운데에서도 보국과의 대비적 모습은 남성을 압도하는 계월의 강인한 모습을 부각하기에 충분하다.

작품에서 계월과 보국은 동갑내기로 설정되어 있다. 이는 동일한 선상에서 경주를 시작함을 의미한다. 이들의 스승은 역시 곽 도사로 같다. 그리고 배우는 내용도 같다. 보국은 계월의 동학으로서 작가에 의해 의도적으로 설정된 남성이다. 이제 이들은 이러한 잘 짜인 각본 아래에서 경마장의 말처럼 경주를 시작하게 된다.

계월과 보국은 우선 이름에서 그 상징성이 드러나 있다. 계월은 보국의 아비 여공에게 구조되어 곽 도사에게서 수학하면서 스스로 이름을 고치는데 그 이름은 바로 평국이다. 보국(輔國)과 평국(平國), 보국은 나라를 돕는다는 뜻이고, 평국은 나라를 고르게 한다는 뜻이다. 평국에는 국가를 통치한다는 의미가 담겨 있으니 보국보다 능력이 뛰어나다는 것이 함의되어 있다. 계월이 스스로 평국으로 이름을 고친 것은 보국에 대한 이와 같은 자신감을 바탕으로 한 것이며, 더 나아가 세상을 경륜하겠다는 포부를 드러낸 것이다.

계월과 보국은 그 능력의 차이가 현저하다. 곽 도사가 두 사람에게 풍운(風雲)이 변화하는 술법을 배우라며 책을 한 권씩 주는데 계월은 석 달

만에 달통하나 보국은 일 년을 배워도 통달하지 못한다. 이에 도사는 '평국의 재주는 금세(今世)의 제일'이라며 칭찬한다

두 사람의 능력 차이는 과거장에서도 보인다. 계월은 과거장에서 답안을 가장 먼저 내나 보국은 두 번째로 낸다. 또한 계월은 장원을 하나 보국은 2등을 한다. 보국은 순발력과 능력 면에서 간발의 차이로 계월에게 밀리지만, 사실 이는 큰 차이다. 보국은 남보다는 앞서나 계월에 비해서는 한참 떨어지는 남자로 등장함으로써 계월의 능력을 돋보이게 하고 있는 것이다.

전쟁터에서 적장과 싸우는 모습이나 두 사람이 맞붙어 싸우는 장면에서도 이들의 능력 차를 실감할 수 있다. 계월은 첫 번째 전쟁 중 적장 악대와의 싸움에서 우세한 모습을 보이나 보국은 다음날 있었던 전투에서 적의 꾐에 빠져 죽을 뻔하다가 계월의 도움으로 살아남는다. 오왕, 초왕과 겨룬 두 번째 전쟁에서도 보국이 적과 싸워 죽을 뻔했으나 계월의 도움으로 살아남는다. 또한 임금의 부추김으로 계월이 적군인 것처럼 하여 보국과 싸우면서 보국을 골탕 먹이는 장면에서도 계월의 우월성을 엿볼 수 있다.

작가는 이처럼 보국이 계월과 충돌하는 다양한 삽화를 설정하였는데, 보국은 계월의 우수성을 드러내기 위한 하나의 도구로 전락하였음을 알 수 있다. 그리고 여기에서 보국이라는 한 남성은 전체 남성을 대신한 것인바, 보국은 제유성을 지닌 인물임을 또한 인식할 수 있다. 작가는 보국으로 대표되는 남성과의 대결을 통해 계월로 대표되는 여성의 우위를 보여주고 있는 것이다.

4. 남자가 되기를 지향한 여자

계월의 행위를 찬찬히 음미해 보면 그녀는 분명 남자가 되고 싶었다. 이러한 면은 작품에서 복장이 지니는 상징성, 출장입상의 모습, 천자와의 대비 등에서 잘 드러나 있다.

남자가 되고 싶은 그녀의 욕구는 우선 남복 착용에서 상징적으로 드러나 있다. 비록 그녀가 남복(男服)을 입게 된 계기가 액운을 막기 위한 부모의 뜻 때문이었고 남복 착용은 혼인과 함께 끝이 났지만, 그녀의 남복 착용은 그녀의 운명을 결정짓는 중요하면서도 매우 진지한 행위였다. 남복을 통해 그녀는 여자로서는 도저히 할 수 없는 남자의 역할을 할 수 있었고 그것은 그녀에게 대단한 위안을 주었기 때문이다.

그녀는 혼인과 함께 남복을 착용하지 못하게 되면서, 대신 조복(朝服)을 착용한다. 남복(男服)과 조복은 사실 이 소설에서 동일한 상징적 의미를 담고 있다. 계월이 남복을 통해 바깥 세상으로 나간 것처럼 조복을 통해 바깥 세상으로 나가 조회를 할 수 있게 되었다. 여성이 담당해야만 했던 안[內]을 벗어나 남성의 영역인 밖[外]으로 진출하게 된다는 것의 상징이 바로 남복과 조복이다.

군복(軍服) 역시 조복과 마찬가지로 남복의 대체물인데, 조복보다 남성성을 더욱 강하게 지닌 옷이다. 계월은 혼인 전까지는 평상시에 남복을 착용하다가 전쟁에 출전해서는 군복을 착용했다. 이러한 면모는 혼인 후의 전쟁 출전에서도 마찬가지였다. 이 소설에서 조복 착용이 남성의 세계에 '참여'한다는 소극적인 의미를 담고 있다면, 군복 착용은 남성을 '지배'한다는 적극적인 의미를 담고 있다.

드디어 길일이 되어 혼례를 행하게 되었다. 계월이 푸른 윗옷에 붉은 치마로 단장을 하고 시비 등이 좌우에서 도와 나오는 거동이 엄숙했고, 계월의 아름 다운 태도와 침착한 모습은 당대의 제일이었다. 또한 장막 밖에는 장수와 군 졸들이 갑옷과 투구를 갖추고 깃발과 창을 좌우에 갈라 세우고 지키고 있었 는데 그 대열의 엄숙함은 이루 헤아릴 수 없었다. (60면)

계월이 혼례를 치르는 장면이다. 앞부분에서는 여성으로서의 모습을 묘사하였고 뒷부분에서는 그녀가 장수임을 묘사하였다. 비록 계월이 군 복을 착용하지는 않았지만 제장 군졸이 지키고 서 있다는 구절을 통해 그녀의 '남성적' 위엄을 짐작할 수 있다.

그런데 계월은 군복을 착용하지 않은 상태에서도 마치 군복을 착 용한 것처럼 행동하기도 했다. 혼례를 막 치르고 중문(中門)을 나오는 데 보국의 애첩 영춘이 자신을 보고도 예를 차리지 않자 군졸을 시켜 베어 버리게 하는 것이다. 이때에는 군복이 아닌 여복을 입은 상태였 다. 이는 복장이 가져다 주는 제약을 벗어난 경지로서, 계월이 자신의 정체성을 분명 여성이 아닌 남성으로 인식하고 있음을 보여주는 예 라 하겠다.

계월은 이처럼 몸은 여성이지만 정신은 남성으로 살아간다. 이러한 면 은 이름에서도 알 수 있다. 계월은 평국이라는 이름을 스스로 짓는데, 이 는 중요한 상징적 의미를 내포하고 있다. 즉, 남성으로 살아가겠다는 뜻 이 내포되어 있는 것이다. 계월이 여성용 이름이라면 평국은 남성용 이름 이다.

계월의 남성적 모습은 실로 다양하게 드러나 있다. 과거에 장원 급 제하여 후에는 왕까지 된다. 부모는 계월 덕분에 위국공과 정렬 부인 에 봉해지고 후에는 초왕과 왕비에까지 이른다. '몸을 세워 도를 행하고 후세에 이름을 날려서 부모를 드러내는 것이 효의 마침이다. 立身行道, 揚名於後世, 以顯父母, 孝之終也'라는 『효경(孝經)』의 구절을 들지 않더라도 계월의 행위는 유교적 효를 전형적으로 구현한 것이라 할 수 있다.

이러한 계월의 남성적 모습은 영웅적 모습으로 바꿔 말할 수 있다. 이러한 계월의 권위 앞에서 천자도 굴복을 하는 것으로 묘사되어 있다.

> 임금께서 진 밖에 이르니 수문장이 진의 문을 굳이 닫으므로 전두관이 소리를 질렀다.
> "천자께서 이곳에 거둥하셨으니 진문을 어서 열라."
> 이에 수문장이 말했다.
> "군대 안에서는 장군의 명령을 듣고 천자의 명령은 듣지 않는다고 했으니 장군의 명이 없이 문을 열겠소?"
> 이렇게 말하니 천자가 조서를 전하셨다. 원수가 천자 오신 줄을 알고 진문(陣門)을 크게 열고 천자를 맞으니 수문장이 천자께 아뢰었다.
> "진 안에서는 말을 타고 달리지 못하나이다."
> 이에 천자께서 홀로 말을 타고 장대(將臺) 아래에 이르시니, 원수가 급히 장대에서 내려 오랫동안 읍을 하고 말했다.
> "갑옷 입은 군사는 절을 못하나이다."
> 그러고서 땅에 엎드리니 임금께서 칭찬하셨다. (33면)

이 장면이 없는 이본이 있기도 하지만, 이 이본에 한정해 볼 때 이 부분은 말 그대로 천자의 굴욕이라 불러도 무방하다. 물론 군대 안에서는 장군의 명령만 듣고 천자의 명령은 듣지 않는다는 구절은 다른 역사서나 소설에서 종종 나오는 표현이나, 이처럼 천자를 굴복시키는 장면, 즉 천자에게 문을 열어주지 않고, 혼자 들어오게 하며 절을 하지 않는 장면 등만 시리즈로 나오는 경우는 드물다.

천자가 계월의 권위를 돋보이게 이용(?)된 장면은 이외에도 더 있다.

계월이 첫 번째 전쟁에서 이기고 돌아왔을 때 천자가 들판에까지 환영하러 나와서 계월의 승전을 축하하기 위해 30리 길을 걸어간다는 설정이나, 두 번째 전쟁에서 계월이 적을 물리쳤을 때 임금이 스스로 중군장이 되는 장면 등을 들 수 있다. 보국이 가정 안팎으로 계월의 영웅성을 돋보이게 하는 역할을 하는 남성이라면 천자는 바깥에서 그러한 역할을 하는 남성임을 알 수 있다.

5. 남자가 될 수 없는 여자 - 서사적 의미

계월은 가문을 빛내려는 의식과 공맹(孔孟)의 행실을 배우려는 생각이 있었고 사실 어느 정도는 그러한 자신의 생각을 실행했으나 완벽하게는 하지 못했다. 그렇게 하지 못하게 된 결정적인 조건은 바로 그녀가 여자라는 이유 때문이었다. 그 조건은 그녀로서는 어찌할 수가 없는 천형과 같은 것이었다.

그녀는 여자이기 때문에 평생을 홀로 있으며 부모를 모시다가 죽은 후에 남자가 되어 공맹(孔孟)의 행실을 배우려 했다고 말한다. 계속 남자로 살아왔으나 어의가 진맥한 것을 계기로 자신이 여자임이 탄로날 것을 슬퍼해 눈물을 흘린다. 그녀는 여자이기 때문에 남자를 섬기며 살아야 한다는 말을 하며 눈물을 흘리고 남자가 못 된 것을 한으로 여긴다. 또 자신이 영춘을 죽인 일로 보국이 자신의 방에 들어오지 않자 보국을 비웃으면서 자신이 남자가 되지 못한 것을 한으로 여긴다.

그렇다면 그녀는 왜 여자를 버리고 남자로 살고 싶어했을까? 그녀에게 세상은 남자의 것이었다. 세계는 남자 중심으로 돌아갔다. 가문을 빛내고 공맹의 행실을 배우는 사람도 남자고, 전쟁터에 나가 공을 세워 부모의 이름을 드날리는 것도 남자다. 자신이 아무리 능력이 있어도 여자가 할 수 있는 일은 없었다. 정확히 말해 '밖'에 나가 여자가 할 수 있는 일은 없었다. 작품의 끝에는 보국의 자손이 몇 명이라는 식으로 서술이 되어 있는데, 그러한 서술 역시 세계의 남성중심적 속성을 보여주는 일례다.

비록 계월이 남자와 여자라는 '차이'가 '차별'로 연결되지 않도록 갖은 애를 다 썼지만, 강고한 세계의 질서는 한 자그마한 여자의 소망대로 돌아가지는 않았다. 계월이 보국과 혼인한 후 보국이 전장의 싸움에서 패해 돌아오자 "저러고서 평소에 남자라고 칭하겠는가?"라고 힐문하는 장면이나 임금의 부추김으로 거짓으로 보국과 겨뤄 보국을 이기고서 보국의 멱살을 잡고 끌고 다니는 장면은 그러한 소망이 꺾인 여자 계월의 한과 울분이 고스란히 담겨 있는 장면이다.

계월은 결국 남자로 살 수 없었다. 끝내는 보국을 '섬겨야' 하는 여자로 돌아가야만 했다. 남자를 쥐락펴락한 것은 한바탕 꿈과 같았다. 그러나 우리가 주목해야 할 것은 한바탕 꿈을 꾼 것이 비록 남성중심적인 세계에 대한 선망을 중심으로 한 결과이지만, 한편으로 그 이면에는 무능한 남자에 대한 비판과 아울러 능력 있는 여자가 자아를 펼치지 못하는 시대적 한계에 대한 아쉬움도 부분적으로나마 스며들어 있다는 점이다.

주인공 홍계월은 자신이 남자가 되지 못한 데 대해 깊은 실망을 하고 남자를 이기려고 한다. 그러나 그것은 자신이 여자임을 철저히 인식하는 데서 온 결과는 아니다. 즉 남자와의 관계에서 여자가 처해 있는 질곡을 뼛속 깊이 각성하여 나온 행위가 아니라 여자를 거부하고 세상을 지배하는 남자를 향해 가려는 데서 나온 행위이다. 이러한 면에서 홍계월은 <방한림전>의 영혜빙처럼 여자로서의 자기 정체성을 뚜렷이 지닌 인물5)은 아니라는 점에서 한계를 지닌다. 그렇지만, 여자로서 남자와의 이율배반적 관계, 즉 남자보다 능력이 있는데 남자에게 복종해야 하는 관계를 어렴풋이나마 고민하는 모습이 드러난다는 점은 의의가 있다. 전형적인 통속소설 <홍계월전>의 서사적 의미는 이런 데서 찾을 수 있지 않을까 한다.

---

5) 영혜빙과 관련해서는 다음의 글을 참조할 수 있다. 장시광, 「〈방한림전〉에 나타난 동성결혼의 의미」, 『국문학연구』 6, 국문학회, 2001.

장시광

홍익대학교 국어국문학과를 졸업하고 서울대학교 대학원 국어국문학과에서 고전소설에
관한 연구로 석사와 박사 학위를 취득하였다.
아주대학교 강의교수를 거쳐, 현재 경상대학교 국어국문학과 부교수로 재직 중이다.

고전소설과 관련된 연구 가운데 특히 소설 내 여성인물에 깊은 관심을 지니고 그에 관한
지속적인 연구를 계속해 오고 있다.
저서로는『조선시대 대하소설의 여성반동인물』,『한국 고전소설과 여성인물』등이 있고,
번역서로는『조선시대 동성혼 이야기-방한림전』이 있다. 논문으로「대하소설의 여성반동
인물 연구」(박사논문),「대하소설 갈등담의 구조 시론」,「여성영웅소설에 나타난 여화위남
의 의미」등이 있다.

여성영웅소설

홍계월전

초판인쇄 | 2011년 12월 30일
초판발행 | 2011년 12월 30일

옮 긴 이 | 장시광
펴 낸 이 | 채종준
펴 낸 곳 | 한국학술정보㈜
주　　소 | 경기도 파주시 문발동 파주출판문화정보산업단지 513-5
전　　화 | 031) 908-3181(대표)
팩　　스 | 031) 908-3189
홈페이지 | http://ebook.kstudy.com
E-mail | 출판사업부 publish@kstudy.com
등　　록 | 제일산-115호(2000. 6. 19)

ISBN　978-89-268-3084-0 03810 (Paper Book)
　　　　978-89-268-3085-7 08810 (e-Book)

이담 Books 는 한국학술정보(주)의 지식실용서 브랜드입니다.